Susan Sobrig

Gefallenenbrut

AF176734

HELL'S SECRETS

GEFALLENENBRUT

BAND EINS

SUSAN SOBRIG

Hell's Secrets
Band I Gefallenenbrut
Urban-Fantasy

1. Auflage 2018
2. Auflage 2020
Copyright © 2018 by Susan Sobrig
Coverdesign: Covermanufaktur Sarah Buhr
Bildmaterial: Shutterstock – korabkova/Dimitriy
Karelin/Bernatskaia Oksana
Lektorat: Polarfuchs – Buchgestaltung Senta Herrmann
polarfuchs-buchgestaltung.de
Buchinnengestaltung: buchseitendesign by Ira Wundram
buchseiten-design.de

Herstellung und Verlag: BoD – Books on Demand, Norderstedt
ISBN: 978-3-7519-1385-0
Herausgeber: Susan Sobrig
c/o AutorenServices
Birkenalle 24
36037 Fulda
www.susansobrig.com

Bibliografische Information der Deutschen Nationalbibliothek:
Die Deutsche Nationalbibliothek verzeichnet diese Publikation in
der Deutschen Nationalbibliografie; detaillierte bibliografische
Daten sind im Internet über dnb.dnb.de abrufbar.

INHALT

PROLOG

IRDAROS 8600 V. CHR.

Schmerzerfüllt blickte er in ihr blasses, lebloses Gesicht. Kalte Schweißperlen funkelten auf ihrer Stirn wie winzige Diamanten im flackernden Kerzenschein. Sie zitterte. Besorgt schlang er die Felldecke enger um ihren Körper und lauschte angestrengt auf jeden ihrer Atemzüge. Unregelmäßig hob sich ihre Brust und mit jedem ihrer Aussetzer hielt auch er den Atem an. Eine eiserne Faust schloss sich um sein Herz und drückte es erbarmungslos zusammen, sodass nur ein kalter Klumpen an seiner Stelle zurückblieb. Hinter seinem Rücken knisterte das Feuer, aber die Hitze der Glut drang nicht zu ihm durch.

»Eva, Liebste«, wisperte er und spürte einen Kloß in seinem Hals. Den Schmerz wollte er herausschreien, doch stattdessen vernahm er nur sein eigenes unterdrücktes Keuchen. Seine Schneidezähne gruben sich in die Unterlippe und er schmeckte das metallische Aroma von Blut auf seiner Zunge.

Was sollte er tun? Er konnte sie nicht einfach gehen lassen! Seine bebenden Finger liebkosten ihre Wange und er küsste sie auf die leicht geöffneten Lippen. Fast unmerklich zuckten sie unter seiner Berührung. Er hielt inne und mit einem Mal schlug sein Herz unkontrolliert heftig. »Eva! Ihre Lider flackerten und öffneten sich einen Spalt. Tränen sammelten sich in ihren Augenwinkeln und rannen die Wangen hinunter.

Er schluckte schwer, strich sanft über ihr blondes Haar, das sich üppig über das Kissen wellte, und hob sie in einer zärtlichen Umarmung an seine Brust. »Verzeih mir, Liebste. Verzeih mir meine Hilflosigkeit!«, schluchzte er und ihre Zerbrechlichkeit trat eine neue Welle der Verzweiflung in ihm los. Während er sie in seinen Armen wiegte, fielen seine schweren, schwarzen Locken auf Evas Gesicht und begruben es unter dem samtigen Duft von Sandelholz, der ihnen anhaftete.

Die schwache Bewegung ihrer Finger auf seiner Haut ließ ihn innehalten. Schnell umschloss er ihre Hand, betrachtete deren schlanke, porzellangleiche Glieder. Als er ihre Finger küsste, entzog sie sich ihm und fuhr kraftlos durch sein Haar. Ihre Lippen formten Worte und er glaubte in ihrem brüchigen Flüstern »Vergiss nie ...« zu verstehen.

Panik ergriff ihn. »Was soll ich nicht vergessen?« Seine Stimme überschlug sich, beinahe schrie er. Doch sie antwortete ihm nicht mehr.

»Ich kann dich nicht mehr hören«, klagte er leise. »Ich bin nutzlos, unfähig, dein Leben zu bewahren!« Ärger wallte in ihm auf, zwischen seinen Brauen bildete sich eine Zornesfalte. »Der Herr über Leben und Tod, zu Machtlosigkeit verdammt!«

Plötzlich erstarb das Feuer. Ein Schatten legte sich wie ein schwarzer Umhang über den Raum – so dunkel wie die Finsternis selbst.

»Verschwinde, Azrael! Du hast hier nichts zu suchen!«, schrie er, ohne die Augen von Eva zu lösen.

»Du irrst dich«, erwiderte Azrael ruhig. »Ihr wurde vergeben. Ich bin hier, um sie zu holen. So steht es im Buch des Schicksals geschrieben. Dessen Bedeutung ist dir hoffentlich bewusst.«

»Ja«, erwiderte er gepresst und funkelte Azrael wütend an. Azrael blickte mit seinen undurchdringlichen Augen, tief und dunkel wie die Weiten des Weltalls, auf ihn herab.

»Ihr beide hattet mehr gemeinsame Zeit als jeder andere auf dieser Welt«, fuhr Azrael fort und seine riesige Gestalt, die bis an die Raumdecke reichte, schrumpfte auf die Größe eines gewöhnlichen Mannes. Die enormen schwarzen Flügel, deren Innenseiten mit unzähligen Augen bedeckt waren, schloss Azrael bedacht, bis sie eng an seinem Körper anlagen. »Du konntest ihr Leben um Jahrtausende verlängern. Jetzt ist Schluss. Finde dich damit ab.«

»Ich kann nicht«, zischte er, noch ehe Azrael die Lippen schloss. »Wie soll ich ohne sie leben?« Sein Blick verfinsterte sich, seine Augen bohrten sich wie Pfeile in die dunkle Gestalt vor ihm.

»Lausche nicht der Vergangenheit«, beschwichtigte Azrael. »Schaue in die Zukunft und möglicherweise, wenn die Zeit reif ist, werdet ihr wieder vereint sein.«

»Es sind nur leere Worte, die aus deinem Munde kommen, Azrael. Wir beide wissen, dass sie mir für immer verloren ist!«

»Vielleicht nicht. Das Buch des Schicksals wurde noch nicht zu Ende geschrieben.«

»Geh, Azrael. Verschwinde! Ich brauche noch Zeit mit ihr«, sagte er mit gepresster Stimme und drückte Eva fester an seine Brust.

»Die hast du nicht mehr.« Die Endgültigkeit seiner Aussage bekräftigend, trat Azrael mit fordernd ausgestreckten Armen an ihn heran und entfaltete die gewaltigen Schwingen an seinem Rücken. Die Augen auf deren Innenseiten starrten ihn an. Jedes einzelne Schließen ihrer Lider konnte ein Leben für immer auslöschen. Die Augen glotzten stur, als wollten sie nichts von dem, was geschah, verpassen. Doch dann schlossen sie sich, alle in einer Bewegung. Eva stöhnte ihren letzten Atemzug und entglitt den Händen ihres hilflosen Geliebten, genauso wie die Zeit, die beide zusammen hatten. Die Zeit, die für ihn nur ein Begriff ohne Bedeutung gewesen war. Zeit, die die Länge des menschlichen Lebens vermaß, aber nie sein eigenes, das allein von der Ewigkeit bestimmt wurde. Jetzt verstand er. Seine Zeit mit Eva war abgelaufen. Jedes Sandkorn, das durch das Glas der Zeit gerieselt war, bezahlte er jetzt mit unbeschreiblichem Schmerz.

Machtlos schaute er zu, wie der Todesengel seine schwarzen Schwingen um Eva legte und wie sich ihre Gestalten nach und nach auflösten.

Dann war es vorbei. Von einem Moment auf den anderen. Mit leeren Augen und geballten Fäusten starrte er in die sich verflüchtigenden Schatten. Sein einst gütiges Herz beherbergte nur Groll und Trauer. Es zersplitterte in tausend Stücke – so fein wie der Schnee, der draußen vom endlosen Himmel fiel. Ein neues Gefühl, kalt wie die Gletscher des Nordens, floss durch seine Adern – der Durst nach Rache.

1

DIE ERSTE BERÜHRUNG

Gemächlich schritt er durch die Straßen dieser lauten Stadt, die sich London nannte. Die grellen Lichter, der Verkehr und die vielen Menschen huschten an ihm vorbei in einer eigenen Zeitspur, die chaotischer war als die der Ewigkeit, die ihm zu Verfügung stand. Er schaltete die laute Welt um sich auf stumm, um die visuellen Eindrücke unverfälscht zu empfangen. Eindrücke einer Welt, die nur so dahinraste und in der das einzelne Leben genauso lange dauerte wie ein Fingerschnippen.

Gierig sog er die pulsierende Energie auf, wohl wissend, dass er dadurch das Leben der Menschen in seiner Umgebung verkürzen würde. Es kümmerte ihn nicht. Ihre Ängste, Sorgen und Freude, all das, was ihr Leben ausmachte, war für ihn ohne Bedeutung. Schon vor langer Zeit hatte er diese Welt aufgegeben. Vergebliche Mühe. Menschen waren seltsame Geschöpfe. Besaßen Verstand, nutzten ihn jedoch dazu, ihre Lebensgrundlage zu zerstören. Feierten sich und ihre Erfolge. Nannten sich die Krone der Schöpfung!

Lächerliche Kreaturen. Er verzog die Mundwinkel

zu einem müden Lächeln, mehr als das hatte er für ihre Selbstherrlichkeit nicht übrig.

Es spielte keine Rolle. Er war nicht wegen der Menschen hier. Wegen Arden war er gekommen. Wegen der Kraft, die ihr innewohnte und die sich den Weg nach außen zu bahnen suchte, denn schon viel zu lange hielt man sie gebändigt. Sie zog ihn an, machte ihn neugierig auf das Wesen, dass er zu schützen versprochen hatte.

Seine Gedanken stockten, als eine junge Frau seine Aufmerksamkeit auf sich zog, die unbeweglich zwischen den eilenden Menschen stand und ihn wie paralysiert anstarrte. Sie verfügte eindeutig über die Fähigkeit des Sehens, über das zweite Gesicht, und schien zu ahnen, wen sie vor sich hatte. In ihren geweiteten Augen zeichnete sich Panik ab.

Umgehend verschleierte er ihren Blick, nahm ihr die Gabe jedoch nicht. Er wollte nur nicht, dass jemand von seinem Aufenthalt hier erfuhr. Er könnte falsch ausgelegt werden und für Verwirrung sorgen.

Die junge Frau wandte sich desinteressiert ab und ging ihres Weges. Das sollte er auch tun. Durch einen Gedankenimpuls wechselte er von der Straße im Zentrum zu einem Lokal in Notting Hill, in dem die Geburtstagsfeier für Ardens Freundin Lisa stattfand und wo auch Arden zu finden war. Für das erste Treffen wählte er bewusst diese Party mit den vielen jungen Menschen. Sie bot ihm die perfekte Gelegenheit, sich Arden zu nähern und Zeit mit ihr zu verbringen.

Um nicht aufzufallen, passte er sogar sein Alter dem Feiervolk an und mischte sich unbemerkt darunter. Er fand es durchaus amüsant, in die Rolle eines Zwanzigjährigen zu schlüpfen.

Die Aufmerksamkeit der weiblichen Gäste, die ihm sein schulterlanges, dunkles Haar und die stechend blauen Augen bescherten, quittierte er mit einem Grinsen, was die Herzen der jungen Frauen noch höherschlagen ließ. Es schmeichelte ihm nicht, das war er gewohnt. Er wusste um seine Wirkung. Er war ein Wesen, das sich mit dem menschlichen Verstand nicht erfassen ließ, das nur ihre Fantasie zu beflügeln vermochte.

»Ich bin Kristin«, sprach ihn eine dieser Frauen an. »Bist du ein Freund von Lisa?«

»Nein, ich bin ein Freund von Arden«, sagte er und betrachtete sie amüsiert, so wie man ein kleines Kind zu betrachten pflegte, das das Interesse der Erwachsenen auf sich zu ziehen versuchte.

»Ach«, meinte Kristin und verzog die Mundwinkel, »ein Freund von Arden.«

»Ja, hast du sie gesehen?«

»Sie ist an der Bar, bei Kevin«, antwortete Kristin etwas verstimmt. »Zumindest war sie vor einer Weile noch dort.«

»Danke«, sagte er. Dabei griff er sich eine Strähne ihres blonden Haars und ließ sie durch seine Finger gleiten. Sein intensiver Blick schien Kristin zu verunsichern, sie schaffte es jedoch nicht, sich aus dieser

Verbindung zu lösen. Zitternd griff sie nach der Haarsträhne und berührte dabei seine Finger. Eine Berührung, die ihn kaltließ, und dennoch gewährte er ihr den Zugang zu der Ewigkeit in seinen Augen. Seinerseits nutzte er ihn dazu, in ihre Seele zu schauen.

»Wir sehen uns«, durchbrach er plötzlich den Moment und ließ Kristin stehen. Sie war für ihn nicht von Interesse – nur ein Mädchen mit einer Seele, deren Potenzial ihn nicht zu reizen vermochte.

»Darauf kannst du wetten!«, rief Kristin ihm nach, als er ihr schon den Rücken zugedreht hatte. »Wie heißt du überhaupt?«

Er antwortete nicht, warf ihr nur ein schiefes Lächeln über die Schulter zu und verschwand Richtung Bar.

Ardens reine Aura hatte er flimmern sehen, noch bevor sie selbst entdeckt hatte. Sie stand unweit des Eingangs und unterhielt sich mit einem jungen Mann. Den Impuls, auf sie zuzueilen, unterdrückte er, näherte sich nur langsam den beiden und betrachtete Arden fasziniert. Zweifelsohne war sie in den letzten Jahren zu einer wunderschönen jungen Frau herangewachsen und die Kraft, die ihr innewohnte, machte sie zusätzlich noch begehrenswerter.

»Hör mal«, hörte er den Mann zu Arden sagen. »Lisa sagte, es kommen etwa dreißig bis vierzig Leute. Jetzt sind es schon fünfzig! Womit muss ich noch rechnen?«

»Keine Ahnung, Kevin. Mir hat sie auch gesagt,

dass maximal vierzig Leute kommen würden, aber du weißt, wie das ist.«

»Nein, weiß ich nicht. Wenn ich vierzig Leute einlade, dann kommen auch nur vierzig Leute.« Kevin blickte sie vorwurfsvoll an. »Arden, ich könnte Schwierigkeiten bekommen.«

»Gut, ich spreche mit Lisa«, versprach sie und legte Kevin verständnisvoll die Hand auf die Schulter.

Er konnte spüren, dass Arden nicht wusste, was sie dagegen tun sollte und dass sie Kevin nur zu beruhigen versuchte. Er überlegte, wie er ihr dabei helfen konnte, als plötzlich eine andere Präsenz in seiner Nähe auftauchte. Es verstimmte ihn. Anflug von Ärger überkam ihn, als er den Engel erblickte, der gerade den Raum betrat. Raphael, Edwards rechte Hand. Mit einem Wesen auf dieser Party hatte er nicht gerechnet. Unerkannt wollte er Zeit mit Arden verbringen. Eine zwanglose Party auf engem Raum, im Trubel aus Alkohol und Musik feiern und sich dabei näherkommen. Raphael machte all das zunichte.

Er verschleierte die Blicke deren, die in seiner Nähe waren, und löste sich auf. So war es ihm möglich, unerkannt zu bleiben und ganz nah an Arden ranzukommen.

»Hey, Arden.« Raphael legte ihr den Arm auf die Schulter.

»Hi, Raffi«, lächelte sie abwesend und durchforstete die Menge.

»Was ist los?«, fragte Raphael.

»Kevin macht Stress wegen der vielen Leute. Es sind mehr, als Lisa angemeldet hatte. Die Einladung zu einer Party ist wirklich eine heikle Sache. Es ist doch immer so: Du lädst einen ein, der fragt, ob er einen Freund mitbringen kann … und am Ende kommt so etwas dabei raus.«

»Ich weiß, was du meinst«, nickte er verständnisvoll. »Jede Party kann in Handumdrehen zu einer *Project X Party* werden. Kevins Bedenken sind nicht unbegründet.«

»Ein Albtraum.« Arden riss sich von Raphael los und verschwand in der Menge.

Verärgert trat er an Raphael heran und überlegte, ob er ihn zur Hölle befördern sollte, als Raffi plötzlich in die Leere vor sich tastete und etwas zu greifen versuchte, was nicht zu greifen war.

»Wer bist du? Ich kann dich spüren«, wisperte Raphael und drehte sich hektisch im Kreis.

Nur ein hämisches Lächeln hatte er für Raphael und seine Bemühungen übrig. Er beschloss jedoch, kein Drama aus der Geschichte zu machen und Raphael im Ungewissen zu lassen. Alles was er wollte, war Arden zu sehen, mit ihr zu reden und seinem Versprechen gerecht zu werden. Er hatte nicht damit gerechnet, dass nur ein Blick auf sie ihn so verzaubern würde.

Er ließ Raphael hinter sich und eilte Arden nach, folgte der Auraspur, die sich zwischen der feiernden Jugend hindurchzog und ihn sicher zu ihr führte.

Arden unterhielt sich mit ihrer Freundin Lisa über Kevins Bedenken und den unverhofften Verlauf der Party. Er nutzte den Moment, in dem sie stillstand, und trat dicht an sie heran. Wollte sie umarmen, ihren Rücken an seine Brust drücken und das Gesicht in ihrem Haar verbergen. Er streckte schon den Arm nach ihr aus, als sie sich unverhofft umdrehte und durch ihn hindurchschritt. Kurz berührten sich ihre Seelen und sie konnte die Druckwelle, die dabei durch ihren Körper fuhr, ebenso spüren wie er, denn sie schrie auf und griff sich an die Brust.

»Was ist los?«, fragte Raphael, der auf Arden zuge-eilt kam.

»Weiß ich nicht«, sagte sie nach Luft schnappend und hielt ihre Hand immer noch an die Brust gepresst. »Mich durchfuhr plötzlich so ein seltsames Gefühl.«

»Was für ein Gefühl?«, fragte Raphael und fasste sie an den Schultern.

»Es war nur ein Moment, der Bruchteil einer Sekunde. Nichts von Bedeutung«, schüttelte sie ihn ab.

»Wooow, die Engel sind da!«, rief plötzlich jemand und weitere enthusiastische Rufe und Pfiffe folgten.

»Wo?« Raffi riss überrascht den Kopf hoch.

Auch Arden folgte seinem Blick. Drei Mädchen waren in knappen Outfits und mit kleinen Engelsflü-geln auf dem Rücken in den Laden spaziert.

»Die sehen echt heiß aus, können den Engeln von Victoria's Secret leicht Konkurrenz machen. Was sagst du, Raffi?«, zog sie ihn auf.

»Ja, glatt«, nuschelte er und taxierte die Mädchen genauer.

»Der Himmel müsste ein aufregender Ort sein, sollten sich solch wunderschöne Geschöpfe dort tummeln. Ein Ansporn für jedermann, dorthin gelangen zu wollen«, witzelte Arden.

»Der Himmel ist langweilig, die Hölle ist viel interessanter. Dort findest du die wahren Genießer, die Rebellen …«

»Und den Abschaum«, unterbrach sie seine Schwärmerei.

»Abschaum?« Raffi stierte sie verständnislos an.

»Klar, in der Hölle landen doch die Sünder, Mörder – halt der Abschaum. Dort würde ich nur ungern landen.«

»Manchmal kann man es sich nicht aussuchen«, sagte Raffi und musterte sie nachdenklich.

»Du bist heute echt seltsam«, schüttelte sie den Kopf. »Ich muss zu Kevin«, sagte sie noch und eilte davon.

Raphael folgte ihr, anscheinend bemüht, sie nicht aus den Augen zu lassen.

Es lief nicht so, wie er es sich vorgestellt hatte. Raphael war ein Hindernis, das zu überbrücken sich jedoch nicht lohnen würde. Er würde schon einen anderen Weg finden, sich Arden zu nähern.

»Hey, du«, spürte er den Griff einer Hand auf seinem Unterarm. Überrascht betrachtete er die Finger, die sich fest um seinen Arm schlossen. Er war ohne sein bewusstes Zutun wieder sichtbar geworden. Verwirrt schaute er die Frau an, der die Hand gehörte. Kristin. Sie stand neben ihm, festentschlossen, ihn nicht entkommen zu lassen. Diese Entscheidung lag jedoch nicht bei ihr. Er vollführte eine kleine Drehung mit den Fingern der freien Hand. Ein bläulich schimmernder Nebel entstand, dann schnippte er ihn in den Raum und löschte damit jede Erinnerung an ihn bei den Anwesenden, eher er verschwand.

2

PRAG, AN EINEM APRILABEND

»Bohumil, hören Sie mir gut zu! Was ich Ihnen sage, ist kein Scherz.« Ein ungutes Gefühl fuhr Bohumil in die Knochen. Er presste das Handy fester an sein Ohr.

»Sie sind in Lebensgefahr.« Der Fremde klang keinesfalls aufgeregt, aber eindringlich. »Suchen Sie einen Ort auf, an dem es viele Menschen gibt. Am besten gehen Sie zur Sankt-Nikolaus-Kirche am Malostransky-Platz, dort findet heute Abend ein Konzert statt. Bleiben Sie im hinteren Bereich, wir holen Sie dort ab und bringen Sie in Sicherheit. Verlieren Sie keine Zeit. Rennen Sie, Bohumil! Rennen Sie, so schnell Sie können!«

Die Verbindung wurde unterbrochen. Bohumil schluckte trocken. Nervös schob er das Handy in die Innentasche seiner Jacke. Verstohlen sah er sich um. Misstrauisch huschte sein Blick über die wenigen Passanten, die die Straße entlangeilten. Könnte einer von ihnen zur Gefahr werden? Vielleicht der hagere Typ, der ihn im Vorbeigehen so anstarrte, oder der Hüne, der auf der anderen Straßenseite an einer Hauswand lehnte? Plötzlich hatte er das Gefühl, als würde sich eine unsichtbare Hand um seine Kehle legen und zudrücken. *Sie sind in Lebensgefahr!* Die Worte echoten in seinen Ohren. Bohumil holte tief Luft. *Es ist kein Scherz.*

Er setzte sich in Bewegung. Hastig überquerte er die Straße. Von Angst getrieben, rannte er einige Minuten, kam außer Atem, drosselte das Tempo und ging zwei, drei Schritte langsamer. Dann lief er wieder. Sein Übergewicht machte ihm zu schaffen, und dass er Sport schon immer vernachlässigt hatte, bekam er nun deutlich zu spüren. Nach nicht einmal hundert Metern schnaufte er erbärmlich. Er blieb stehen. Keuchend lehnte er an einem Einfahrtstor und wischte sich die schweißnassen, hellbraunen Haare aus der Stirn. *Sie sind in Lebensgefahr,* hörte er wieder die Stimme aus dem Telefon. Und das war er, so oder so. Vermutlich würde er noch vor dem Erreichen der Kirche an einem Herzinfarkt sterben.

Bohumil schloss die Augen. Sein Atem rasselte, und aus seiner Lunge drang ein dünnes Pfeifen. Er fasste sich an die Brust. »Verdammt, Bohumil, du solltest Sport treiben!«, sagte er zu sich selbst. Aber er hatte keine Zeit dafür. Schließlich übte er einen anstrengenden Job bei der Sozialbehörde mit Verantwortung für zwanzig Leute aus; und dann war da noch sein Engagement für die Obdachlosen, in Not Geratenen und Hilfesuchenden. Nein, Sport konnte er vergessen.

Er löste sich von der Hauswand und lief weiter. Warum in aller Welt sollte ihm jemand nach dem Leben trachten? Sein Job bei der Sozialbehörde war nicht gerade von Bedeutung. Warum also? War es vielleicht doch ein übler Scherz? Nein, sein Gefühl riet ihm, den Vorfall ernst zu nehmen. Also quälte er sich weiter.

Als er die Nerudova Straße hinter sich ließ und um die Ecke auf den Malostransky-Platz trat, überkamen ihn erneut Zweifel. Auf einmal war er unentschlossen, fand die ganze Sache fast lächerlich. An der Pest-Säule der Heiligen Dreifaltigkeit blieb er schließlich stehen und stützte sich an der Absperrung, einem der Steinpfosten ab, die durch eine schwere Eisenkette verbunden waren. Nach einer kurzen Verschnaufpause stieg er über die Kette hinweg und umrundete die Säule. Auf der Südseite baute er sich schließlich vor dem Abbild der Heiligen Maria auf, bekreuzigte sich hastig und ließ seinen Blick über die anderen Heiligen bis zu der Spitze des zwanzig Meter hohen Obelisken wandern, an der sich das Auge Gottes befand. »Steh mir bei und wende dein Antlitz nicht von mir ab«, murmelte er und bekreuzigte sich erneut. Er konnte sich nicht mehr erinnern, wann er das letzte Mal in der Kirche gewesen war, sehr zum Leidwesen seiner Mutter, aber in diesem Moment wollte er sich der Hilfe Gottes versichern.

Der Platz vor der Nikolaus-Kirche war nahezu leer. Das Konzert musste bereits begonnen haben. An einem kleinen Tisch vor dem mittleren Eingang saß der Ticketverkäufer, der gerade dabei war, seine Sachen einzupacken. Wieder hätte Bohumil gerne kehrtgemacht, aber seine innere Unruhe trieb ihn an und er steuerte auf die Stufen zu. Am Stufenansatz blieb er stehen und wischte sich mit dem Ärmel seiner Jacke den Schweiß vom Gesicht.

»Bohumil?«

Bohumil zuckte zusammen und wirbelte herum. Vor ihm stand ein jüngerer Mann, der ihn um gut einen Kopf überragte. Seine schönen Gesichtszüge, die hohen Wangen und das kantige Kinn fand er ansprechend, aber die stahlblauen Augen jagten ihm eine Gänsehaut ein. »Bin ich aber froh, dass Sie schon hier sind!«, platzte es aus Bohumil heraus. Er atmete schwer aus und wischte sich mit dem Ärmel erneut über die Stirn. »Mit Ihrem Anruf haben Sie mir eine Heidenangst eingejagt.«

»Das war nicht meine Absicht«, sagte der Mann entschuldigend und seine wohlgeformten Lippen deuteten ein Lächeln an.

»Ich hoffe doch, Sie klären mich auf?«

»Natürlich, aber später. Lassen Sie uns angesichts der brisanten Lage keine Zeit verschwenden.« Mit einer Handbewegung deutete der Mann auf eine schwarze Limousine, die unweit am Straßenrand parkte. Ein in Schwarz gekleideter Chauffeur stieg aus und hielt ihnen die Hintertür auf. Bohumil zögerte etwas, stieg aber schließlich ein.

»Ihr Handy, bitte.« Der Chauffeur streckte Bohumil die flache Hand entgegen, »Sicherheitsmaßnahme, Sie verstehen.«

Zögernd holte Bohumil das Handy aus der Jacken-tasche und reichte es dem Mann. Stumm beobachtete er, wie dieser die SIM-Karte herauszog und sie im nächsten Moment entzweibrach.

»Was zum Teufel …«, protestierte Bohumil. Hilflos sah er zu, wie der Chauffeur sein Handy mitsamt der SIM-Karte auf die Straße schleuderte. »Hey, was soll das?« Der Chauffeur blickte ihn grimmig an und schlug die Wagentür vor seiner Nase zu. Bohumil rutschte tiefer in den Sitz. Plötzlich war er sich nicht mehr sicher, ob er wirklich außer Gefahr war.

Statt sich ans Steuer zu setzen, umrundete der Mann den Wagen und nahm den Platz neben Bohumil ein. Dass der Chauffeur sich zu ihm setzte, kam ihm etwas seltsam vor. Sein Unbehagen wuchs unauf-haltsam zur Panik und entlud sich auf seiner Kopfhaut als tausend Nadelstiche. Der Schmerz war wie ein Stromschlag und brachte seine Ohren zum Glühen. Durch die zusammengepressten Zähne sog er scharf die Luft ein. Seine Aufmerksamkeit zog jedoch der andere Mann auf sich, der sich ans Steuer setzte, den Rückspiegel zurechtdrehte und Bohumil darin seinen eiskalten Augen begegnete.

»Nicht Sie waren es.« Eine Erkenntnis, die sich schmerzlich ihren Weg in Bohumils Verstand bahnte. Ein Schauder jagte ihm über den Rücken. »Nicht Sie haben mich angerufen, nicht wahr?« Bohumil hielt dem Blick tapfer stand. »Im Gegenteil, Sie sind derje-nige, vor dem mich der Anrufer warnen wollte!«

Ohne ihm zu antworten, richtete der Mann sein Augenmerk auf die Straße und ließ den Motor an. Das tiefe Brummen zog sich als unheilvolle Welle durch Bohumils Eingeweide. Als sie losfuhren, stand Bohumil kalter Schweiß auf der Stirn. Geistesgegenwärtig versuchte er sich aufzurichten und zerrte an dem Türgriff. Blitzschnell legte sich eine Hand auf seine Brust und drängte ihn mit unmenschlicher Kraft in den Sitz zurück. Bohumil fuhr herum. In der anderen Hand des Mannes blitzte ein kleiner Gegenstand auf. Bevor Bohumil reagieren konnte, drückte sein Gegenspieler ihm die Hand auf den Hals. Bohumil spürte, wie ihn eine lähmende Wärme erfasste und er die Gewalt über seinen Körper verlor. Er war bei Sinnen, er konnte sich nur nicht bewegen und auch nicht sprechen. Sein Geist war in seinem Körper gefangen, und das Einzige, was er tun konnte, war, vor sich hin zu starren und dem, was passieren würde, hilflos zuzuschauen.

3

EINE STUNDE BIS VOLLMOND

Nervös sah Tom zu der Uhr auf seinem Nachttisch. Giftig grün leuchteten die Zahlen der Digitalanzeige in dem dunklen Raum. Nur noch eine knappe Stunde bis Mitternacht! Unruhig durchquerte er immer wieder mit hastigen Schritten den Raum seiner neuen Mietwohnung. Vor dem Fenster an der Ostseite blieb er stehen. Tom hatte damals nur an diesem einen Fenster Interesse gezeigt und das Stirnrunzeln des Vermieters nicht weiter beachtet. Der Mann hatte nicht ahnen können, was die treibende Kraft in seinem Leben war, und Tom hatte es dabei belassen.

Er riss das Fenster auf und kühle Nachtluft streifte sein Gesicht. Tom nahm einen tiefen Atemzug und wurde sich augenblicklich der ungewöhnlichen Stille bewusst, die wie eine Glasglocke über den Häusern lag. Ein seltsames Gefühl beschlich ihn. Langsam löste er den Blick von den dunkeln Schatten der Straße und hob ihn gen Himmel. Ein silbrig glitzernder Mond verströmte sein grelles Licht, das durch das Fenster fiel und scharfe Schatten auf den Dielenboden des spärlich eingerichteten Zimmers warf. Plötzlich fröstelte es Tom vor Ehrfurcht, Gänsehaut bildete sich auf seinen Armen. Es änderte jedoch nichts an seiner Entscheidung. Heute musste es geschehen! Vollmond war der richtige Zeitpunkt, und er fühlte sich stark genug, es mit den Mächten der Finsternis aufzunehmen.

Er wandte sich vom Mond ab und trat hastig an den Schreibtisch heran. Mit beiden Händen stützte er sich auf die Tischkante. Seine Augen ruhten nachdenklich auf den säuberlich aufgereihten Hilfsmitteln, von denen er glaubte, sie zu benötigen, um einen Dämon aus der Hölle zu locken.

Was für ein irrer Gedanke! Wenn man bedenkt, es könnte wirklich klappen, eine dieser Kreaturen anzulocken und sie gefügig zu machen ... Cool!

Voller Tatendrang klatschte er in die Hände. Mit einem Fidibus entfachte er die fünf Kerzen vor sich. Zaghaft flackerten sie eine nach der anderen auf und tauchten den tristen Raum in ein angenehm warmes Licht. *Schäbig,* schoss es Tom durch den Kopf. Ja, schäbig, das war das richtige Wort, um das Zimmer zu beschreiben, das er vom Vormieter möbliert übernommen hatte. Auch das schmeichelnde Kerzenlicht konnte nicht darüber hinwegtäuschen, dass sein Bewohner keinen Wert darauf gelegt hatte – oder nicht die Mittel besessen –, es gemütlicher zu gestalten. Umso besser. So hatte Tom im Nu den wackligen Stuhl und die zwei Weinkisten beiseiteräumen können. Den verschlissenen Teppich schob er zusammengerollt gleich hinterher.

Einen Moment lang blieb er stehen und glotzte abermals den Mond an, bevor er mit hastigen Schritten an den Tisch trat und die Schublade aufriss. Angespannt zog er ein Stück Kreide heraus. Kniend zeichnete er ein Pentagramm auf den blanken Holzboden und platzierte die brennenden Kerzen in seinen Spitzen.

Sein Blick fiel auf die Uhr. Elf Uhr dreiundvierzig. Siebzehn Minuten noch. Eilig stellte er die Räucherschale in die obere Spitze und zündete die Kohle an. Ein schwacher Rauch stieg auf, und kleine Funken flogen auf seine Hand. Er ließ die Kohle fallen und wischte sich die verschmierten Finger an der Hose ab. Seine Augen suchten wieder die Uhranzeige. Elf Uhr fünfzig. Zehn Minuten noch.

Ruckartig sprang er auf und griff nach dem Dolch auf dem Tisch. Er starrte ihn an, betrat das Pentagramm und kniete sich hin. Es zischte leise und ein starker Duft stieg auf, als er etwas von der vorbereiteten Räuchermischung auf die glühende Kohle streute.

Der Duft der Kräuter breitete sich im Raum aus und Toms Atem ging jetzt ruhig. Elf Uhr neunundfünfzig. Er umfasste die Klinge mit der linken Hand, die Augen auf die Anzeige der Uhr geheftet. Als sie auf zwölf sprang, zog er die Klinge über die geschlossene Handfläche. »Fuck!« Sein Gesicht verzog sich unter Schmerzen, und er öffnete die Hand. Das Blut tropfte in die Räucherschale. Mit belegter Stimme sprach er: »Astaroth, ich bitte und beschwöre dich, erscheine sofort hier! Ich beschwöre dich bei meinem Blute, bei den allbezwingenden Kräften des Universums, bei der Macht und Kraft Adonays, Astaroth erscheine!«

Ein leichter Luftzug ging durch den Raum und streifte seine Wangen. Die Kerzen flackerten unruhig. Ängstlich schaute sich Tom im Zimmer um und hielt den Atem an. Doch nichts geschah. Er wiederholte die Formel und wartete. Wieder nichts! Zweifel überkamen ihn. Vielleicht hatte er sich mit Astaroth zu viel vorgenommen, oder hatte er vielleicht zu leise gesprochen? Er wagte noch einen Versuch.

»Kräfte der Finsternis«, sprach er nun lauter, »ich beschwöre euch! Ich beschwöre euch bei meinem Blute! Ich gebiete dir, Dämon, zu erscheinen! Bei der Gewalt des mächtigen Adonay! Zeige dich mir!« Seine Stimme klang fest, ein Hauch von Ungeduld schwang mit. Doch es geschah wieder nichts. Tom richtete sich auf und drehte sich um seine eigene Achse, um sicherzugehen, dass er nichts übersehen hatte. Erst dann trat er aus dem Pentagramm, setzte sich niedergeschlagen auf sein Bett und starrte enttäuscht auf die Zeichnung am Boden.

Allmählich fiel die Anspannung von ihm ab. Ein wenig benommen ließ er sich rücklings auf das Bett fallen und schloss erschöpft die Augen.

»Du Quacksalber, du elendiger! Er stieß ein kehliges Lachen aus, das sowohl seine Verärgerung über sich selbst als auch seine Zweifel an dem Unternehmen ausdrückte.

Plötzlich jedoch stieg bleierne Schwärze auf und kroch über die Füße seinen ganzen Körper hinauf. Sein Kopf fühlte sich auf einmal dumpf an, seine Gedanken flossen wie zäher Honig dahin. Er dachte noch kurz daran, die Entlassungsformel zu sprechen, damit alles, was ohne sein Wissen durchgeschlüpft sein könnte, nicht in der Welt verbleiben konnte. »Es ist sehr wichtig«, murmelte er vor sich hin, »auch wenn nichts passiert ist, musst du sie unbedingt aussprechen! ... Ich beschwöre dich«, begann er, »bei der Kraft und Macht ...« Doch die Worte verstummten. Eine tiefe Müdigkeit übermannte ihn, und augenblicklich schlief er ein. Sein Atem ging gleichmäßig, und sein Brustkorb hob und senkte sich im Takt der Atemzüge.

Unter seinen Füßen brannten noch die Kerzen. Ihre Flammen tänzelten unruhig und schossen mit einem Mal in die Höhe. Eine gräuliche Masse formte sich. Sie wuchs langsam zu einer Gestalt heran; einer Gestalt mit glühenden Augen, die wie zwei Saugnäpfe an Tom hafteten. Dann beugte sich die Gestalt langsam über ihn und ließ ihre Hände über seinen Körper gleiten. Eine Art Nebel entstand dabei, der aus Toms Brust in ihre Hände floss und sich weiter über ihre Arme ausbreitete, bis er die ganze Gestalt erfasste. Als sich der Nebel legte, stand ein junger Mann an Toms Bett. Mit einer Geste, die seine Zufriedenheit mit sich selbst und seinem Werk zum Ausdruck brachte, strich der Dämon sich die zerzausten Haare aus dem Gesicht, löschte mit einem Fingerschnippen die Kerzen und schaute auf Tom hinab.

»Ich bin der, den du gerufen hast!« Seine bernsteinfarbenen Augen funkelten wild im Mondlicht, und die Mundwinkel verzogen sich zu einem Grinsen.

4

ALASDAIR

Wann immer er schlechte Laune hatte, ließ er Grausamkeit walten. Mit Vorliebe quälte er dann jeden, der ihm unter die Augen kam. Doch oftmals kam es erst gar nicht dazu. Einerseits lag es daran, dass seine unmittelbare Umgebung es nicht wagte, ihn in irgendeiner Weise zu reizen, andererseits befand er sich seit einiger Zeit in einem Zustand, den man als euphorisch bezeichnen konnte. Für ihn ganz unüblich, trug er stets ein Lächeln auf seinen so wundervollen Lippen, und seine Augen, blau wie das ewige Eis, wunderschön und beängstigend zugleich, schauten ganz abwesend durch einen hindurch.

Bei jedem anderen Mann hätte diese Gemütswandlung eindeutig als Verliebtheit ausgelegt werden können. Aber Alasdair war kein x-beliebiger Mann. Das Wort *Liebe* kam in seinem Vokabular nicht vor.

Und so kam es, dass jedem, der ihn kannte und ihm in diesem Zustand begegnete, das Blut in den Adern gefror. Der Gedanke, er könnte wieder etwas Grausames aushecken, ließ alle in eine Art Starre verfallen. Wie machtlos sie doch alle gegen ihn waren. Selbst jene, die sich als unsterblich bezeichnen durften.

Ja, er war grausam, und zweifelsohne glich er einem Raubtier, einer unberechenbaren Bestie.

Wie aber war es möglich, dass ein so ansprechendes Äußeres eine so dunkle, grausame Seele beherbergen konnte? Hatte er überhaupt eine Seele? Diese Fragen quälten diejenigen, die es mit ihm zu tun hatten und ständig um ihr Leben bangen mussten.

Manch einer überlegte sich, die Stadt, das Land oder gar den Kontinent zu verlassen, um seinen Fängen zu entkommen, gab jedoch resigniert im Wissen darüber auf, dass es für ihn kein Entkommen geben würde. Wie ein unsichtbares Netz spannte Alasdair die Fäden seiner Macht um diese Welt, ohne einen Funken Angst, dass jemand seine Pläne durchkreuzen könnte und ihn dorthin schicken würde, wo er eigentlich hingehörte: in die Hölle. Denn auch das Wort *Angst* kam in seinem Vokabular nicht vor.

Vor langer Zeit hatte Alasdair London den Rücken gekehrt. Er war der Stadt überdrüssig geworden. Angewidert von den Menschen, trieb er zum Abschied ein böses Spiel mit ihnen. Ein Spiel, das ihm teuflische Freude bereitete und Tausende das Leben kostete. Es machte für ihn keinen Unterschied, ob reich oder arm, warum auch? Es war ohne Bedeutung. Und dennoch fiel seine Wahl vorzugsweise auf die jungen, kräftigen Männer der Oberschicht. So verschonte er zumeist die Frauen, Kinder und die Alten. Nicht dass er Mitleid für sie empfunden hätte, nein, sie waren einfach für seine Zwecke ungeeignet. Zu schwach, um seine Aufmerksamkeit zu erregen, zu schwach, um sein Spiel zu spielen. Er suchte sich lieber Männer in ihrer Blüte aus.

Zuerst plagte er sie mit Angstgefühlen und starken Schmerzen, die große Erschöpfung zur Folge hatten, dann ließ er sie urplötzlich innerlich in Flammen aufgehen. Ein übelriechender Schweiß brach aus ihren Poren und sie wandten sich im Delirium. Er schaute zu, wie das Fieber sie verzehrte und eine starke Schläfrigkeit sie zu übermannen versuchte. Wer ihr nachgab, war verloren. Nur wer dagegen ankämpfte und vierundzwanzig Stunden durchhielt, kehrte ins Leben zurück, lebte aber trotzdem in ständiger Angst und Unruhe.

Heute war er zurückgekehrt. Er stand auf der Aussichtsplattform des *Shard of Glass* und ließ seinen Blick über London schweifen. Horchte dabei aufmerksam in sich hinein, bemüht, die kleinste Rührung oder gar aufflammende Freude zu erhaschen. Vergeblich. Nur eine Leere vernahm er. Eine Leere, in der das Echo der vergangenen Zeit hallte.

Beharrlich ignorierte er den stärker werdenden Wind, nahm kaum wahr, wie sich die Wolken vor die Sonne schoben und die Stadt in Grau tauchten. Es war alles ohne Bedeutung. Sein Blick schweifte zum anderen Themse-Ufer, wo zwischen den Hochhäusern das *Gherkin* zu sehen war.

»Ich bin wieder da«, wisperte er. »Ich bin zurückge-kehrt, und diesmal wirst du mich nicht aufhalten können! Niemand von euch!«, schrie er plötzlich in unmenschlicher Wut heraus. »Hörst du? Niemand!«

Der Wind riss die Worte in kleine Fetzen und trug sie davon.

Mit beiden Händen fuhr Alasdair sich durch das blonde, vom Wind zerzauste Haar. Seine eiskalten blauen Augen verengten sich zu schmalen Schlitzen. Die alten Instinkte erwachten zu neuer Stärke, und sein Bedürfnis, den Groll in Zerstörung zu entladen, wurde übermächtig.

»Ich werde eine Welle der Gewalt entfesseln, die die Welt noch nicht gesehen hat!« Seine Stimme klang wie ein Donnerhall. »Es ist mein Versprechen an euch«, sagte er dann leise. Ein zufriedenes Lächeln legte sich auf seine Lippen.

5

VERDAMMNIS AUF ERDEN

Ausdruckslos und ohne jede Regung schaute Edward aus dem Fenster seines Büros im dreißigsten Stock des *Gherkin*. Sein Blick schweifte über die modernen Bürogebäude, die sich dicht an dicht am Ufer der Themse drängten. Der Fluss schlug eine breite Schneise in einen Berg aus Stahl und Glas und glitzerte wie ein dunkles Satinband in der Sonne. Dank der schalldichten Fenster lief das Leben da draußen wie ein Stummfilm vor seinen Augen ab.

»Edward, wir haben wieder einen verloren!«, sagte der junge Mann, der soeben mit hastigen Schritten das Büro betreten hatte. Edward regte sich nicht. Er wiederholte das Gesagte erneut. Wieder nichts. Erst als er näherkam, schenkte Edward ihm seine Aufmerksamkeit.

»Ja, Raphael?«

»Bohumil aus Prag, wir haben ihn verloren. Er war nicht am verabredeten Treffpunkt.«

Edwards Gesichtszüge verhärteten sich. »Ist er tot oder nur verschwunden?«

»Das wissen wir nicht genau. Aber wir konnten zumindest keine Leiche finden. Und seine Mutter konnte uns über seinen Verbleib auch keine Auskunft geben.«

»Wie viele sind es bis jetzt?« Ein Hauch von Ungeduld schwang in Edwards Stimme mit.

»Vierzehn.«

»Es ist an der Zeit, dass wir einige von ihnen in Sicherheit bringen. Zumindest, bis wir sagen können, was hier eigentlich vor sich geht.«

»Ist es nicht längst offensichtlich? Jemand hat es auf die Gerechten abgesehen!«

»Also gut, Raphael, ruf die Grigori zusammen. Wir treffen uns«, setzte Edward an und schielte auf seine Armbanduhr, »um zwölf im Konferenzraum.«

Raphael verließ den Raum, Edward gab sich erneut seinen Gedanken hin.

Der ewige Kampf um Macht war ein Spiel, in dem die Menschen wie bedeutungslose Schachfiguren hin und her geschoben wurden. Wie Statisten, die man nur am Rande wahrnahm. Bis auf die sechsunddreißig Gerechten. Die waren von großer Bedeutung. Sie zu überwachen war Edwards Aufgabe. Eine selbstauferlegte Verantwortung, die schon seit Ewigkeiten auf seinen Schultern lastete. Bis vor Kurzem war es lediglich um Überlegenheit und Macht gegangen, nie um Leben und Tod. Doch jemand hatte die Regeln geändert und das bereitete ihm Kopfschmerzen. Er glaubte, seinen Gegner zu kennen. Doch sein Handeln ergab zum jetzigen Zeitpunkt noch keinen Sinn, zumindest keinen erkennbaren.

Möchte er mir wieder einmal zeigen, dass er das Machtspiel perfekt beherrscht? Oder will er mich nur auf die Probe stellen, weil er sich sicher ist, dass ich nicht tatenlos zusehen werde? Edward legte die verschränkten Hände in den Nacken und atmete tief durch. *Nein,* schoss ihm durch den Kopf. Nein, es schien größer zu sein als das. *Wie auch immer, grübeln hilft dir nichts. Die Vorfälle häufen sich und das Verschwinden aller Sechsunddreißig würde den Verlauf der Zukunft durchaus negativ beeinflussen.*

Ein kurzes, energisches Klopfen holte ihn wieder zurück. Er drehte sich um.

»Sevier! Komm rein!« Ein Lächeln umspielte Edwards Lippen.

»Rieche ich hier etwa den Atem der Hölle?« Sevier trat breit grinsend auf ihn zu und sog in einem tiefen Zug die Luft ein.

Edward schätzte seinen Freund, auch wenn ihm bewusst war, dass Sevier kein sonderliches Interesse an den Menschen hegte. Sevier genoss sein Dasein in vollen Zügen – ohne Rücksicht und ohne Konsequenzen.

»Was führt dich zu mir?« Freudig erregt breitete Edward die Arme aus. »Welchem glücklichen Umstand habe ich es zu verdanken, dass du dich wieder einmal blicken lässt?«

Sevier erwiderte die Geste seinerseits und drückte ihn fest an sich. »Von Glück kann hier nicht die Rede sein, der Weltuntergang steht uns bevor. Oder irre ich mich? Du weißt, die Erde ist der schönste Spielplatz in diesem Universum, ich möchte mir keinen neuen suchen müssen!«

»Wie ich sehe, machen die Gerüchte bereits die Runde.« Edwards Miene verfinsterte sich. »Wir sind gerade dabei, unsere Leute zu mobilisieren und eine brauchbare Strategie zu entwickeln. Das Wichtigste ist jetzt, die noch verbleibenden Gerechten in Sicherheit zu bringen. Danach werden wir genügend Zeit haben, die Hintergründe zu beleuchten.«

Seviers selbstbewusstes Lachen erfüllte den Raum. »Du bist so rührend! Du weißt genauso gut wie ich, wer dahintersteckt.«

»Nicht die Frage nach dem Wer beschäftigt mich, sondern nach dem Warum.«

»Es sind die Seelen, die ihn interessieren. Es sind immer die Seelen! Die Frage ist, was er damit erreichen möchte. Wenn er einen Gerechten tötet, wird der nächste geboren. Was also bringt ihm das? Nicht viel. Du verlierst sie zwar aus den Augen und musst sie wieder suchen, er aber auch. Theoretisch reicht es dir, wenn du einen von ihnen sicher in deiner Obhut wiegst. Oder sagen wir lieber zwei oder drei. Nur zur Sicherheit, sollte er einen Weg gefunden haben, sie alle zu vernichten.«

»Ja, mag sein, aber es muss mehr dahinterstecken, sonst würde er sich nicht die Mühe machen. Es hat uns viel Zeit gekostet, sie ausfindig zu machen. Wir führen Listen und beobachten sie. Wenn einer stirbt, begeben wir uns sofort auf die Suche nach dem Neuen. Es ist uns nicht aufgefallen, dass sich in der Gegenwart noch jemand für sie interessieren würde. Wie ist es ihm gelungen, sie so schnell ausfindig zu machen? Wir haben Jahre gebraucht! Der Himmel legt sehr viel Wert darauf, dass ihre Identität verborgen bleibt. Denn ihre Selbstlosigkeit allein stimmt ihn milde. Sie sind der Garant für das Bestehen dieser Welt – und das trotz ihrer Sündhaftigkeit. Deshalb werde ich alles Menschenmögliche unternehmen, um diese Pläne zu durchkreuzen.«

»Aber du bist ja bekanntlich kein Mensch, sondern ein Nachkomme der Gefallenen. Genauso wie Alasdair. Warum willst du dich dann mit deiner Familie anlegen? Wofür? Für die Menschen? Womit haben sie deine Fürsorge verdient? Seit Ewigkeit sehen sie in Satan den Vater alles Bösen und ziehen sich damit aus der Verantwortung. Da sie einen freien Willen besitzen, können sie auch wählen! Ich an deiner Stelle würde keinen Finger für sie rühren.«

»Gott schuf Engel und Menschen als moralische Wesen mit der Möglichkeit zu wählen, da gebe ich dir recht. Ich sehe auch das Problem, das entsteht, wenn ein moralisches Wesen sich für die Sünde entscheidet. Aber mir sind im Laufe der Jahre so viele Menschen begegnet, die es wert waren, sich für sie einzusetzen. Ich werde es nicht zulassen, dass er alles in Gefahr bringt.«

»Oh ja, in Alasdairs Leben ist kein Platz für Moral.

Wenn man bedenkt, dass er sein Unwesen treiben darf bis ans Ende aller Tage, da tun mir die Menschen doch ein wenig leid.

Verdammnis auf Erden,

genährt von Höllenfeuer und Leid,

verzehrt von Geburt an,

in alle Ewigkeit«, setzte Sevier noch hinzu.

»Treffend, aber nicht ganz Poes Worte.«

»Ja, lass mich doch ein wenig kreativ sein«, grinste Sevier.

»Kann ich dich doch noch umstimmen und auf deine Hilfe zählen?«

»Einerseits mache ich mir absolut nichts aus diesen Kreaturen, die aus Nichtwissen, Nichtverstehen und einer großen Portion Ignoranz bestehen, andererseits haben wir dasselbe Ziel. Ja, ich helfe dir. Lass uns dem Bastard die Hölle heiß machen!« Sichtlich zufrieden mit sich selbst, griff Sevier zu der Whiskykaraffe, goss sich einen ordentlichen Schluck ein und leerte sein Glas in einem Zug. »Hmm, das weckt die Bestie in mir!«, sagte er und schloss genüsslich die Augen.

Edward schaute ihm belustigt zu, zumal er wusste, dass viel mehr nötig wäre, *die Bestie* in ihm zu wecken. Er war ohne Zweifel ein echter Krieger. Einer, der ihm bisher immer treu zur Seite gestanden hatte. Einer, der nie das, was er von ihm verlangte, hinterfragen würde. Aber er wusste auch, wie gefährlich es war, ihn aus seinem Dornröschenschlaf zu wecken. Einmal von der Kette und im Blutrausch, konnte es wieder hundert Jahre dauern, ihn zu zähmen. Doch das Risiko musste er jetzt wohl oder übel eingehen. Sein Gegner würde alle Register ziehen und die Hölle in Bewegung setzen, wenn er es für nötig erachtete.

Ganz aufgelöst, mit dem Telefon am Ohr, platzte Raphael in den Raum. »Es sind schon achtzehn!«, rief er »… Warte! … Zwanzig! Die Gerechten verschwinden einer nach dem anderen, ohne dass wir etwas dagegen tun können. Wir sind immer zu spät! … Einundzwanzig, zweiundzwanzig!«, schrie er aufgebracht.

Edward entriss ihm das Telefon und hielt es an sein Ohr. Als er es selbst hörte, schlug er so wütend die Faust auf einen der Konferenztische neben ihm, dass das Holz unter der Wucht entzweibrach.

»Neunundzwanzig!«, brüllte er. »Sofort zugreifen! Ich möchte so viele, wie ihr nur auftreiben könnt, bei uns wissen!« Erzürnt warf er Raphael das Telefon zu. »Das Nächste, was ich von dir hören möchte, ist, dass sich so viele Gerechte wie möglich in Sicherheit befinden. Du persönlich sorgst dafür!«

Als sie wieder allein waren, wandte er sich Sevier zu. »Nicht zu fassen! Sie verschwinden vor unseren Augen. Was immer wir auch tun, jemand ist uns stets einen Schritt voraus.«

Sevier nickte nachdenklich und deutete dabei auf die Stadt hinter der Fensterscheibe. »Wie sieht das Shard-Gebäude für dich aus?«

Edward schaute auf das gegenüberliegende Themse-Ufer, wo das *Shard of Glass* in den Himmel ragte. Es glitzerte wie eine Fata Morgana in der Frühlingssonne, und die zerklüftete Spitze schien den Himmel berühren zu wollen. »Wie der mahnende Finger Gottes«, sagte er sanft. »Komisch, dass du mich das fragst, denn schon den ganzen Tag über starre ich es an, ohne wirklich zu wissen, warum.«

6

EIN NEUER TAG

Tom öffnete die Augen und starrte benommen an die Zimmerdecke. Es war bereits hell, und sein Blick wanderte von einem Wasserfleck, der sich mit gelben Rändern auf dem weißen Untergrund abzeichnete, zum anderen. Es gab unzählige davon. Das Dach musste durchlöchert sein wie ein Schweizer Käse, eines Tages würde es ihn unter sich begraben und alldem ein Ende setzen. Schwerfällig setzte er sich auf. Sein Kopf dröhnte. »Was zum Teufel …« Sein Blick fiel auf das Pentagramm auf dem Boden. Erst jetzt realisierte er, was gestern passiert war. »Du Blödmann bist eingepennt! Fuck! Wie konntest du nur?«

Mit einem Mal sprang er auf die Füße und warf dabei eine der dicken Kerzen um. Als er sich bückte, um sie aufzuheben, taumelte er und hatte Schwierigkeiten, sein Gleichgewicht zu halten. Die freie Hand schoss hoch, und er suchte in der Luft nach etwas, das ihm Halt geben konnte. Da war nichts, Tom griff ins Leere. Er schwankte, fand aber dann Halt, indem er sich breitbeinig hinstellte, wobei er die Kerze in seiner Hand keinen Augenblick aus den Augen verlor, als wäre sie die einzige Verbindung zu seinen

Erinnerungen. Nachdenklich drehte er sie in den Händen, während seine Gedanken um den gestrigen Abend kreisten. Er versuchte, sich an jeden seiner Schritte zu erinnern, doch egal, wie sehr er sich auch anstrengte, es wollte sich keine Erinnerung einstellen. Nichts, aber rein gar nichts! Eine dumpfe Schwärze belegte seine Gehirnzellen.

Im Vorbeigehen stellte er die Kerze auf den Tisch und warf einen flüchtigen Blick auf das geöffnete Grimoire. *Astaroth,* dachte er und schüttelte ungläubig den Kopf. »Du solltest vielleicht deinen Graskonsum etwas einschränken, Alter«, sagte er zu sich selbst. Die Worte gingen in einem trockenen Husten unter.

Leicht wankend schlich Tom ins Bad und hielt seinen Kopf unter den Wasserhahn. Scharf sog er die Luft ein, als ihm das kalte Wasser beinahe einen Schock versetzte. »Therapeutisch fraglich, gesundheitlich wertvoll«, grinste er, füllte seinen Mund mit Wasser und schluckte es gierig hinunter. Er richtete sich auf und strich sich die nassen Haare in den Nacken. Wasser tropfte ihm vom Kinn. Sein Blick fiel auf den Spiegel. »Verdammte Scheiße!« Er zuckte zusammen und sprang erschrocken zurück. Das Spiegelbild zeigte ihm einen Fremden, einen drogensüchtigen Fremden. Seine Haut sah fahl aus, er hatte eingefallene Wangen und dunkle Ringe, die sich unter den tiefliegenden, grauen Augen abzeichneten. Die schwarz gefärbten Haare trugen ihr Übriges dazu bei. Beinahe sah er aus wie eine Gestalt aus einem Horrorfilm.

Tom griff nach dem Handtuch und tupfte sich das Gesicht trocken. »So sieht man nach einem Höllentrip aus. Du hast die Arschkarte gezogen, mein Lieber. An das Vergnügen kannst du dich nicht erinnern, aber die Folgen musst du voll ausbaden.« Erst jetzt bemerkte er den ziehenden Schmerz in seiner linken Hand. Das Wasser hatte die Wunde *zum Leben* erweckt. Etwas verdutzt glotzte er auf sie hinab. Plötzlich erinnerte er sich. Wie von einer Tarantel gestochen lief er in sein Zimmer zurück. Schon von der Tür aus sah er den blutigen Dolch neben der Räucherschale auf dem Boden liegen.

»Fuck!« Mit einem Satz sprang Tom in Innere des Pentagramms und hob ihn auf. Krampfhaft versuchte er erneut, sich die Ereignisse ins Gedächtnis zu rufen, wobei er den Dolch nachdenklich auf der ausgestreckten Handfläche wog.

»Ich tippe auf etwa dreihundertachtzig Gramm«, sagte eine Stimme hinter ihm. Tom fuhr herum. Ein Fremder lehnte an der Zimmertür.

»Hi, Mann, ich bin Eric, ein Freund von Chris, und wie es aussieht, dein neuer Mitbewohner.«

Tom mühte sich ein Lächeln ab. »Ich bin Tom, habe bis heute noch nie von dir gehört. Wo ist Chris?«

Eric lächelte gewinnend und trat in das Zimmer ein, blieb aber am Rand des Pentagramms stehen. »Nun, Chris ist, wie soll ich es am besten erklären … Chris ist in diesem Moment schwanzgesteuert Richtung Holland unterwegs.«

»So plötzlich? Gestern habe ich noch mit ihm gesprochen, und heute soll er fort sein, ohne was zu sagen?« Tom war sichtlich sauer auf Chris. »Dieser Blödmann! Die Miete ist er mir auch noch schuldig.«

»Oh, warte.« Eric langte in die Hosentasche und zog einige abgegriffene Geldscheine heraus. »Die soll ich dir geben. Chris meinte, es müsste reichen.« Ganz lässig warf er das Bündel auf den Schreibtisch. »Ab nächstem Monat übernehme ich.«

Tom nickte ein wenig versöhnlicher. »Na dann, herzlich willkommen in meiner Prachtresidenz. Solange du Miete zahlst, gibt es keine Regeln. Hörst du damit auf, fliegst du raus! Mehr ist nicht zu sagen.«

»Für mich klingt das annehmbar«, bestätigte Eric lächelnd. »Was hältst du von einem Frühstück? Siehst so aus, als könntest du eins vertragen. Harte Nacht gehabt, was?« Mit einer Kopfbewegung deutete Eric auf den Boden. »Hobby, oder machst du das hauptberuflich?« Er grinste Tom an.

»O Mann, erinnere mich bloß nicht daran. Einfach nur Unzurechnungsfähigkeit mit einer Prise Blödsinn gepaart, würde ich sagen.«

Eric funkelte ihn belustigt aus seinen Bernsteinaugen an, wobei er sich mit einer lässigen Geste die braunen Haare aus dem Gesicht wischte. »Ich lade dich ein. Wir werden zukünftig viel Spaß haben, ich kann es riechen, die Luft ist voll davon!«

»Bin dabei. Spaß ist voll mein Ding.« Tom griff nach seiner Lederjacke, und während er Eric hinterherstapfte, wickelte er ein Halstuch um seine linke Hand.

»Dachte ich's mir doch.« Ein zufriedenes Lächeln umspielte Erics Lippen, und für den Bruchteil einer Sekunde flammte etwas Wildes in seinen Augen auf.

7

DAS GEHEIMNISVOLLE BUCH

Was für eine Nacht! Erschöpft rieb sich Arden die Augen. Ein Blick auf die Uhr machte ihr schmerzlich klar, dass es Zeit war, aufzustehen. Knurrend zog sie sich die Bettdecke über den Kopf. *Warum nur? Warum hast du das Mittagessen nicht abgesagt? Hättest doch ahnen können, wie Lisas Geburtstagsfeier enden wird. Vier Stunden Schlaf sind eindeutig zu wenig!* Widerwillig schlug sie die Bettdecke beiseite und blieb auf der Bettkante sitzen. Ihr schwarzer Kater Onyx schaute sie gelangweilt vom Fuße des Bettes an, gähnte ausgiebig und schloss wieder die Augen. »Na klar, du kannst ausschlafen und ich muss aufstehen, wo bleibt die Gerechtigkeit?«

Vielleicht rufst du lieber im Büro an und lässt ausrichten, du seist krank. Dann wurde Arden aber klar, dass ihr Vater es hasste, wenn man kurzfristig Termine absagte – vor allem, wenn der Grund so fadenscheinig war. Er würde sie sofort durchschauen. Arden sah sein Gesicht vor Augen, wie er sie skeptisch mustern und dabei sagen würde: »Lüge mich nicht an.«

»Verdammt!«, rief sie trotzig aus. Schon als Kind war sie damit gescheitert. Immer, wenn sie mit einer

Ausrede vor ihm gestanden hatte, hatte er nur gesagt: »Arden, überlege dir gut, was du mir erzählen möchtest.« Meistens entschied sie dann, gar nichts zu erzählen, da er ohnehin über alles Bescheid zu wissen schien. Früher dachte sie, es sei normal, es sei die Aufgabe eines Vaters, über alles Bescheid zu wissen, was seine Tochter betraf. Später hatte sie dann doch gemerkt, dass die anderen Kinder durchaus Geheimnisse vor ihren Eltern hatten. Doch ihr war es nie gelungen, ihm etwas zu verheimlichen. Für ihn war und blieb sie ein offenes Buch.

»Na gut, reiß dich zusammen! Du musst es nur hinter dich bringen. Danach kannst du gleich wieder nach Hause ins Bett!«

Als Arden die Haustür öffnete, stand die Sonne hoch am Himmel. Wie ein Vampir, der sich vor den Sonnenstrahlen schützen wollte, trat sie entgeistert einen Schritt in den Schatten der Eingangstür zurück und kramte in ihrer Handtasche nach der Sonnenbrille, setzte sie auf und ging zu dem Taxi, das bereits auf sie wartete. Ruckartig riss sie die Hintertür auf und ließ sich seufzend in den Sitz plumpsen. »Zum Gherkin, bitte.« Das Taxi fuhr los. Mit Geschick und einer Portion Rücksichtslosigkeit fädelte der Fahrer seinen Wagen in die nie endende Blechlawine auf den Londoner Straßen ein. Arden fielen die Augen zu. Sie gab sich nicht einmal Mühe, dagegen anzukämpfen. Einige Minuten Schlaf können nicht schaden, dachte sie müde. An jedem anderen Tag hätte sie sich über das langsame Vorwärtskommen geärgert, heute jedoch kam ihr der starke Verkehr nur recht.

Als der Wagen vor dem *Gherkin* hielt, bezahlte Arden und stieg aus. Sie betrat die Eingangshalle, in der geschäftiges Treiben herrschte. Vor der Rezeption stand Raphael inmitten einer Männergruppe. Etwas Geheimnisvolles haftete den Männern an. In ihren schwarzen Anzügen wirkten sie wie eine dunkle, unheilbringende Wolke. Arden starrte sie einen Moment lang stirnrunzelnd an, dann beschleunigte sie ihre Schritte und lief an den Wachmännern vorbei in Richtung der Aufzüge.

»Hallo, Miss Aulay, schön, Sie wiederzusehen«, sagte einer der Männer.

»Hallo, die Herren. Mein Vater ist im Haus, nehme ich an?«

»Ja, schon den ganzen Vormittag ist hier einiges los. Mr Callahad holt gerade einige Herren ab, die ebenfalls gleich nach oben fahren werden.«

Arden nickte und beeilte sich, um die Aufzüge als Erste zu erreichen. Sie wollte den Männern nicht begegnen, denn im Moment hatte sie herzlich wenig Lust auf den Austausch von Höflichkeiten. Sie betrat einen der Aufzüge und drückte hastig den Knopf zum dreißigsten Stockwerk. Die Tür ging zu, und mit leisem Summen fuhr der Lift los. Sie lehnte an der Innenwand, holte tief Luft und schloss schläfrig die Augen.

Vibrierend hielt der Aufzug an und die Tür öffnete sich. Arden trat in den Empfangsbereich. Carrie, die Rezeptionistin, lächelte sie an. Sie war nur fünf Jahre älter als Arden, und beide pflegten ein freundschaftliches Verhältnis. In ihrem grauen Kostüm und mit ihrem strengen braunen Haarknoten wirkte sie jedoch älter und seriöser.

»Hi, Carrie!«

»Hallo, Arden, schön dich zu sehen! Es wurde auch Zeit, dass du mal vorbeischaust.«

»Als Studentin führt man ein hartes Leben. Alles straff durchgeplant« grinste Arden sie an.

»Ja, das sieht man dir an. Gestern muss ein besonders harter Tag gewesen sein.«

»Du hast keine Vorstellung davon. Ich habe kaum geschlafen. Jetzt bin ich total fertig. Ist der Boss in seinem Büro?« Arden deutete zum Büro ihres Vaters.

»Ja, er ist da. Vorhin ist schon Mr McCallum dagewesen. Ist aber nicht lange geblieben. Wir haben nämlich einen Ernstfall. Ich bezweifle, dass er Zeit für dich hat. Du hättest vorher besser anrufen sollen.«

»Ich bin mit ihm verabredet. Er hätte mich doch anrufen müssen«, sagte sie schon auf halbem Weg zu seinem Büro.

»Soll ich dir einen Kaffee bringen? Du siehst aus, als könntest du einen gebrauchen.«

»Gute Idee! Danke.« Noch bevor Arden anklopfen konnte, hörte sie ihren Vater rufen. »Komm rein!« Sie trat in sein weitläufiges Büro ein. Er stand an der

Fensterfront, die durch das geschwungene Tragwerk des Hochhauses aus dreieckigen und rautenförmigen Glaselementen bestand und schaute hinaus. Mit einer Handbewegung winkte er sie zu sich.

»Was ist hier passiert?« Arden deutete im Vorbeigehen zu dem zertrümmerten Schreibtisch. »Hat Sevier sich ausgetobt?«

»Nichts von Bedeutung, Schatz, komm her und lass dich umarmen.«

Sie liebte ihren Vater abgöttisch, und als er ihr einen Kuss auf die Stirn gab, fühlte sie sich wieder wie eine Fünfjährige.

»Lass dich anschauen. Du siehst müde aus.«

»Wir haben gestern Lisas Geburtstag gefeiert. Es ist recht spät geworden.«

»Du hättest anrufen können. Dir fehlt der Schlaf. Schließlich ist morgen auch noch ein Tag, wir hätten uns morgen sehen können.«

»Ja, ja, das sagst du jetzt, wo ich vor dir stehe, aber wehe, ich hätte abgesagt. Ich kenne dich doch. Es hätte dir nicht gefallen.« Sie verzog leicht die Mundwinkel.

»Ich bedaure, dass du umsonst gekommen bist, aber ich habe jetzt keine Zeit für dich, ich muss gleich los. Allerdings habe ich etwas, was dich interessieren und für die Mühe deines Kommens entschädigen könnte.« Er deutete er auf den Ablagetisch, der neben dem zertrümmerten Schreibtisch stand. Eine Acryl-Kassette lag darauf, in der sich zwei Bücher befanden.

»Aurelio hat sie gerade gebracht. Er ist noch im Haus und wird sich bestimmt freuen, dich zu sehen. Ich werde ihm Bescheid sagen, dass du da bist.«

Es klopfte. Kurz darauf erschien Carrie mit dem Kaffee.

»Carrie, würden Sie bitte Mr DeSantos sagen, dass Arden hier auf ihn wartet?«

»Aber natürlich, Mr Aulay.« Ihre Rehaugen glitzerten und sie lächelte ihn zuckersüß an.

Arden traute ihren Augen nicht. Flirtete Carrie etwa mit ihrem Vater? Lisa nervte sie schon ständig mit ihren Bemerkungen über sein Aussehen. Was hatten die beiden nur? Er sah gut aus, keine Frage; groß, schlank und athletisch. Obwohl er bereits sechsundvierzig war, sah er immer noch jugendlich aus. Eine leichte Bräune verlieh ihm zudem etwas Unbeschwertes. Bei jeder Kopfbewegung fielen ihm die ungebändigten, strohblonden Haare ins Gesicht. Er pflegte, sie dann mit gespreizten Fingern zurückzustreichen. In diesem Moment entglitt Lisa immer ein sehnsuchtsvoller Seufzer, sie sah Arden vielsagend an und verdrehte die Augen genussvoll. Arden antwortete ihrerseits mit verdrehten Augen und einem Seufzer, der ihr Unverständnis zum Ausdruck bringen sollte. Ihr Vater tat natürlich so, als würde er nichts bemerken, aber Arden war sich ziemlich sicher, dass er wieder einmal genau wusste, was um ihn geschah. Das leichte Zucken seiner Mundwinkel war ihr Bestätigung genug.

Und jetzt auch noch Carrie! Arden nahm ihr das Tablett mit der Kaffeetasse aus der Hand und bedankte sich mit einem genauso zuckersüßen Lächeln wie Carrie zuvor. Gleichzeitig klimperte sie auffällig mit den Wimpern. Carrie lief rot an und verließ hastig das Büro.

»Aber Schatz, konntest du dir das nicht verkneifen? Carrie ist eine nette junge Frau, höflich und hilfsbereit. Es ist nicht schön, wenn du sie so vorführst.«

»Möglich. Sie soll nur das, was sie tut, nicht in meiner Gegenwart machen. Das ist doch nicht zu viel verlangt, oder?«

»Kindisch! Du bist einfach nur kindisch, mein Schatz. Jetzt aber genug davon. Ich habe keine Zeit für so etwas.«

Wieder klopfte es. Dieses Mal war es Raphael. »Edward, sie sind jetzt alle da, wir können anfangen«, sagte er, und als er Arden bemerkte, breitete sich ein Lächeln auf seinem Gesicht aus. »Hallo, Arden, schön dich zu sehen!«

»Auch hallo, du unverschämter Kerl. Warum siehst du so fit aus? Besitzt du einen Klon, der für dich einspringt, solange du deinen Rausch zu Hause ausschläfst? Anders kann ich mir das nach der gestrigen Nacht und dem vielen Alkohol nicht erklären.«

Raphaels grüne Augen funkelten belustigt, während die Lippen sich zu einem Lachen formten und dabei seine makellosen Zähne entblößten. Er sah gut aus in seinem maßgeschneiderten Anzug, das musste man ihm lassen. Als hätte er ihre Gedanken lesen können, rückte er lässig die Krawatte zurecht und strich sich etwas verlegen durch die kurzen, schwarzen Haare. Arden war sich sicher, dass er heute schon beim Friseur gewesen war, denn sein Kurzhaarschnitt war einfach zu perfekt. Sie fühlte sich elendig, als sie ihn so ansah.

»Ich muss jetzt wirklich, mein Schatz.« Im Gehen gab ihr Vater ihr noch einen Kuss knapp über der Nasenwurzel, so wie er es immer getan hatte, wenn sie traurig gewesen war. Fest drückte er sie an sich. Es half. Immer. Auch jetzt hätte sie sich gerne in seinen Armen ausgeruht. Sie schaute den beiden wehleidig nach, als sie das Büro verließen.

Arden seufzte kurz, setzte sich auf die Couch, nahm die Kaffeetasse in die Hand und trank einen Schluck. Der Kaffee war nur noch lauwarm, aber sie hatte keine Lust, Carrie um einen neuen zu bitten, also trank sie den Rest etwas widerwillig aus und wartete auf Aurelio.

Ihr Blick schweifte durch den Raum. Die Vorderfront des Büros bestand nur aus Fenstern. Man hatte einen sagenhaften Ausblick auf London. Unten am Themse-Ufer lag der Tower, und auf der anderen Seite ragte das *Shard of Glass* mit seinen beachtlichen dreihundertzehn Metern in die Höhe. Dagegen war *Gherkin* mit seinen hundertachtzig Metern ein Zwerg. Arden war grade mal fünf Jahre alt gewesen, als ihr Vater das Büro bezogen und sie unzählige Stunden damit verbracht hatte, die menschlichen Ameisen auf dem Boden zu beobachten. Es war wie eine dieser Ameisenkolonien gewesen, die ihre Freunde besaßen; nur eben größer, mit viel mehr Ameisenstraßen, Ameisenautos und Ameisenhäusern. Das konnte keine echte Ameisenkolonie bieten.

An der gegenüberliegenden Wand war ein Stammbaum der Familie abgebildet, der bis in die Jahre vor Christus zurückreichte. Ardens Familie legte viel Wert auf ihre Wurzeln. In einem Raum, der an das Büro angrenzte, befanden sich unzählige Reliquien aus vergangenen Tagen, die ihre Existenz bezeugten. Sie waren in mit Stickstoff gefüllten Schaukästen untergebracht. Mehr davon wurden im Hause ihres Vaters in einem unterirdischen Großraumtresor aufbewahrt, zu dem nur Aurelio DeSantos uneingeschränkten Zutritt hatte. Ein Buchgelehrter, der seit Jahren schon Verwalter der Buchsammlung der Familie war. Er war es auch gewesen, der ihr die Liebe zu den Büchern nahegebracht hatte.

Arden schaute zum Ablagetisch und auf die Kassette, die darauf lag. Sie nahm sie in die Hand und untersuchte den Inhalt des durchsichtigen Behälters. Darin befanden sich ein schmaler, roter Einband mit vergoldeten Seitenrändern sowie ein etwas größeres, in graubraunes Leder gebundenes Buch. Bei dem kleineren handelte es sich um einen Gedichtband. Sie blätterte ihn kurz durch und überflog dabei die gedruckten Texte. Als sie ihn wieder beiseitelegen wollte, verspürte sie ein leichtes Brennen in ihrem Zeigefinger. Sie presste die Fingerkuppe zwischen ihre Lippen und sog daran. Der Schmerz ließ nach. Sie hatte sich an der Buchseite geschnitten.

Vorsichtig nahm sie das größere in die Hand. Sein Leder fühlte sich ungewöhnlich weich an, fast wie die Haut eines Kindes. Obwohl sehr alt, schien es in einem hervorragenden Zustand zu sein. Die Prägung eines Ouroboros zierte die Vorderseite. Ihre Finger strichen sanft über die Schlange, die sich in ihren Schwanz biss und für die kosmische Einheit stand. »Ein geschlossener Kreis, die vollkommenste Form«, flüsterte sie. Ihr Zeigefinger zeichnete die Rundung nach, dann schlug sie es auf.

Galesh ta Farium stand in einer geschwungenen Schrift auf der ersten Seite, darunter: *Hadaret menor ceret ebulo farum.* Sie stutzte. Die Schrift hatte Ähnlichkeit mit Latein, aber Arden verstand kein Wort. Was hatte sich ihr Vater dabei gedacht, ihr ein Buch zu geben, das sie nicht lesen konnte?

Eine leise Melodie riss sie aus den Gedanken. Arden schlug das Buch zu und kramte ihr Handy aus der Tasche. Lisa. Anscheinend war sie auch schon von den Toten auferstanden.

»Hallo, Geburtstagskind! Brauchst du Hilfe, oder kannst du schon eigenständig gehen?« Vor Ardens Auge tauchte ein Bild von Lisa auf, die mit verschmierter Schminke um die smaragdgrünen Augen singend in Raffis Armen hing und ihre wilden roten Locken dabei unbändig in alle Richtungen abstanden. Arden lächelte. *Nicht gerade ladylike. Aber was soll's, man wurde nur einmal zwanzig.*

»O Gott! Du klingst schon so munter. Ich war froh, dass ich zumindest in meinem Bett aufgewacht bin. Hast du 'ne Ahnung, wer mich gestern nachhause gebracht hat?«

»Raffi.«

»Mist, gerade Raffi. Dem muss ich jetzt Wochen, wenn nicht Monate, aus dem Weg gehen, in der Hoffnung, dass er das, was er gesehen hat, vergisst.«

»Kannst du knicken, keiner wird deine Darbietungen vergessen. Am besten fand ich die Interpretation von *Back to Black*. Ganz die Amy, zumindest was den Alkohol betrifft. An deiner Stimme musst du allerdings noch arbeiten.«

»Jetzt verstehe ich, woher meine Halsschmerzen kommen. War es gestern nicht deine Aufgabe, auf mich aufzupassen?«, fragte Lisa vorwurfsvoll.

»Von wegen! Ich hatte genug mit mir selbst zu tun. Im Gegensatz zu dir habe ich allerdings den Weg nach Hause gefunden. Sogar ins Bett! Fürs Ausziehen hat es nicht mehr gereicht, aber man sollte ja nicht kleinlich sein.«

»Gratuliere.« Lisas Lachen hörte sich wie das Krächzen einer verrosteten Tür an.

»Du hörst dich schlimm an, soll ich dir etwas besorgen? Etwas Öl vielleicht, um die Stimmbänder zu schmieren?«, scherzte Arden.

»Mach dich nur lustig über mich, ich freue mich schon jetzt auf *deinen* Geburtstag! O Gott, hoffentlich bin ich bis dahin wieder fit.«

»Er ist in fast vier Monaten!«, empörte sich Arden. »Bis dahin wirst du wohl wieder in Ordnung sein.«

»So, wie ich mich jetzt fühle«, keuchte Lisa angestrengt, »kann ich nichts versprechen.«

»Ich glaube, ich komme jetzt lieber zu dir. Mein Bett schreit zwar nach mir, aber ich will dir eine gute Freundin sein.«

»Braves Mädchen!« Lisa war offensichtlich zufrieden mit Ardens Entscheidung. »Bringe Kaffee mit«, legte sie noch nach. »Ich habe keinen zu Hause. »Und Aspirin! Vergiss Aspirin nicht! Ich glaube, mein Kopf ist auf die Größe einer Melone angewachsen.«

»Na prima, dann kannst du als Herzkönigin zu dem nächsten Kostümball gehen«, stichelte Arden weiter.

»Ja, witzig«, krächzte Lisa angestrengt. »Wenn der nicht in einigen Monaten wäre. Soll ich bis dahin vielleicht zu Hause bleiben?«

»Ich hoffe nicht, du wirst der Knaller an der Uni.«

»Jetzt reicht's! Beweg deinen Arsch auf die Straße! Wo bist du eigentlich?«

»Im Büro meines Vaters.«

»Sieht er immer noch so unverschämt gut aus? Grüß ihn von mir.«

»Ja, ja. Ich bin schon auf dem Weg.« Arden packte die Bücher in ihre Tasche und machte sich auf den Weg. Carrie saß nicht auf ihrem Platz, was Arden

gerade recht kam. Jetzt im Nachhinein tat ihr Carrie
leid. Bevor sie ging, kritzelte sie noch eine kurze Nachricht auf einen Schreibblock und legte sie auf deren
Schreibtisch. Danach eilte sie zu den Aufzügen, um
schnell bei Lisa zu sein. In diesem Moment hatte sie
Aurelio schon längst vergessen.

8

DIE GRIGORI

Edward betrat den Konferenzraum. Er musste blinzeln, die Sonne blendete ihn. Bis vor kurzem hatten sich noch dunkle Wolken am Himmel aufgetürmt, aber nun tasteten sich immer mehr Sonnenstrahlen durch den Raum. *Ein gutes Omen.* Der Gedanke entlockte ihm ein kurzes Lächeln. In seinem Rücken schloss derweilen Raphael die Tür, woraufhin die aufgebrachten Stimmen im Raum verstummten und etliche Augenpaare sich voller Neugier auf Edward richteten. Er umrundete den großen Tisch, der nahezu den ganzen Raum ausfüllte, und klopfte im Vorbeigehen freundschaftlich einigen Männern auf die Schulter.

Am Tischende angekommen, blieb er vor dem einzigen leeren Platz stehen und schaute in die Runde. Es saßen vierundzwanzig Männer am Tisch. Einige von ihnen kannte er, die meisten jedoch nicht. Die Abgesandten gehörten den in der ganzen Welt verstreuten Wächtergruppen an. Männer wie Geret mit seiner ewig grimmig wirkenden Miene; Marc und Josh, mit denen er über Jahrhunderte schon viele Schlachten gekämpft hatte; Männer, die ihm treu ergeben waren und jetzt ihre Augen erwartungsvoll auf ihn richteten.

»Ich grüße und danke euch für euer Kommen. Es ist kein erfreulicher Anlass, der uns hier zusammenführt, sondern einer, der uns wieder deutlich macht, wie zerbrechlich die Welt der Menschen doch ist, in der das Schicksal aller von wenigen abhängt. Es liegt wieder einmal an euch, die Gefahren zu bannen. Wie ihr alle schon gehört habt, ist Alasdair zurückgekehrt.« Ein Raunen ging durch den Raum und zwang ihn kurz innezuhalten. »Beruhigt euch!« Er hob beschwichtigend die Arme, und sein Blick wanderte von einem zum anderen. »Bis jetzt sind neunundzwanzig Gerechte verschwunden«, fuhr er fort. »Wir müssen davon ausgehen, dass Alasdair dafür verantwortlich ist. Ich befürchte auch, dass er einen Weg gefunden hat, sie für seine Ziele zu missbrauchen. Es ist nicht klar, wie, denn wir alle wissen, wie schwierig das ist.«

Der Frieden der letzten Jahre war mit einem Male wie weggewischt. Bedeutungslos, ein fernes Echo. Edward stützte sich mit beiden Händen auf die Tischplatte und ließ den Kopf hängen. Es machte ihn wütend, dass sie bis jetzt nicht dazu in der Lage gewesen waren, auch nur einen einzigen Gerechten in Sicherheit zu bringen. Er holte tief Luft und atmete aus. »Die Wahrheit ist: Ich habe keine Ahnung, was er vorhat.«

»Können wir mit Sicherheit davon ausgehen, dass

es Alasdair ist?« Marcs Skepsis war unüberhörbar. Und auch wenn seine Miene keine Regung zeigte, war Edward klar, dass Marc die Hoffnung auf eine andere Erklärung nicht aufgeben wollte.

»Ja, das ist verbrieft.« Edwards Antwort ließ keine Spekulationen zu.

»Wenn Alasdair hier ist, stehen uns dunkle Zeiten bevor«, brummte Geret. Seine tiefe Stimme brachte alle dazu, zu ihm zu sehen. »Für viele wird es ein einziger, langer Marsch ins Grab werden«, legte er noch nach und lehnte sich mit verschränkten Armen weit in den Stuhl zurück. Seinen Blick aus dunklen, unter buschigen Brauen liegenden Augen ließ er wissend über die Ansammlung schweifen.

»Nun, aus Erfahrung muss ich dir zustimmen, Geret, aber wir sollten nicht vergessen, dass der Konflikt-verlauf nicht von der Person bestimmt wird, die ihn verursacht, sondern von der, die darauf reagiert. Also lasst uns das weitere Vorgehen besprechen.«

»Wie konnte er so schnell die Gerechten ausfindig machen?«, mischte sich Elias ein. In seiner Stimme schwang ein vorwurfsvoller Unterton mit. Seine knochigen Hände ruhten flach auf der Tischplatte. »Wir sollten zuerst klären, ob er unsere Quellen anzapfen konnte oder es selbst herausgefunden hat. Diese Information ist wichtig, so können wir Spione in unseren Reihen ausschließen. Weiß jemand von euch, wo er die ganze Zeit gewesen ist?«, wandte er sich an die Anwesenden, wobei sich sein hagerer

Oberkörper zuerst nach links und dann nach rechts zu Edward drehte.

Erneut hatte Edward die Aufmerksamkeit der Anwesenden.

»Ich fürchte, darauf kann ich euch auch keine zufriedenstellende Antwort geben. Ich habe herausgefunden, dass Serpit vor etwa fünf Jahren wieder in London aufgetaucht ist. Sie verhielt sich aber unauffällig.«

»Du meinst, dass er ihr gefolgt ist?«, hakte Josh nach, und seine blaugrauen Augen funkelten durch die dunklen Haarsträhnen, die ihm tief ins Gesicht hingen.

»Serpit ist die Vorhut«, sagte Marc, und seine Miene zeigte immer noch keine Regung, nur seine Augen kniff er zu schmalen Schlitzen zusammen. »Wenn sie auftaucht, ist Alasdair auch nicht weit. Ich habe gehört, dass er einen Nachtclub in London betreibt. Wir sollten das überprüfen.«

»Gut«, mischte sich Edward ein. »Wir schaffen Ordnung und Struktur. Als Erstes müssen wir herausfinden, wem wir vertrauen können und wem nicht.«

»Ich habe Sevier in der Halle gesehen. Ist er auf unserer Seite?« Plötzlich nervös, zupfte Marc an seinem Ärmel. »Als Gegner ist er genauso gefährlich wie Alasdair.«

»Sevier sucht keinen Ärger, zumindest nicht mehr«, erklärte Geret und fuhr sich nachdenklich durchs stoppelige Kinn.

»Er hat mir seine Hilfe zugesagt«, ließ Edward sie wissen. »Er ist bereit, an unserer Seite gegen Alasdair zu kämpfen.«

»Er könnte in Ungnade fallen. Bist du sicher, dass er das riskieren will? Wir sind Grigori, von uns erwartet man, dass wir uns für die Menschen einsetzen, aber Sevier könnte sich Ärger mit der Familie einhandeln.«

»Es geht um Macht und Familie«, stimmte Kaleb Marc zu, und seine Augen nahmen einen besorgten Ausdruck an.

»Um eine Familie, die keine mehr ist.« Edward schaute nachdenklich in die Runde. Sie waren jetzt seine Familie. Sie und natürlich Arden.

»Ich bin trotzdem der Meinung, dass wir in Erfahrung bringen sollen, ob Alasdair auf eigene Faust handelt oder mit der Zustimmung der Lords. Wenn die uns ihre Legionen an den Hals hetzen, sind wir verloren«, ließ sich Kaleb nicht abwimmeln und zog missbilligend die Brauen zusammen.

»Zuerst müssten sie sie in diese Welt schaffen.« Edward wandte sich an Kaleb. »Es ist auch für sie nicht so einfach. Zudem glaube ich nicht, dass die Lords so weit gehen wollen.«

»Es würde ihnen Milliarden Seelen einbringen, das allein ist Anreiz genug, meinst du nicht?« Josh erhob sich. »Ich schlage vor, wir bilden eine Zentrale – und zwar hier in London. Jede Gruppe schickt Vertreter, die zusammen einen Einsatzplan erarbeiten und alles koordinieren. Bis es soweit ist, werden wir alles in Erfahrung bringen, was mit Alasdair zu tun hat.«

Edward nickte zustimmend. Sie alle wirkten entschlossen, Alasdair das Handwerk zu legen. Wenn es möglich wäre, würden sie ihn ohne zu zögern töten. Ein schmerzlicher Stich durchfuhr sein Herz. Es hatte Zeiten gegeben – längst vergangene Zeiten –, in denen Alasdair und er ein Herz und eine Seele gewesen waren. Sie erinnerten ihn daran, dass Alasdair nicht immer so gewesen war. Alasdairs negative Entwicklung erfüllte Edward mit tiefer Traurigkeit. Nach jeder von Alasdairs zerstörerischen Aktionen fühlte er sich für das Unglück verantwortlich. Zumindest am Anfang war klar gewesen, dass Alasdair ihn persönlich hatte treffen wollen. Die jetzige Aktion ließ ihn in dieser Hinsicht zweifeln. Die Zerstörung der Erde könnte nicht als persönlicher Racheakt gesehen werden. Edward realisierte, dass er Alasdair aufsuchen musste, um beurteilen zu können, in welche Richtung seine Pläne sich entwickeln mochten. Was seine seelische Entwicklung anging, machte sich Edward keine großen Hoffnungen. Schon vor langer Zeit war Alasdair an einem Punkt angelangt, der die Rückkehr zur *Menschlichkeit* unmöglich machte.

»Ich werde zu ihm gehen und mit ihm sprechen.« Ein Raunen ging durch den Raum. Alle starrten Edward an. »Ich verspreche mir nicht viel davon, aber es ist zumindest eine Möglichkeit, um herauszufinden, was ihn antreibt.«

»Er wird dich in die Irre führen«, sagte Marc unge-rührt. »Er lässt sich nicht in die Karten schauen. Er wird wissen, dass du ihn aufzuhalten versuchst.«

»Ich habe schon immer versucht, ihn aufzuhalten, und jetzt wird es auch nicht anders sein. Ich will ihm in die Augen sehen und eine einfache Frage stellen: warum?«

»Nun, es ist deine Entscheidung, Edward. Wir werden dich davon nicht abbringen, auch wenn wir der Meinung sind, dass es sinnlos ist. Er hat etwas in Gang gesetzt, was nicht so einfach zu stoppen ist. Und die Antwort auf deine Frage ist auch eher unerheblich. Seine Beweggründe sind bedeutungslos, das Einzige, was zählt, sind die Auswirkungen seiner Taten. In diesem Fall scheinen sie uns alle zu betreffen. Wir müssen ihn stoppen.«

»Ja und nein, Geret. Die Antwort auf das Warum halte ich schon für wichtig. Wenn wir wissen, warum er tut, was er tut, könnten wir ihn unter Umständen davon abbringen. Es ist nur ein schwacher Hoffnungs-schimmer, aber ich will es nicht unversucht lassen.«

»Tue, was du tun musst. Wir konzentrieren uns jetzt auf die Rettung der verbliebenen Gerechten. Sie scheinen der zentrale Schlüssel zu sein. Bringen wir sie in Sicherheit.«

Die Männer erhoben sich einer nach dem anderen von ihren Plätzen. Edward blieb sitzen und strich sich müde die Haare in den Nacken. Warum tauchte Alasdair gerade jetzt hier auf, nachdem er sich

Hunderte von Jahren nicht hatte blicken lassen? Eine lange Zeit, die Edward fast vergessen ließ, was zwischen ihnen stand. Doch nur, weil er ihn nicht gesehen hatte, hieß es noch lange nicht, dass er nicht da gewesen war. Vielleicht hatte er sich nur bedeckt gehalten, ihn heimlich beobachtet und gewartet, dass sich ihm eine Gelegenheit bot, zuzuschlagen.

»Die Zentrale werden wir in meinem Haus einrichten«, wandte er sich an die Männer. »Hier ist es zu auffällig. Ich will keine neugierigen Fragen beantworten müssen. Morgen können eure Leute einziehen, bis dahin wird alles fertig sein.«

Die Männer gingen, und Edward kehrte in sein Büro zurück. Arden war nicht mehr da. Wahrscheinlich war sie nach Hause geeilt, um sich wieder ins Bett zu legen und auszuschlafen. Er lächelte. Es machte ihn glücklich, wenn sie ebenfalls glücklich war. Vivienne hätte viel Freude daran gehabt, sie aufwachsen zu sehen. Aber seine Frau war nicht mehr da. Arden war das Geschenk, das sie ihm gemacht hatte, und sie hatte dafür mit ihrem Leben bezahlt. Er trat an das Fenster und presste die Stirn gegen die kühle Scheibe. Unten auf den Straßen wimmelte es von ahnungslosen Menschen, die ihrem täglichen Trott nachgingen, ohne zu wissen, was für sie auf dem Spiel stand. Diese Erde war nicht nur das Zuhause der Menschen, sondern auch seines. Arden lebte hier mit ihren Freunden. Und jetzt brachte Alasdair alles in Gefahr.

»Ich werde es nicht zulassen«, sagte er entschlossen

und ballte die Fäuste. Es gab noch eine letzte Möglichkeit und die würde Alasdair ihm nicht zutrauen. »Und
das mit recht«, seufzte er. Das bereitete selbst ihm
Magenschmerzen.

9

DER TRAUM

Als sie die Haustür hinter sich schloss, atmete Arden erleichtert auf. Lisa konnte anstrengend sein, und an so einem Tag wie heute hätte sie eigentlich nur zu Ruhe kommen wollen, um sich von den Strapazen der vergangenen Nacht zu erholen. Der Blick auf die Uhr entlockte ihr einen Seufzer. Aber jetzt war sie wieder zu Hause und konnte endlich zu Bett gehen.

Sie ließ die Tasche von der Schulter auf die Treppenstufe gleiten, warf ihre Jacke achtlos über das Treppengeländer und ging in die Küche, die wie das Wohnzimmer an die Eingangshalle angrenzte. Bei Lisa hatte sie literweise Kaffee getrunken, und nun verspürte sie das Bedürfnis nach etwas Frischem. Nach einem kritischen Blick in den Kühlschrank entschied sie sich für ein Joghurt-Himbeer-Törtchen. Genau das Richtige, nicht nur für den Magen, sondern auch für ihre Seele. Der erste Löffel wanderte in den Mund. »Mmh … lecker.« Sie leckte sich genüsslich über die Lippen und schob gleich noch einen Bissen nach. Dann schnappte sie sich eine Flasche Wasser und lief die Treppen hinauf zum Schlafzimmer.

Nach einigen Stufen stoppte sie abrupt und wandte

sich um. Sie hatte ihre Tasche unten liegen lassen. Die Tasche, in der sich die Bücher befanden, die sie aus dem Büro ihres Vaters mitgenommen hatte. Sie wägte ab, doch schließlich gewann die Müdigkeit die Oberhand.

Der Kater lag immer noch auf dem Bett. Er hob nicht einmal den Kopf, als sie das Zimmer betrat. Er öffnete lediglich die Augenlider und blickte sie aus schmalen Augenschlitzen an. »Also wirklich, Onyx! Ich hätte mehr Begeisterung von dir erwartet.« Sie stellte die Flasche samt Teller auf den Nachttisch und strich dem Kater über das Fell. Er wandte ihr demonstrativ den Rücken zu. »Na gut, wie du meinst.« Sie ließ von ihm ab, zog ihre Sachen aus und schlüpfte in ihren Pyjama. Lächelnd nahm sie Anlauf und ließ sich mit Schwung auf das Bett fallen. Der Kater sprang vor Schreck auf. »Das hast du davon, wenn du mich ignorierst!«, lachte sie ausgelassen. Onyx warf ihr einen Blick zu, der sich nicht in Worte fassen ließ. Arden schaute ihm noch nach, wie er trotzig aus dem Schlafzimmer tappte, und lehnte sich schmunzelnd in ihr Kissen. Endlich im Bett!

Sie lächelte noch immer, als sie tiefer in die Kissen rutschte, die Augen schloss und sich dem dumpfen Rauschen in ihrem Kopf hingab, das sie tief ins Reich der Träume zog. Ein dichter Nebel umhüllte sie und als er sich langsam lichtete, schälten sich Felsumrisse aus dem milchigen Weiß. Erstaunt schaute sie sich um. Sie stand am Rande einer steilen Klippe und vor ihr erstreckten sich die Weiten eines Ozeans. Seine dunkle Oberfläche vereinte sich am Horizont mit dem sternlosen Himmel, über den ein gespenstisch großer Mond wanderte. Sein kaltes Licht überzog die umliegenden Felsen mit metallischem Glanz.

Auf einmal erhob sich ein Sturm. Die Nebelschwaden wirbelten um sie herum und eisige Kälte kroch ihr unter die Haut. Mit einem ohrenbetäubenden Donnerhall preschten Wellen gegen die Felsmauer unter ihren Füßen, und die Gischt aus den aufgeschäumten Kronen legte sich auf ihre Haut und Kleidung wie ein feiner Ölfilm. Der salzige Duft des Meeres stieg ihr in die Nase und sie schmeckte die Schärfe des Salzwassers auf der Zunge.

Der feuchte Nebel wurde durch den Wind immer stärker aufgepeitscht und fühlte sich wie der Atem eines großen, dunkeln Tieres an, das jeden Moment über sie herfallen könnte. Die Windböen zerrten wild an ihrem Haar und wirbelten es durch die Luft.

Unbeeindruckt trat sie einen Schritt nach vorne, beugte sich fast schon gewagt über die Klippe hinaus und verharrte am Rand, starrte in die schwindelerregende Tiefe. Steine lösten sich unter dem Druck ihrer Füße und fielen in die scheinbare Bodenlosigkeit. Erschrocken trat sie zurück. Ihr Blick wanderte die Klippe entlang, wobei er auf eine schmale Treppe fiel, die sich eng an die Felswand der Küste schmiegte. Wie in einem Hexentanz heulte um sie herum der Wind, begleitet vom bedrohlichen Tosen des Meeres.

Plötzlich meinte sie, eine Stimme zu hören; eine Stimme, die ihren Namen rief. War es nur eine Einbildung, hervorgebracht durch die Naturgewalten? Angestrengt lauschte sie in das Tosen des Wassers hinein.

»Arden.« Aus der Tiefe trug der Wind ihren Namen hinauf und hauchte es ihr leise ins Ohr. Die Stimme zog sie magisch an, mit einer Kraft, der sie sich nicht entziehen vermochte.

Wie gebannt tastete sie sich am Abgrund entlang, suchte den Zugang zum Abstieg. Ein großer, flacher Stein markierte die erste Stufe. Zögernd schaute sie in die Tiefe und ließ dann behutsam ihre Füße über die Kanten der rutschigen Stufen gleiten. Die schmale, in die Felsen der Küste gehauene Treppe bot keinen sicheren Halt. Zudem zerrte der Wind unermüdlich an ihrem schlanken Körper. Atemlos, mit dem Rücken an den Felsen gepresst, blieb sie immer wieder stehen. Ihre bloßen Hände suchten die kalte Steinwand hinter ihr nach irgendetwas ab, das ihr Halt geben konnte. Es schien ihr fast unmöglich, diese unebenen Stufen zu bezwingen. So vorsichtig wie nur möglich schob sie ihre Füße weiter über die Kanten, und ihre Hand tastete sich weiter die zerklüftete Felswand entlang.

Etwa auf halber Höhe wurden der Abstieg durch eine flache Steinplatte unterbrochen und ein Spalt zog sich durch die Felsen. Er klaffte wie eine schwarze Wunde in dem silbrigen Gestein. Arden bückte sich und steckte neugierig ihren Kopf hinein. Eine undurchdringliche Dunkelheit, die mit einem modrigen Duft getränkt war, starrte ihr entgegen. Nachdenklich linste sie in die Tiefe des Abgrunds. Weiter zu gehen hatte keinen Sinn, da das Wasser der Wellen ihr bereits bis an die Füße heran schwappte. Sie zögerte. Rechts von ihr ging es steil ins Meer hinab und links von ihr ragte eine Mauer aus glitzerndem Gestein in die Höhe.

Plötzlich lösten sich Felsbrocken von der Wand, die mit einem gewaltigen Krachen die nächsten Stufen unter sich begruben. Arden zuckte aufgeschreckt zusammen. Somit war alles klar. Ohne weiteres Zögern zwängte sie sich durch die schmale Öffnung des Spalts hindurch.

Feuchte Kühle erfüllte den engen Gang, in den frische, salzige Luft strömte und sich mit dem modrigen Geruch der Höhle vermischte. Das Mondlicht warf scharfkantige Schatten auf den Boden. Zaghaft tastete Arden sich die Wand entlang und folgte dem Weg in das Innere des Felsens.

Nach einigen wenigen Schritten reichte das Mondlicht nicht mehr aus und die Dunkelheit verschluckte sie gänzlich. Arden blieb stehen und horchte. Nichts. Das Tosen des Meeres war verstummt, und das Einzige, was sie jetzt noch vernahm, war ihr eigener Atem, der sich zu verselbstständigen schien und immer schneller ging. Die Dunkelheit gab ihr das Gefühl, zu wenig Sauerstoff zu bekommen. Sie atmete tief durch und merkte erleichtert, dass die Luft immer noch von der salzigen Frische des Meeres erfüllt war.

Nach einer Weile gewöhnten sich auch ihre Augen an die Finsternis. Sie schaute zurück. Hinter ihr lag alles im Dunkeln. Schlagartig begann ihr Herz zu rasen. War sie hier unten gefangen? Sie breitete hastig ihre Arme aus und stützte sich seitlich an den Felswänden ab. Angetrieben von einer inneren Unruhe, lief sie weiter durch die Schwärze des Tunnels und verlor langsam jedes Gespür für die Zeit.

Plötzlich wich die Dunkelheit. Kleine Lichter flackerten auf und erfüllten den Gang mit einem bläulichen Schimmer. Arden seufzte erleichtert, denn das fahle Licht machte es ihr leichter, voranzukommen. Je weiter sie kam, desto wärmer und trockener wurde es. Doch gleichzeitig breitete sich ein Gestank aus, der sie an Schwefel erinnerte und dafür sorgte, dass die Luft verbraucht schmeckte.

Einige Schritte weiter fiel der Weg steil nach unten ab und führte sie tiefer in den Felsen hinein, in ein endloses Labyrinth aus schmalen Wägen und engen Öffnungen. Mit jedem ihrer Schritte wurde es jetzt heller. Die Luft flimmerte schon fast grell, und der beißende Gestank kratzte in ihrer Kehle. Nach einer Weile trat sie um Atem ringend aus dem engen Gang in eine riesige Felskammer. Arden holte tief Luft und schaute sich um. Ein Flimmern in Farben des Feuers – Kupferrot, Orange und ein gleißendes Gelb – erfüllte den Felsendom, der sich vor ihr auftat. Das Schauspiel erinnerte sie an lodernde Flammen, die der Wind durcheinanderwirbelte, nur dass sie an ihrer Haut keinen Windhauch wahrnehmen und die Hitze der Flammen nicht spüren konnte.

Sie streckte die Hand aus und durchschnitt staunend die flimmernde Luft. Während sie ihren Arm hin und her bewegte, umkreisten kleine Wirbel ihre gespreizten Finger und ein Kometenschweif folgte ihrer Bewegung. Im Zeitlupentempo schritt sie weiter durch das Feuer.

Auf einer Anhöhe tauchte aus dem Flammenmeer die Ruine eines griechischen Tempels auf. Weiße Säulen ragten in den lodernden Himmel hinein, während andere zerborsten am Boden lagen. Feuerzungen leckten gierig am Marmor, dessen feine Struktur zarte Farbnuancen aufwies. Für die Schönheit des Gesteins hatte Arden jedoch keinen Blick übrig. Sie bahnte sich zielstrebig und ihrem Gefühl folgend einen Weg hindurch und stieg die schneeweißen Stufen des Tempels hinauf.

Oben angekommen, bot sich Arden ein atemberaubender Ausblick auf das Flammenmeer. Sie verharrte einen Moment und lehnte sich überwältigt gegen eine der Säulen. Angenehme Kühle breitete sich auf ihrem Rücken aus. Sie ließ ihre Arme sinken und drückte die Handflächen gegen den Stein, dann schloss sie die Augen. Als sie sie wieder aufschlug, bemerkte sie zwischen den Säulen eine Gestalt, eindeutig die Silhouette eines Mannes, der ihr den Rücken zugedreht hatte. Abwartend blieb sie stehen und starrte ihn an. Ein riesiger Schatten aus zwei ausgebreiteten Flügeln stieg über ihm auf. Er schnellte herum, und im selben Augenblick stand er direkt vor ihr; ein Mann mit rabenschwarzem Haar und eisblauen Augen.

Erschrocken fuhr Arden aus dem Schlaf. Kalter Schweiß stand ihr auf der Stirn. Keuchend sprang sie auf die Füße und schaute sich verwirrt um. Ihr Herz schlug wie wild. Es war eindeutig ihr Schlafzimmer, das sie in der Dunkelheit ausmachen konnte. Keine Spur mehr von züngelnden Flammen, dem Tempel oder dem Mann mit den eisblauen Augen.

»Es war nur ein Traum«, wisperte sie erleichtert. Langsam sank sie auf ihr Bett zurück, atmete ruhig ein und aus. Doch plötzlich packte die Panik sie erneut. Der Gestank von Schwefel erfüllte das Zimmer.

Arden lief zum Fenster, riss es auf und sog die klare Luft in sich ein. Etwas ging hier nicht mit rechten Dingen zu. Ohne Zweifel war dieser Mann nicht real, und dennoch fühlte sie sich zu ihm hingezogen, fühlte eine Art schmerzliche Sehnsucht danach, sich in seine Arme zu werfen. Ihr kamen die Worte ihres Professors in den Sinn: »Eine Illusion bleibt Illusion, egal, wie real sie erscheint. Das gilt selbstverständlich auch für Träume.« Ein tiefer Seufzer entglitt ihr. Doch der Geruch hing immer noch schwer im Raum und machte ihr deutlich klar, dass dieser Traum mehr war als nur eine Illusion.

An Schlaf war nicht mehr zu denken. Sie war jetzt

hellwach, ihr Verstand und ihre Sinne waren geschärft. Ratlos stand sie im Zimmer und überlegte, was sie tun sollte. Viele Alternativen gab es zu dieser späten Stunde nicht. Sie schnappte sich einen Sweater, zog ihn über ihren Pyjama und lief nach unten.

Am Stufenansatz lag ihre Tasche. Sie nahm die Kassette mit den Büchern heraus und ging ins Wohnzimmer. Das Licht schaltete sie nicht an, durch die geöffnete Doppeltür zur Eingangshalle war es hell genug. Sie setzte sich auf die Couch und legte die Kassette in ihren Schoß. Nachdenklich hielt sie das Geschenk in den Händen, bevor sie den Deckel aufschob und das braune Buch herausnahm. Sein weiches Leder schmeichelte ihren Fingern, sie streichelte es sanft, als wäre es etwas Lebendiges. Dann drehte sie es um und untersuchte die Rückseite. Sie war vollkommen glatt, so wie auch der Buchrücken. Nur auf der Vorderseite zeichnete sich der Ouroboros ab. Sie strich mit der flachen Hand darüber und spürte deutlich die Erhebung. Ihre Finger tasteten den Kreis ab und glitten über die feine Struktur, die Schlangenhaut nachempfunden war. Dort, wo der Schlangenkopf in den Schwanz biss, ertastete sie eine kalte, etwa stecknadelkopfgroße Oberfläche. Sie hielt das Buch ins Licht. Die Stelle funkelte plötzlich rot. Es war ein winziges Auge, das ihr im Büro nicht aufgefallen war. Kein Wunder bei der Größe.

Arden legte es wieder in ihren Schoß und schlug es auf. Verblüfft starrte sie auf die Seite. *Alea iacta est*

stand da. »Der Würfel ist gefallen! Was soll das?«
Aufgebracht klatschte sie in die Hände, und das Licht
ging an. Hastig blätterte sie weiter und überflog die
Seiten. Alles in Latein. Wie war das möglich? Im Büro
hatte sie doch deutlich in dieser ihr unbekannten
Sprache die Worte *Galesh ta Farium* lesen können.
Arden schlug es zu und öffnete es erneut. Keine Ände-
rung. Sie sprang auf und lief im Zimmer auf und ab,
das Buch fest an die Brust gedrückt. Ab und an blieb
sie stehen und öffnete es immer wieder, um aufs Neue
die unveränderte Überschrift zu lesen.

Resigniert ließ sie sich auf die Couch fallen und
schloss die Lider. Ein Feuer loderte plötzlich vor ihren
Augen. Erschrocken riss sie sie auf. Die Erinnerung an
den Traum war wieder da und mit ihr auch dieser ihr
so seltsam vertraute Mann. Sogar den Geruch von
Schwefel glaubte sie zu riechen. Ein Schauder
überkam sie. Arden stieß das Buch von sich und zog
die Knie unter das Kinn. Die Beine fest umklammert,
wiegte sie sich vor und zurück wie ein kleines Kind.
»Das ist nicht real«, murmelte sie vor sich hin. Doch
ihre Stimme hatte ihre Sicherheit verloren.

Nach einer Weile griff sie erneut nach dem Buch.
Sie zog es nicht an sich heran, sondern öffnete es dort,
wo es lag. Auch diesmal zeichneten sich schwarz die
Worte auf dem Papier – Alea iacta est. *Der Würfel ist
gefallen*. Sie zog die Hand zurück und starrte auf die
Schrift. Wenn es ihr jemand erzählt hätte, hätte sie ihn
für einen Märchenerzähler oder sogar für verrückt

gehalten. War das eine Botschaft? Eine prophetische Warnung, dass die Würfel sprichwörtlich gefallen waren und ihr Schicksal besiegelt? Wer würde mit ihr auf diese Weise kommunizieren wollen? Alles Fragen, auf die sie keine Antwort wusste.

Sie sah auf die Uhr. Kurz vor drei. Die Nacht lag noch über der Stadt. Etwas zu früh, um jemanden anzurufen. Und wen sollte sie überhaupt anrufen? Ihren Vater oder Aurelio? Und wie würden sie auf diese verrückte Geschichte reagieren? Womöglich würden sie denken, *sie* sei verrückt. Arden würde es ihnen nicht verübeln. Sie musste ganz behutsam vorgehen.

Allmählich beruhigte sie sich und lehnte sich zurück. »Denk mal nach!«, sagte sie und rieb sich die Schläfen. »In den letzten Stunden ist etwas passiert, was du übersiehst.«

Arden begann jedes Detail durchzugehen, seitdem sie das NightFly, Kevins Bar, betreten und sich dem wilden Treiben von Lisas Geburtstagsfeier hingegeben hatte. Kein unbekannter Ort. Kevin war ein Freund und sie kam drei-, viermal in der Woche zum Essen, nichts Außergewöhnliches. Sie hatte zu viel getrunken, aber das war auch nicht außergewöhnlich. Es waren etwa sechzig Leute, Jungs wie Mädchen, da gewesen. Sie kannte nicht jeden gut, aber sie war jedem über kurz oder lang schon mal begegnet. »Nein«, sagte sie und schüttelte heftig ihren Kopf, »hier ist nichts zu finden.«

Ardens Blick fiel erneut auf das Buch. Es lag neben ihr, nur eine Armlänge entfernt. Sie griff danach. Das war der Schlüssel, dessen war sie sich sicher. Sie rief sich jedes Detail ins Gedächtnis, seitdem sie es berührt hatte. Erneut strich sie sanft über das Leder und fuhr mit dem Zeigefinger den Ouroboros nach. »Ein geschlossener Kreis, die vollkommenste Form«, wisperte sie, wie schon im Büro, während ihr Finger die runde Form nachzeichnete. Dann schlug sie es auf. *Alea iacta est.*

Entweder hatte sie etwas falsch gemacht, oder die Botschaft war immer noch aktuell. Aber was bedeutete dann die erste Botschaft – *Galesh ta Farium?* Was war eine Botschaft wert, wenn man sie nicht verstand? Sie überlegte erneut und lachte plötzlich. »Natürlich, du Dummchen! Du hast dich an der Buchseite geschnitten und an deinem Finger klebte noch das Blut, als du den Ouroboros berührt hast.« Wie hatte sie das übersehen können? In allen Gruselgeschichten spielte Blut eine wichtige Rolle.

Arden sprang auf und lief zum Schrank. Aus einer Schublade kramte sie Nähzeug heraus und stach mit einer Nadel in ihren Zeigefinger. Ein Tröpfchen Blut bildete sich sofort auf der Fingerkuppe. Zurück auf der Couch zeichnete sie erneut, jetzt allerdings mit blutigem Finger, den Kreis auf dem Buchdeckel nach, wobei sie nochmals die Worte »Ein geschlossener Kreis, die vollkommenste Form« sprach, natürlich nur zur Sicherheit. In ihrem Finger kribbelte es leicht und eine Vorfreude erfasste sie. Jetzt hatte es geklappt. Hastig öffnete sie das Buch, und in demselben Moment schleuderte sie es auf die Couch zurück. »Es kann doch nicht wahr sein!«, schrie sie wütend. Das Buch lag aufgeklappt da, die Worte schienen sie regelrecht zu verhöhnen.

Aufgebracht lief sie aus dem Wohnzimmer und sprintete die Treppe hinauf ins Arbeitszimmer. Verärgert stieß sie die Tür auf, ließ sich geräuschvoll in den Stuhl vor dem Schreibtisch fallen und schaltete den Computer an. In die Suchzeile tippte sie *galesh ta farium* ein. Kein Treffer. Sie suchte weiter nach alten oder außergewöhnlichen Sprachen und Dialekten, aber schnell wurde ihr klar, dass sie ohne Hilfe nicht weiterkommen würde.

Im Moment hätte ihr schon geholfen, wenn sie mit Lisa darüber hätte sprechen können, aber Lisa schlief bestimmt tief und fest. Ihre Augen fixierten die Bücherregale, die eine ganze Wand einnahmen. Sie hatte sie noch nie gezählt, aber es waren eine ganze Menge Bücher. Frustrierend, wenn man bedachte, dass sie sie alle gelesen hatte und jetzt erkennen musste, dass sie ihr nicht helfen konnten.

»Egal, ich werde dich schon knacken«, versprach sie festentschlossen, das Geheimnis des Buches zu lüften.

Im Schlafzimmer roch es immer noch nach Schwefel. Doch da war noch ein anderer Duft: Samtig und süß mischte er sich in die beißende Schärfe des Schwefels. Sandelholz. Er erinnerte sie an das Bleu de Chanel, das ihr Vater bevorzugte. Sie nahm einen tiefen Atemzug. Wollten ihre Sinne ihr einen Streich spielen; ihr etwas vorgaukeln, was nicht da war?

Die weißen Stores blähten sich plötzlich im Wind auf und gewannen ihre Aufmerksamkeit. Die kühle Nachtluft trieb ihr Gänsehaut auf die Arme. Sie beeilte sich, das Fenster zu schließen, und drehte die Heizung voll auf. Vor Kälte zitternd, schlüpfte sie schnell unter die Bettdecke. Es dauerte eine Weile, aber die Wärme kehrte in ihren Körper zurück und mit ihr auch die Schläfrigkeit. Sie schloss die Augen, und zuerst dachte sie, sie würde nicht abschalten können aufgrund der Ereignisse, die sich in den letzten Stunden zugetragen hatten. Doch das dumpfe Rauschen des Meeres drang stattdessen in ihr Unterbewusstsein und eine Art Vorfreude erfasste sie. Sie hoffte, an ihren Traum anknüpfen und dem mysteriösen Mann erneut begegnen zu können. Sie war sich ziemlich sicher, das Buch hatte etwas damit zu tun. An Zufälle glaubte sie nicht.

Zufrieden lächelnd rutschte Arden tiefer in die Kissen. Das Rauschen wurde stärker, und schließlich ließ seine monotone Regelmäßigkeit sie wie in Trance dahingleiten.

10

EIN BÖSES ERWACHEN

Nur langsam kam Bohumil wieder zu sich. Er zitterte vor Kälte. Instinktiv rollte er sich ein, um die verbleibende Wärme, die noch in seinem Körper steckte, zu schützen. Seine steifen Glieder schmerzten, in seinem Kopf schwirrte es, als wäre er vollgestopft mit Hummeln. Stöhnend legte er die Hand auf seine Stirn. Ein Seufzer der Erleichterung entwich ihm. »Gott sei Dank kann ich mich zumindest wieder bewegen.« Erinnerungen an das Geschehene kehrten zurück. Bohumil überkam ein Gefühl absoluter Hilflosigkeit. Er versuchte seine Gedanken zu ordnen, aber es gelang ihm einfach nicht. Seine Augen glitten dabei nervös über die Streben des offenen Dachstuhls über ihm, und er war bemüht, all das zu begreifen.

Aus einem Impuls heraus rappelte er sich hoch. Jeder seiner Bewegungen folgte ein unangenehmes Quietschen des Metallbetts, auf dem er lag. Er setzte sich auf und warf einen flüchtigen Blick auf die fleckige Matratze, auf der sich seine Hände abstützten. »Igitt!« Er verzog angewidert den Mund, und sein leerer Magen gluckste bedrohlich. Wieder kroch Panik in ihm auf. *Wo bin ich hier? Was ist passiert?*

Vor allem quälte ihn die entscheidende Frage: *Warum?* Er wusste, wenn er sich in diesen Fragen verlieren würde, auf die er keine Antwort hatte, würde er seiner Hilflosigkeit noch mehr Nahrung liefern. Doch sich abzulenken war leichter gesagt als getan. Trotzdem musste er aufhören zu grübeln und sich auf das konzentrieren, was vor ihm lag.

Bohumil sog scharf die Luft ein und schaute sich nach einer Ablenkung um.

»Wie spät mag es wohl sein?« Seinem Magen nach zu urteilen, lag er bestimmt schon seit Tagen hier. Leider wusste Bohumil auch, dass sein Magen kein zuverlässiger Zeitmesser war, denn schon nach einer Stunde ohne Nachschub meldete er sich mit lautem Knurren. Doch diesmal war es mehr als nur Hunger, den er da verspürte. Eher hatte er das Gefühl, in seinem Magen klaffte ein riesiges Loch, das seine ganze restliche Energie unaufhaltsam in sich sog und ihn auf erschreckende Weise daran erinnerte, wo er sich gerade befand. Suchend tastete er die Jackentaschen nach seinem Handy ab. »Verdammt!« Ihm fiel plötzlich ein, dass man es ihm abgenommen hatte.

Unter Stöhnen stützte Bohumil sich auf die Knie und zwang sich zum Aufstehen. Er schüttelte die müden Glieder und unternahm zudem einen lächerlichen Stretchingversuch, indem er den Ellenbogen mit der Hand zum Kinn drückte. Seine Schulter knackste. »O Gott!«, schrie er auf. Sofort ließ er seinen Arm sinken. Besser, er nähme sich die Umgebung vor, das könnte sich als viel nützlicher erweisen.

Bohumil seufzte und schaute sich um. Sein Blick glitt tastend durch den Raum. Es war eindeutig ein Lager, schien aber schon seit langem nicht mehr als solches genutzt zu werden. Überall stapelte sich unnützes Zeug – leere Kisten, aufgerissene Kartons mit alten Fliesen und vollgestopfte Plastiksäcke, die sich zu einem Berg türmten. Über allem lag eine dicke Schicht aus Staub und Dreck. Die kleinen Scheiben des riesigen Fensters über dem Bett waren mit Farbe angestrichen, die vor langer Zeit weiß gewesen sein musste, jetzt jedoch gräulich wirkte und nur schummriges Licht durchließ. Bohumil stieg auf das Bett, das unter seinem Gewicht quietschend nachgab. Auch wenn er sich auf die Zehenspitzen stellte, reichte seine Körpergröße bei Weitem nicht aus, um an die Scheiben heranzukommen. Missgestimmt stieg er wieder ab und schob das Bett beiseite.

Er schaute sich erneut um und überlegte, welche Möglichkeiten sich ihm boten, aus diesem Loch herauszufinden. Zuerst war da der Kistenhaufen, der nahezu den halben Raum einnahm. Daraus konnte man doch was machen! Er fing an, die Kisten umzuschichten und suchte einige große, stabil aussehende aus, die er unter dem Fenster wie Stufen aufeinanderstapelte.

Eine schweißtreibende Aktion. Bohumils Atem ging schwer und ihm wurde schwindlig. Wusste der Teufel, was sie ihm da verabreicht hatten, damit er ruhig blieb. Die Nachwirkungen waren immer noch spürbar. Seine Muskeln waren zäh, ein Zustand, der ihm nicht gänzlich unbekannt war, aber diesmal erreichte er eine andere Dimension. Tief holte er Luft. Der schwere Atem verstummte und ging dann in ein keuchendes Schnaufen über. »Jetzt nur noch hochklettern.« Er seufzte gequält. Misstrauisch beäugte er sein Werk. Ein paar Mal rüttelte er noch an den Kisten, um sich selbst davon zu überzeugen, dass sie etwas aushielten, schließlich wog er ein paar Kilöchen mehr, als er sollte.

Keuchend kletterte er die erste Kiste hoch. Eine kleine Weinkiste diente ihm als Zwischenstufe. Sie ächzte. Er zog sich schnell auf die größere hoch, die unter seinem Gewicht zu schwanken begann und ein bedrohliches Knacken von sich gab. Schweißperlen traten auf seine Stirn, die Knie begannen zu zittern. Mit einer Hand stützte er sich an der Mauer ab. Einen Moment lang rang er mit dem Gleichgewicht, bemüht, sein Kniezittern und somit auch das Schwanken der provisorischen Stufe unter sich in den Griff zu bekommen. »Es rächt sich halt«, japste er, »wenn man nichts für seinen Körper tut und fünfzig Kilo Übergewicht mit sich rumträgt!«

Bohumil atmete tief durch und zog sich langsam auf die nächste Kiste hoch. Zuerst legte er nur ein Knie drauf, wartete kurz ab, ob seine Konstruktion zu schwanken begann. Nichts, sie schien stabil genug zu sein, um sein Gewicht zu tragen. Vorsichtig zog er das zweite Bein nach. Den Halt an der Wand suchend, stellte er sich langsam auf.

»Mist!« Die Höhe reichte immer noch nicht aus, was ihm einen enttäuschten Seufzer entlockte. Sein Blick fiel dabei auf die Tür. »Was ist, wenn …« Eilig kletterte er runter, durchquerte den Raum und zerrte am Türgriff. »Natürlich verschlossen, es wäre auch zu schön gewesen!« Ratlos schaute er zum Dachstuhl. Die Trennwände reichten bis zu den Querbalken, aber oben war alles offen. Wenn er nicht so dick wäre, könnte er hochklettern und in den nächsten Raum gelangen. Vielleicht stand dort die Tür offen.

Wenn …, zu viele Wenns. *Wenn* er nicht so dumm gewesen wäre, müsste er jetzt nicht darüber nachdenken, wie er aus diesem Schlamassel herauskommen könnte. *Wenn* er nicht so faul gewesen wäre, hätte er sportlicher werden können und mit Sicherheit alle diese Hindernisse, die ihm jetzt so unüberwindbar erschienen, locker meistern können.

Wütend trat er gegen einen Pappkarton, der mit lautem Scheppern über den Boden schlitterte und seine Neugierde weckte. Vielleicht gab es irgendwelche Gegenstände innerhalb des Kartons, die ihm nützlich sein würden. Hastig öffnete er die zusammengefalteten Seiten, und zum Vorschein kamen alte Türbeschläge und Türgriffe. »Wollt ihr mich alle verarschen!« Verärgert verpasste er dem Karton einen weiteren Tritt. Er flog durch den ganzen Raum, wühlte eine Wolke aus

Staub auf und fuhr mit einem lauten Knall in einen Stapel Weinkisten.

»Bohumil, ruhig bleiben«, rief er sich zur Vernunft. »Nicht aus der Ruhe bringen lassen!« Rastlos ging er auf und ab, seine Augen irrten umher.

Ein lautes Gebrüll echote plötzlich durch die Halle, begleitet von einem Fauchen, das ihm lähmend in die Knochen fuhr und eine Gänsehaut auf die Haut trieb. Das Echo verschwand nachhallend unter der hohen Decke. Dem Geräusch folgte eine Stille, eine furchtbare, kaum zu ertragende Stille, der er mit weit aufgerissenen Augen und pochendem Herzen lauschte. Das tiefe Knurren direkt hinter der verschlossenen Tür ließ ihn zusammenzucken. Sein Herz setzte für einen Moment aus und hämmerte dann panisch gegen seinen Brustkorb. Mit jedem Herzschlag wuchs auch sein Unbehagen. Er stolperte einige Schritte zurück, die Tür stets im Auge.

»Nicht ausrasten, ruhig bleiben«, flüsterte er beschwörend. In dem Moment, in dem die Kreatur auf der Trennwand unter dem offenen Dachstuhl auftauchte, wollte er schreien. Aber seine Kehle war mit einem Mal so zugeschnürt, dass er keinen Laut von sich geben konnte. Und als dann noch eine zweite Kreatur dazukam, begann er am ganzen Leib zu zittern. Seine Beine wurden weich und gaben dem Gewicht seines Körpers nach. Er stürzte auf die Knie. Auf allen Vieren schleppte er sich zum Fenster und verkroch sich zwischen dem Bett und den gestapelten

Kisten. Mit der Mauer im Rücken fühlte er sich sicherer. Wenigstens war diese Wand keine, auf der die Bestien spazieren gehen konnten.

Die Tiere schlichen weiterhin wie dunkle Schatten auf den Trennmauern umher, das Fell glänzend und schwarz wie die Nacht. Der Blick ihrer abgrundtiefen Augen klebte regelrecht auf Bohumil. Er konnte nicht mehr denken und starrte sie nur an. So etwas hatte er in seinem Leben noch nie gesehen. Sie waren größer als ein Löwe, besaßen die Geschmeidigkeit einer Raubkatze und den zu den Hinterbeinen abfallenden Körperbau einer Hyäne, ohne ebenso abscheulich zu wirken. Im Gegenteil. Ihr schwarzes Fell wirkte elegant, wenn auch die Reißzähne deutlich machten, dass sie der Blutrünstigkeit einer Hyäne in nichts nachstanden. Fauchend landete eine der Kreaturen im Raum. Bohumil hätte sie bewundern können, wenn da nicht die Angst um sein Leben wäre, die sich wie eine unsichtbare Hand um seine Innereien schloss und erbarmungslos zudrückte.

Die Kreatur bewegte sich weiter vorwärts und legte dabei die Pfoten lautlos auf den Boden. Ihre Schritte waren bedacht, ihr Körper angespannt. Kein Zweifel, sie war auf der Jagd.

Bohumil war jetzt zum Zerreißen angespannt. Flach atmend und stocksteif presste er sich gegen die Mauer. Am liebsten wäre er mit ihr verschmolzen. Die Kreatur blieb stehen, hob ihre Schnauze und witterte. Langsam, wie in Zeitlupe, drehte sie ihren Kopf wieder in seine Richtung, bleckte ihre riesigen, spitzen Zähne und gab einen Laut von sich, der Bohumils Blut zum Gefrieren brachte. Das war offensichtlich das Signal für das zweite Tier. Es gesellte sich zu dem ersten, und zu Bohumils Entsetzen ging es sogar noch einen Schritt weiter. Geduckt schob es sich ganz an ihn heran, sodass er den Speichel von seinen Reißzähnen aus dem offenen Maul tropfen sehen konnte. Die Ohren angelegt, die Lefzen hochgezogen, funkelte ihn das Tier feindselig aus dunklen Augen an. Bohumil rauschte das Blut in den Ohren. Im Wissen, dass ihn jetzt nichts mehr retten konnte, kroch die nackte Angst seinen Rücken hoch.

»Brutus!« Eine Stimme, so scharf wie ein Peitschenhieb, ließ die Kreatur innehalten. Dennoch blieb sie vor Bohumil stehen und lauerte.

Oben auf der Mauer stand ein Mann. Bohumil erkannte ihn sofort. Nie im Leben würde er den harten Blick aus diesen eiskalten Augen vergessen können. Dieser Mann bedeutete nichts Gutes. In seinem Kopf hallten die Warnungen des Anrufers: *Bohumil, Sie sind in Lebensgefahr!*

Ja, er war in Lebensgefahr. Daran gab es keinen Zweifel. Der Anblick des Mannes war ihm Beweis genug. Sein Schicksal lag nun in den Händen dieses Fremden.

Die tödliche Anspannung der Tiere, die nur auf ein Zeichen ihres Herren warteten, um über Bohumil herzufallen, war immer noch präsent. Ihre Körper verharrten in einer freudigen Erregung, die ihre Muskeln wie aus dunklem Marmor gemeißelt aussehen ließ. Ihre muskulösen Hälse trugen wuchtige Schädel mit unbehaarten, breiten Schnauzen, über denen schwarze Augen funkelten und ihn fast hypnotisierend anstarrten. Bohumil bezweifelte keine Sekunde lang, dass sie sich bei der kleinsten Bewegung mit Freude über ihn hermachen würden.

»Wer ... wer sind Sie?«, kam es gepresst über Bohumils Lippen. Seine Stimme klang heiser, während er mit einem Rest von Beherrschung sprach. Er hasste sich dafür, dass er sich so wenig unter Kontrolle hatte.

»Dein persönlicher Albtraum, wenn du es so willst!«

Bohumil bezweifelte keine Sekunde lang die Richtigkeit dieser Aussage. Die Stimme des Fremden war noch kälter geworden, sein Blick hart und unnachgiebig. Der Fremde schien einen Hang zur Dramatik zu besitzen und kam bei ihm zweifelsohne auf seine Kosten. Sein sardonisches Lächeln war unmissverständlich.

Der Mann sprang von der Mauer. Als er auf dem Boden aufsetzte, ging er leicht in die Hocke. Seine Knie fingen den Aufprall ab. Nur eine kleine Handbewegung reichte aus und die Tiere ließen von Bohumil ab. Er machte innerlich drei Kreuze, verkniff es sich jedoch, erleichtert aufzuatmen. Niemand schien hier die Tür zu benutzen, eine Erkenntnis, die Bohumil sofort beunruhigte. Es gab für ihn anscheinend nur zwei Möglichkeiten – entweder würde er hier verrotten, oder die Bestien trugen ihn häppchenweise über die Mauer. Die trüben Aussichten trieben ihm weiteren Schweiß auf die Stirn. Er wollte flüchten, aber wohin?

»Ich würde es nicht so eng sehen Bohumil, es gibt durchaus andere Möglichkeiten.«

»Mich gehen zu lassen?«

»*Das* ist keine Option.«

Bohumil starrte den Mann ungläubig an. »Sind Sie jetzt auch noch ein Gedankenleser?«

»Ich bin mehr als nur das.«

»Ich weiß, Sie sind mein persönlicher Albtraum.«

Der Mann lachte. Ein Lachen, das durchaus Bohumils Sympathien hätte gewinnen können, wenn er nicht der Mann gewesen wäre, der ihn hier gefangen hielt und ihm nach dem Leben trachtete.

»Es freut mich, dass du wieder zu Scherzen aufgelegt bist. Diese lockere Art solltest du beibehalten, sie könnte unsere Zusammenarbeit erheblich erleichtern.«

»Ich glaube, Sie verwechseln mich mit jemandem. Ich bin nur ein unbedeutender Sozialarbeiter aus Prag, wie könnte ich schon für Sie von Nutzen sein?« Etliche Krimis, in denen Menschen erpresst wurden, Verbrechen zu begehen, schossen Bohumil durch den Kopf. »Ich kann für Sie nicht töten, das sage ich Ihnen gleich. Lieber sterbe ich!«

»Nein, Bohumil, töten musst du für mich nicht, das

kann ich immer noch selbst erledigen. Ich benötige deinen Körper und deine Seele«, sagte er ohne Umschweife.

Bohumil glaubte, sich verhört zu haben und starrte den Mann verdutzt an. »Sagten Sie gerade, Sie wollen meine Seele?«

»Du hast schon richtig verstanden.«

»Sind Sie der Teufel persönlich?« Diese Überlegung kam Bohumil mittlerweile nicht mehr so abwegig vor. Wer sonst sollte Interesse an seiner Seele haben?

»Bohumil, mach dich nicht lächerlich. Den Teufel gibt es nicht. Er ist nur ein fiktives Wesen, das die Kirche für ihre Zwecke erfunden und missbraucht hat.«

»Und wer sind Sie dann? Etwa der Satan, um mich präzise auszudrücken?«

»Nein«, sagte der Mann bestimmt »der bin ich auch nicht. Lassen wir das Ratespiel, denn wer ich bin, ist für dich ohne Bedeutung.«

Bohumil wollte noch nicht aufgeben. Da musste noch mehr sein. Er hakte nach. »Sie sind nicht der Satan, aber es gibt ihn, oder? Wollen Sie das damit sagen?« Die Aufregung ließ ihn die Vorsicht völlig vergessen. Langsam kroch er aus seiner Schutzecke zwischen den Kisten heraus und setzte sich auf das Bett. Die Vermutung, dass dieser Mann ihm die Frage beantworten könnte, wuchs zur Gewissheit. Die Tiere hoben sofort die Köpfe, und ein drohendes Knurren drang durch ihre zitternden Lefzen.

»Was soll das, Bohumil?« Der Mann baute sich vor

ihm auf und schaute ihn neugierig an. »Du bist doch gläubig, oder?«

»Wenn Sie damit meinen, ob ich zur Kirche gehe, dann nein. Ich glaube aber an eine gerechte und allmächtige Kraft, die alles im Gleichgewicht hält. Warum fragen Sie?«

»Weil du Bohu-mil heißt, was Gott-lieb bedeutet. Schon dein Name scheint deine Gesinnung zu verraten«, sagte er und hob amüsiert die Brauen. »Der Name reflektiert, woher du kommst, aber auch, was du gerne sein würdest.«

Bohumil war niemals in den Sinn gekommen, darüber nachzudenken, welche Bedeutung sein Name hatte. Er war einfach nur Bohumil und basta. Alles andere war ihm egal. Abgesehen davon nannte ihn jeder Bohousch. Nun, wo der Fremde sich seinen Namen auf der Zunge zergehen ließ, klang es auch für Bohumil wie ein Zugeständnis an Gott, ihn zu lieben. Er bekam ein schlechtes Gewissen, dass er der Kirche nicht gerade zugetan war. Doch schuld war das System. Er konnte die Pfarrer nicht ausstehen, die selbst keine Ahnung vom wirklichen Leben hatten, aber anderen vorschreiben wollten, wie sie es zu führen haben. Er hatte mit Menschen in Not zu tun, sie kamen alle zu ihm und machten einen großen Bogen um die Kirche. Dort gab es nur Tadel und dummes Gequatsche darüber, dass man sein Schicksal demütig ertragen müsste, denn Armut und Demut führten in den Himmel. Wollten die Pfarrer denn nicht in den Himmel? Oder glaubten sie selbst gar nicht an Gott? Den Eindruck gewann man schnell, zumindest bei einigen. Und jetzt bekam Bohumil die einmalige Chance, zu erfahren, ob es die Hölle und den Himmel wirklich gab.

»Und? Gibt es ihn? Den Satan, meine ich.« Bohumil saß mit offenem Mund da und starrte den Mann an, der ihn jetzt aus zusammengekniffenen Augen betrachtete. Auch seine Gesichtszüge zeigten wieder diese furchteinflößende Härte. Wie konnte jemand, der das Aussehen eines Engels besaß, so böse sein?

»Du kannst dich im Gebäude frei bewegen«, sagte der Mann in einem Tonfall, der Bohumil wissen ließ, dass die Audienz beendet war. »Den Gang runter findest du so etwas wie ein Bad und die Küche. Übrigens: Fliehen ist sinnlos.« Sein Blick deutete auf die gestapelten Kisten. »Brutus und Nero sind hier, um dich zu beschützen.« Wie auf Kommando hoben die Kreaturen wieder ihre Köpfe.

»Was sind das für Tiere?«

Keine Antwort. Bohumil empfand es als besorgniserregend, allein mit den Kreaturen zu sein und nicht zu wissen, was sie waren. Seine Angst fand wieder neue Nahrung.

»Es sind Jagdhunde«, antwortete der Mann schließlich und ging zur Tür. Die Tiere folgten ihm, doch eine der Bestien machte kurz darauf kehrt, streifte Bohumil und zeigte ihm einmal mehr ihre furchterregenden Zähne. »Brutus!«, wies der Mann das Tier zurecht.

Eine Zurechtweisung, der das Tier mit einem Knurren nachkam. Dann sprang es mit einer Leichtigkeit, die Bohumil die Sprache verschlug, auf die etwa fünf Meter hohe Mauer.

»Und wenn ich Ihnen nicht das gebe, was Sie von mir verlangen?«

Der Mann blieb stehen, drehte sich nur halb zu Bohumil um und ließ ihn noch einmal in den Genuss seiner kalten Augen kommen. »Das gewünschte Ergebnis ist nicht immer mit Diplomatie zu erreichen, und nur ein Narr fordert heraus, was er nicht kennt.« Die Stimme klang klirrend kalt. »Und nur ein noch größerer Narr«, fuhr er fort, »würde nicht erkennen, wer über sein Leben die Gewalt ausübt.« Die Worte schnitten direkt in Bohumils Herz.

»Die Antwort auf deine Frage von vorhin ist: Ja!« Ohne ihn weiter zu beachten, öffnete der Mann die Tür und verließ den Raum. Sie blieb sperrangelweit offen, und aus dem Gang dahinter hallten die sich entfernenden Schritte.

Wie paralysiert starrte Bohumil ihm nach. Hatte der Mann tatsächlich behauptet, es gäbe Satan? Eigentlich hatte Bohumil es schon geahnt. Einiges ergab nun einen Sinn. So wie diese unheimlichen Kreaturen, die seiner Meinung nach der Hölle entsprungen sein mussten. Und was hatte er noch gesagt? Es wären Jagdhunde? Er hätte am liebsten gefragt, was sie genau jagten, aber diese Frage konnte er sich im Grunde schon selbst beantworten.

Unsicher schlich Bohumil zur Tür und spähte um die Ecke. Ein langer Gang zog sich wie ein dunkler Schlauch durch das Gebäude, von dem mehrere Türen abgingen.

Seine Kopfschmerzen meldeten sich schlagartig zurück. Panik mischte sich darunter. Er massierte seine Schläfen, um die Schmerzen zu vertreiben. Vergeblich. Weder verschwand der Schmerz noch seine Angst.

»Bohumil, du brauchst jetzt etwas, was deine Gehirnzellen in Schwung bringt«, sprach er sich Mut zu. »Vielleicht einen Kaffee? Genau, Kaffee wäre jetzt das Richtige.« Auf etwas Stärkeres wagte er nicht zu hoffen. Er holte tief Luft, trat voller Tatendrang in den Gang und machte sich auf die Suche nach der Küche.

11

CLUB NOIR

Arden griff nach dem Telefon, dessen Klingelton sich unbarmherzig in ihr Bewusstsein bohrte. Sie wollte ihn zuerst ignorieren, aber der Anrufer ließ nicht locker. »Hallo«, nuschelte sie genervt in den Hörer.

»Habe ich dich etwa geweckt?«, drang Lisas krächzende Stimme in ihr Ohr.

»Wie spät ist es?« Arden rieb sich die Augen und gähnte.

»Halb zwei.«

»Mann!« Sie schnellte hoch. »Ich habe verschlafen! Warst du in der Vorlesung?«

»Du Witzbold!« Lisas Kichern ging in einem Husten unter. »Du hast mich doch gestern gesehen. Warum meinst du, dass es mir besser geht als dir? Bin gerade aufgewacht und habe gehofft, dass du in der Uni warst. Immerhin bist du die Verantwortungsvollere von uns beiden.«

»Deine Hoffnungen ehren mich, aber ich bin schon lange nicht mehr die Vorzeigestudentin, die ich einmal war. Ich glaube, der schlechte Einfluss meiner Kommilitonen, vor allem einer gewissen Lisa, hat dazu beigetragen.«

Lisa kicherte erneut.

»Spar dir dein Lachen, überleg dir lieber eine Ausrede. Ich hatte nämlich um elf einen Termin bei Professor Davis wegen der Seminararbeit.«

»Oh, Professor Davis, der ist nachtragend.« Lisas Stimme klang auf einmal besorgt. »Er wird dein Nichterscheinen als persönliche Beleidigung empfinden.«

Arden stöhnte. »Du hast es erfasst, deshalb auch die gute Ausrede!«

»Mir wird schon etwas einfallen«, beruhigte Lisa sie. »Viel wichtiger ist jetzt aber die Antwort auf die Frage, was wir heute unternehmen wollen?«

»Ausschlafen?«

»Bist du verrückt? Es gibt doch diesen neuen, tollen Club, von dem alle schwärmen. Nur wir waren noch nicht dort. Wie kannst du da noch ruhig schlafen? Zudem kann ich mich nicht mehr an mein letztes Date erinnern. An deins übrigens auch nicht. Wir müssen unbedingt etwas dagegen unternehmen. Es ist die Gelegenheit!«

»Ist gut«, gab sich Arden geschlagen, denn sie wusste ganz genau, dass Lisa von ihrem Vorhaben nicht abzubringen war. »Apropos ruhig schlafen, ich muss dir von meinem verrückten Traum erzählen«, versuchte Arden das Thema zu wechseln. »Und dann ist da noch die Geschichte mit dem seltsamen Buch.«

»Ja, ich liebe verrückte Geschichten«, unterbrach Lisa sie. »Aber können wir später darüber reden? Ich treffe mich jetzt mit meiner Mom, wir gehen einkaufen. Wenn ich sie versetze, werde ich mir tagelang Vorwürfe anhören müssen. Abgesehen davon kann ich immer etwas für mich abstauben.«

»Ist gut, ruf mich an, wenn du so weit bist. Schönen Nachmittag mit deiner Mom und grüß sie von mir.«

»Danke, werde ich ausrichten. Bis dann.«

Arden legte auf und schloss die Augen. Sie war unfassbar müde und beneidete Lisa keinesfalls um das Treffen mit ihrer Mutter. Heute nicht. Sie drehte sich auf die Seite und zog die Bettdecke über die Schulter. Kurz dachte sie noch daran, Hamid anzurufen, um das Training abzusagen, doch stattdessen schaltete sie das Telefon auf stumm und schlief wieder ein.

✳

Am späten Abend fuhren sie ins NOIR. Arden wäre lieber im Bett geblieben, aber Lisa wollte davon nichts mehr hören.

»Du führst dich auf wie eine alte Frau«, schimpfte sie.

Für Lisa war jede Frau über fünfundzwanzig bereits alt, und Arden wollte mit ihren zarten neunzehn auf keinen Fall so gesetzt wirken. Also hatte sie sich zusammengerafft und saß jetzt neben Lisa in einem Taxi, das gerade vor dem Club zum Stehen kam. Sie schälte sich langsam aus seinem Inneren, penibel darauf bedacht, eine gute Figur zu machen, da jeder Neuankömmling der Kritik der Wartenden ausgesetzt war. Ihren Blick ließ sie dabei über das Gebäude schweifen. Das Eingangsportal des berühmt-berüchtigten NOIR hatte wahrlich nichts Spektakuläres an sich. Eine eher kleine Lagerhalle aus Klinkerstein mit einem großen, spitz zulaufenden Giebel. Um es ein wenig auszuschmücken, hatte man an den Ecken zwei Gargoyles mit grimmigen Fratzen und gefletschten Zähnen aufgestellt, die von Bodenstrahlern ausgeleuchtet wurden. Über der massiven Holztür prangte in einzelnen Goldbuchstaben der Name – N O I R.

»Es ist aussichtslos!« Lisas Stimme verriet ihre tiefe Enttäuschung angesichts der Menschenmenge, die sich vor dem Eingang drängte.

»So sehe ich das nicht.« Arden schaute entschlossen zu der Eingangstür, die von zwei Türstehern in dunkeln Anzügen flankiert wurde. Wie zwei Riesen ragten sie aus dem Pulk von Wartenden heraus.

»Nur an den zwei Kolossen müssen wir vorbei. Ich habe nicht umsonst auf meinen Schlaf verzichtet.« Energisch griff sie nach Lisas Hand. Sie bahnten sich zielsicher einen Weg durch die Menge, bis sie vor einem dieser Riesen standen.

Der Türsteher blickte sie mit stummer Miene an.

»Wir werden erwartet«, sagte Arden in einem selbstsicheren Ton. Der Türsteher wollte gerade den Mund aufmachen, fasste sich dann aber ans Ohr, in dem ein Kopfhörer steckte. Sein Blick wanderte von Arden langsam Richtung Kamera, die in der Ecke über der Tür hing.

»Ja, verstanden.« Ohne einen weiteren Kommentar machte er eine kleine Tür auf, die in dem riesigen Tor eingelassen war.

Arden, die sich schon auf eine längere Diskussion mit ihm eingestellt hatte, schaute zuerst ein wenig verblüfft in die Kamera, ließ sich dann aber von Lisa, die anscheinend Angst hatte, er würde es sich anders überlegen, hinter sich herziehen.

»Einen schönen Abend«, sagte er noch und schloss die Tür hinter ihnen.

»Siehst du, es war leichter als gedacht. Du machst dir im Voraus zu viele unnötige Gedanken.«

»Ja, klar, die Schwarzmalerin Lisa!«, schmollte Lisa und befreite dabei ihre Hand aus Ardens Griff.

Sie standen in einer Vorhalle, die eher wie eine Lounge aussah; mit einer Bar am anderen Ende und vielen kleinen und großen Arrangements aus Sofas und Sesseln im Raum verteilt, über denen opulente Kristallleuchter glitzerten. Die Wände zierten weinrote Samttapeten mit goldenen, barocken Ornamenten und riesige Spiegel in goldverzierten Rahmen. Hier konnte man sich in Ruhe unterhalten, wenn man es wollte. Es war aber nicht das, was Lisa offensichtlich in Sinn hatte, denn sie drängte Arden weiter zu der nächsten Tür, hinter der das laute Dröhnen von Musik zu hören war. Arden drückte den Türgriff runter und lehnte sich mit ihrer ganzen Körperkraft dagegen. Die Musik traf sie beide mit voller Wucht. Die Bässe wummerten in ihren Ohren und ließen ihr Innerstes beben.

Vor ihnen eröffnete sich ein riesiger Raum. Menschen tanzten ekstatisch auf der Tanzfläche. Der DJ stand auf einer Bühne an ihrem Ende. Er trug ein Sweatshirt mit Kapuze, die so tief in seinem Gesicht hing, dass seine Augen im Verborgenen lagen. Rechts und links von ihm tanzten ausgesprochen hübsche Tänzerinnen in knappen Oberteilen und Hotpants, deren Haut mit leichtem Goldschimmer überzogen war. Sie räkelten sich und schwenkten ihre Hüften im Takt der Musik. Zu beiden Seiten der Tanzfläche zog sich eine überlange Bar mit unzähligen Barmännern, die Getränke wie am Fließband herausgaben. Darüber lag eine Balustrade. Arden suchte einen Zugang dorthin und schaute sich um. Der Verlauf der Treppe ließ sich irgendwo rechts von der Eingangstür vermuten.

»Lass uns tanzen!«, schrie Lisa ihr ins Ohr.

»Ich möchte mich zuerst mal umsehen.« Der Blick auf die überfüllte Tanzfläche ließ in Arden den Wunsch nach frischer Luft aufkommen. »Wenn du aber lieber tanzen willst, dann lass uns wieder hier treffen. Sagen wir … in einer halben Stunde?«, schrie Arden zurück – angesichts der Umstände ein fast aussichtsloser Versuch, gegen die laute Musik anzukämpfen. Lisa nickte nur und tauchte mit erhobenen Armen, die sie im Rhythmus der Musik schwang, in dem Gewühl unter.

Arden drängte sich durch die Menge. Es war ein Geschiebe und Gezerre, bis sie schließlich die Stufen erreichte und hinauf zur Balustrade stieg.

Oben war es kein bisschen besser. Auch hier herrschte Gedränge. An der Wand entlang zog sich eine schmale Bank mit kleinen Tischen und Hockern davor, auf der junge Pärchen knutschten und kleine Gruppen ausgelassen lachten. Sie blieb stehen und lehnte sich über das Geländer. In der Menge unter sich versuchte sie, Lisa auszumachen. Ohne Erfolg. Im selben Moment wurde sie grob angerempelt. Ihre Hände krallten sich automatisch am Geländer fest.

»Sorry, Süße«, grinste ein Typ, der in seinen Händen Gläser jonglierte und gleich darauf wieder verschwand.

Ardens Blick fiel dabei auf einen übergroßen, halbrunden Spiegel, der an der Wand über dem Eingang hing. Im Takt der Musik spiegelten sich flackernde Lichter darin. Ihr Pulsieren wirkte wie ein riesiger, bunter Organismus, dessen Atem alle im Raum in Rausch versetzte. Arden war natürlich bekannt, dass einige Clubs in Sachen Stimmung gerne nachhalfen und Rauschmittel in die Belüftungsanlage einstreuten. Sie holte tief Luft, als wollte sie sich versichern, dass dem hier nicht so war. Sie konnte eine angenehme Note wahrnehmen, die sich mit den Ausdünstungen unzähliger menschlicher Körper mischte, aber das war auch alles.

Erneut schaute sie in den Spiegel. Vermutlich lag dahinter das Büro. Das verspiegelte Fenster bot die Möglichkeit, das Geschehen im Club zu überwachen. Arden starrte auf die Scheibe. Sie wurde das Gefühl nicht los, dass jemand sie von der anderen Seite aus anstarrte. *Du bist einfach albern!* Kopfschüttelnd ging sie weiter. Am anderen Ende der Balustrade gab es ein halbrundes Fenster, von wo aus man die Dachterrasse sehen konnte. Sie trat hinaus. Eine frische Brise ließ die Blätter der unzähligen Bäume leise rascheln. Die Musik drang nur noch gedämpft an ihr Ohr. Die Bar in der Mitte der Terrasse bezog ihren Nachschub per Aufzug aus dem Raum unter ihr. Vermutlich einer Küche, da hier oben auch Speisen serviert wurden. Arden ging zur Bar und bestellte einen Mojito. An die Theke gelehnt, schaute sie dem Barkeeper zu, wie er die Limetten und Minzblätter mit dem Zucker im Glas zerdrückte.

***

Er beobachtete, wie sie an der Bar lehnte. Das leichte Prickeln, das ihm ihre Präsenz angekündigt hatte, noch bevor sie seinen Club überhaupt betreten hatte, machte sich erneut in seinem Nacken bemerkbar. Sie machte ihn neugierig. Als er vorhin die zehn Monitore in seinem Büro überflogen hatte, die die Bilder der Überwachungskameras wiedergaben, war sie ihm sofort aufgefallen. Er war ihr noch nie begegnet, und trotzdem hatte er sofort gewusst, wer sie war. Sie hatte die dunklen Haare ihrer Mutter, aber ihre blauen Augen waren unverkennbar. Es erstaunte ihn, wie sehr sie ihrem Vater ähnelte, eine dunkle Version von ihm. Dann stockte ihm allerdings der Atem, als er erkannte, dass es nicht Edward war, dem sie so ähnlichsah, sondern jemand anderem.

»Lass sie rein!«, hatte er eine klare und unmissverständliche Anweisung an den Mann am Eingang gegeben.

»Was ist los?« hatte sich Serpit eingemischt und über seine Schulter auf die Monitore geschaut.

»Da, kannst du sie sehen?«

»Ja, wer ist sie?«, hatte Serpit wissen wollen.

»Arden«, war seine knappe Antwort gewesen. »Edwards Tochter.«

Scharf hatte Serpit die Luft eingesogen. »Ich weiß, es ist verlockend, lass aber lieber die Finger von ihr!«

Er konnte und wollte sich diese Gelegenheit nicht nehmen lassen.

Serpit versuchte noch einmal, ihn davon abzubringen, jedoch ohne Erfolg. Er schüttelte sie ab und ging wortlos aus dem Büro. Er musste nur der Präsenz folgen, die ihn zu der Terrasse führte. Und da war sie, die Gelegenheit, die er sich niemals entgehen lassen würde.

✳✳✳

»Der Drink geht aufs Haus«, sagte plötzlich eine männliche Stimme hinter Arden, deren Timbre ein Kribbeln durch ihren Körper jagte. Es fühlte sich an wie ein leichter Stromstoß, und die feinen Härchen auf ihren Unterarmen stellten sich auf. Mit der flachen

Hand strich sie darüber und drehte sich um. Sie fand sich Auge in Auge mit einem hochgewachsenen jungen Mann, dessen Augen sie mit offenkundigem Interesse betrachteten.

»Danke«, sagte sie mit einem Lächeln, in das sie all ihren Charme legte.

»Nichts zu danken, sehen Sie es als einen Willkommensgruß.« Seine Lippen formten das schönste Lächeln, das sie je bei einem Mann beobachtet hatte, doch seine Augen blieben gleichzeitig seltsam kalt und distanziert.

»Das ist eine nette Geste. Sie haben sicherlich einiges zu tun, wenn Sie jeden Neuankömmling persönlich begrüßen wollen.«

»Nun ja, die Eröffnung war schon vor einigen Wochen, aber in seltenen Fällen, so wie jetzt, möchte ich mir das nicht nehmen lassen.«

Während er sprach, neigte er den Kopf leicht zur Seite, und einige der blonden Haarsträhnen rutschten ihm ins Gesicht. Das Blau seiner Augen funkelte durch die Strähnen, und nur mit Mühe konnte Arden dem Drang, diese beiseitezustreichen, widerstehen. Gott, sah der heiß aus. Der Drang, ihn zu berühren, wurde übermächtig, und sie hob schon die Hand an, als in seinem Rücken plötzlich eine Frau auftauchte.

»Hier steckst du also!« Lachend legte sie ihren Arm um seine Taille und schmiegte sich ganz eng an ihn. Ihr Blick forderte Arden heraus. »Ich habe dich gesucht, du warst plötzlich verschwunden!«

»Nun ja, jetzt hast du mich gefunden«, meinte er lakonisch.

»Willst du uns nicht vorstellen?«, fragte sie und starrte Arden immer noch an.

»Serpit, das ist …« Mit einer Handbewegung deutete er auf Arden.

»Arden«, sagte sie schnell und lächelte ebenfalls. »Freut mich.«

»Ja, mich auch«, antwortete Serpit mit gespielter Freundlichkeit. Ihre Miene blieb dabei reglos, nur ein erzwungenes Lächeln zuckte auf ihren Lippen.

Arden hatte genug. Das Letzte, was sie jetzt brauchen konnte, war eine eifersüchtige Frau. Eilig griff sie nach ihrem Glas und verabschiedete sich.

Als sie sich auf der Balustrade wiederfand, beobachtete sie die beiden durch das Fenster. Ihre Augen wanderten dabei ganz von selbst über seinen athletischen Körper, über seine breiten Schultern, die schmale Taille und blieben viel zu lange an dem knackigen Hintern hängen. Flüchtigen sah er über die Schulter. Arden hielt die Luft an und trat schnell einen Schritt zurück. Sie fühlte sich ertappt. Serpit löste ihn aus ihrer Umklammerung, blieb aber dicht vor ihm stehen und redete auf ihn ein. Er stand nur da und hörte ihr geduldig zu. Arden hatte allerdings nicht den Eindruck, dass es ihn sonderlich interessieren würde, was Serpit zu sagen hatte, denn sein Blick schweifte immer wieder zu dem Fenster, hinter dem sie stand. Doch Serpit ließ nicht locker. Es schien für sie wichtig zu sein. Arden hätte nur zu gern gewusst, um was es dabei ging.

Serpit, was für ein seltsamer Name. Es erinnerte sie an Serpent, die Schlange. Wiederum auch irgendwie passend, wie sie fand. Auch wenn Serpit einfach umwerfend gut aussah in ihrem eng anliegenden Kleid, verströmte sie eine gefährliche Aura. Arden konnte es deutlich spüren. Das Kleid, das Serpit trug, schmiegte sich wie eine zweite Haut an ihren perfekten, schlanken Körper. *Wie eine Schlangenhaut!* Erst jetzt fiel Arden auf, dass das Muster diese gewisse Ordnung aufwies – so wie die Schuppen einer Schlange.

»Marmorgleiche, perfekte Blässe, gehüllt in die schuppige Haut einer Schlange. Genial!« In stiller Bewunderung glitten ihre Augen über Serpits Antlitz. Über ihr blondes Haar, das sie zu einem Pferdeschwanz gebunden hatte und das wie warmer Honig ihren Rücken hinabfloss und nahezu bis zu der Hüfte reichte, über die ebenmäßigen Züge ihres Gesichts, das Arden in seiner Reglosigkeit eher an eine Statue erinnerte als an ein lebendiges Wesen ... bis hin zu ihrer lasziven Körperhaltung. Doch nichts, rein gar nichts, konnte von der Wirkung der schon fast violetten Augen in einem makellosen Gesicht ablenken; von Augen, die dem Abendhimmel glichen, in dem noch eine winzige Spur der untergehenden Sonne schimmerte. Ob sie modelte? Feststand, dass sie zickig war. Ohne jeden Zweifel.

Ein vergnügtes Lächeln huschte über Ardens Lippen, doch dann hielt sie plötzlich inne. Ein schmerzlicher Stich durchfuhr ihren Brustkorb, als sie dabei zusehen musste, wie Serpit mit einer sanften Geste die widerspenstige Haarsträhne aus seinem Gesicht strich. Ihre Hand blieb auf seiner Wange ruhen. Sekundenlang schauten sie sich in die Augen, dann drückte sie ihm einen Kuss auf die Lippen. Ihren Körper presste sie fordernd gegen den seinen. Er zögerte kurz, legte dann aber die Arme um Serpits Hüfte und zog sie eng an sich.

Hitze stieg in Ardens Kopf. Der Anblick der beiden hatte sie verstimmt, was sie wiederum ärgerte. Wo kam ihr übertriebenes Interesse an diesem fremden Mann so plötzlich her? Dann fiel ihr Lisa wieder ein. Sie zögerte kurz, drehte sich um und ging. Es war an der Zeit, Lisa zu suchen und mit ihr gemeinsam den Abend zu genießen. Leute auszuspionieren, die sie nicht kannte, gehörte nicht dazu. Dennoch erfüllte sie eine Sehnsucht danach, an Serpits Stelle in seinen Armen zu liegen.

Lisa tanzte unweit der Stelle, die sie als Treffpunkt ausgemacht hatten. Als sie Arden erblickte, stürmte sie auf sie zu und entriss ihr das Glas. »Ich verdurste!« Hastig leerte sie es. Mit einer Kopfbewegung deutete sie auf die beiden Jungs, mit denen sie zuvor getanzt hatte. »Sie heißen Eric und Tom. Komm, ich stelle sie dir vor.«

Ohne Ardens Antwort abzuwarten, zog sie sie auf die Tanzfläche. Die beiden jungen Männer nickten Arden freundlich zu, nachdem Lisa ihnen ihren Namen ins Ohr geschrien hatte.

Arden beschloss, sich ihren Kopf frei zu tanzen. Sich der Musik hinzugeben, um nicht mehr an diesen Typen denken zu müssen.

»Was stehst du so rum!«, schrie Lisa sie an. »Sind wir nicht hier, um zu tanzen? Ein Workout für heute. Ich war nicht im Fitnessstudio, hab einiges nachzuholen, und wer weiß ...« Ein schelmisches Schmunzeln huschte über ihr Gesicht. »Und wie findest du die beiden?«

»Nicht schlecht, aber ich überlasse dir die Wahl!« Arden verspürte keine Lust, sich einzubringen.

»Hör mal, du kannst ruhig mehr Begeisterung zeigen. Ich habe die beiden die ganze Zeit bei Laune gehalten, während du auf Erkundungstour warst!«

»Und das alles ganz selbstlos, was?«, lachte Arden sie an. Jetzt schaute sie sich die beiden Jungs etwas genauer an. Tom war schlank, groß, hatte ein blasses Gesicht. Wenn da nicht die schwarz gefärbten Haare, die Tattoos und die geschminkten Augen wären. Auf diese Gothic-Aufmachung stand sie überhaupt nicht. Sie verstand die Beweggründe dieser Maskerade nicht. Eric war da ganz anders. Salopp gekleidet, strahlte er ein starkes Selbstbewusstsein aus. Die braunen, strähnigen Haare fielen ihm beim Tanzen in das ebenmäßige Gesicht. Routiniert schob er sie immer wieder beiseite. Er lächelte Arden freundlich an, und seine Bernsteinaugen funkelten im Lichtermeer. Ach was, dachte sie und lächelte zurück. *Wir sind jung und wollen Spaß haben!*

Später an der Bar waren die Fronten eindeutig geklärt. Lisa und Tom konnten die Finger nicht voneinander lassen, also waren Arden und Eric auf sich gestellt.

»Seid ihr öfter hier?«, fragte sie ihn.

»Ja, seit der Eröffnung waren wir schon ein paarmal hier. Es ist zur Zeit *der* beliebteste Club Londons. Wenn man schöne Mädchen sucht, ist das definitiv der richtige Ort.«

»Ich hoffe, der Aufwand hat sich für dich schon gelohnt.«

»Wird sich noch zeigen.« Kaum hatte er fertig gesprochen, zog er sie an sich. Doch Erics Lachen erfror plötzlich auf seinen Lippen und seine Augen verfolgten etwas hinter ihrem Rücken. Sogar Lisa und Tom unterbrachen ihre Knutscherei. Arden drehte sich um, gerade als Serpit in Begleitung von zwei Jünglingen an ihnen vorbeimarschierte. Ihr Blick, überheblich und hasserfüllt, sprach Bände. Arden wiederum versuchte, ihre Gleichgültigkeit zu demonstrieren und wandte sich gelangweilt von Serpit ab. Sie bemerkte jedoch, wie Serpit Eric ansah, nur für den Bruchteil einer Sekunde, dann schritt sie erhobenen Hauptes weiter.

Lisa lachte. »Was hast du der Frau getan, dass sie dich so sehr hasst?«

»Nichts, ich schwöre! Ich habe eigentlich keine Ahnung, wer sie ist. Ich weiß nur, dass sie Serpit heißt.«

»Serpit, sagst du?« Lisa beugte sich zu ihr vor.

»Ja, Serpit! Wer gibt seiner Tochter so einen Namen?«

»Das sagt gerade eine, deren Name sich nach einem belgischen Wald anhört«, gab Tom zum Besten.

»Falsch, Tom«, erwiderte Eric. »Es ist keltisch, es heißt Arduenna – Hochland, nicht wahr, mo maise?«

Arden musste lächeln. Sevier nannte sie *mo maise* – meine Schöne. »Ja, meine Familie stammt aus Schottland. Du sprichst gälisch?«

»Klar, ich habe auch einige Jahre in Glasgow, sorry, in Glaschu, gelebt.«

»Was ist jetzt mit dieser Frau? Wer ist sie? Kennt sie jemand von euch?«, fragte Lisa und starrte in die Runde. Serpits Auftritt hatte sie offensichtlich beeindruckt.

Arden tat weiterhin so, als würde Serpit sie nicht interessieren, insgeheim brannte sie aber darauf, alles über sie zu erfahren.

»Wer sie ist, ist bei Weitem nicht so interessant wie das, was sie ist«, meinte Eric.

»Ich glaube, sie ist ein Model«, konstatierte Arden trocken.

»Ja, das war sie mit Sicherheit auch schon mal«, nickte Eric. »Sie ist immer dort zu finden, wo das

Leben pulsiert. Die Partys, sage ich euch, die sie in ihrem Haus gibt, sind legendär. Nur junge Männer sollten sich vor ihr in Acht nehmen, sie saugt aus einem das Letzte raus.«

»Huch, bei der würde ich freiwillig mein Letztes geben und das mit Vergnügen«, scherzte Tom und erntete dafür von Lisa einen Stoß in die Rippen.

»Unterstehe dich!«, legte sie mit gespielter Ernsthaftigkeit nach.

»Ja, Tom«, meinte Eric, »hör auf Lisa. Halte dich fern von ihr! Sie spielt nicht in unserer Liga.«

»Hey, Eric, jetzt machst du mich richtig neugierig! Hast du was mit ihr gehabt? Sie hat dich so angesehen. Natürlich nur kurz, weil Arden ihre volle Aufmerksamkeit genossen hat.« Dabei krümmte Tom sich vor Lachen. »Vielleicht kannst du uns eine Einladung zu einer ihrer Partys besorgen! Arden, was meinst du? Würdest du?«

Arden fand das nicht so lustig wie die anderen. »Vergiss es, sie steht nur auf blonde Typen«, fuhr sie Tom an. »Du hast keine Chance bei ihr mit deinen blöden, schwarz gefärbten Haaren. Und die ganze Aufmachung! Was soll das? Du siehst so lächerlich aus mit der Schminke im Gesicht!«

Tom war das Lachen vergangen. Er schaute sie auf einmal ganz verdutzt an. »Sachte, Mädchen. Du musst nicht gleich persönlich werden. Es war doch nur ein Spaß! Du hast ja selbst gesagt, dass du sie nicht kennst. Warum regst du dich dann so auf?«

Gute Frage! Den Grund dafür würde sie nicht zugeben, weil er selbst in ihren Ohren lächerlich klang. Unwillkürlich wanderte ihr Blick zu dem Spiegel über der Tanzfläche. Das leichte Prickeln lief wieder über ihren Nacken, das aus einem ihr unerfindlichen Grund immer mit dieser Gänsehaut auf ihren Armen einherging. Sie staunte darüber. Warum nur reagierte sie so intensiv auf diesen Mann? Als würde sie frösteln, rieb sie sich kurz über die Oberarme.

»Ich habe genug«, sagte sie gereizt. Ohne eine Reaktion abzuwarten, drehte sie sich um und ging. Hinter ihrem Rücken rief Lisa noch ihren Namen, aber es war ihr egal. Sie musste raus. Sie konnte die laute Musik plötzlich nicht mehr ertragen, genauso wenig wie den überfüllten Raum.

Vor dem Club drängten sich unzählige Menschen. Arden selbst hatte vorgehabt, diese Nacht mit Lisa durchzutanzen und Spaß zu haben. Nun stand sie draußen und wusste so gar nicht, was sie jetzt machen sollte. Zurück wollte sie nicht. Sie holte ihr iPhone aus der Jacke und wählte Raphaels Nummer. Es klingelte einige Male, aber er ging nicht ran. »Der hat bestimmt ein Mädel abgeschleppt und lässt mich jetzt hängen«, nuschelte sie. »Mann, Raffi! Wo steckst du, wenn man dich braucht?« Missgestimmt steckte sie das Handy wieder zurück in ihre Jackentasche. Also gut, es soll nicht sein, dann gehe ich eben nach Hause, dachte sie bockig.

Arden stellte sich an den Rand des Gehsteigs und hielt Ausschau nach einem Taxi. Ein dunkelblauer Aston Martin fuhr vor und hielt direkt vor ihr an. Verärgert trat sie zurück und winkte dem vorbeifahrenden Taxi. »Idiot, musst du gerade hier stehen bleiben, als wäre auf der Straße nicht Platz genug!« Noch während sie schimpfte, ging die Wagentür auf und jemand rief ihren Namen. Zuerst dachte sie, sie hätte sich verhört, aber dann hörte sie ihn deutlich: »Arden!« Der Klang seiner Stimme, diese Vertrautheit … Wieder spürte sie dieses elektrisierende Gefühl, das sich durch ihren Körper zog. Es gab keinen Zweifel daran, wer in dem Wagen saß.

»Was ist?«, hörte sie ihn sagen. »Steigst du ein, oder willst du dort Wurzeln schlagen?«

Sie setzte sich in Bewegung und ließ sich bereitwillig in den weichen, cremefarbenen Ledersitz neben ihm fallen. Dann zog sie die Tür zu. Sein Blick war bereits auf die Straße gerichtet. Ohne ein weiteres Wort fuhr er los. Eine Zeitlang schaute sie aus dem Fenster und schwieg. Auch er gab sich keine Mühe, eine Unterhaltung in Gang zu bringen. Aus dem Augenwinkel beobachtete sie ihn. Immer noch konnte sie nicht so recht fassen, dass sie jetzt neben ihm saß.

»Wo fahren wir hin?«, durchbrach sie endlich das Schweigen.

»Wo willst du denn hin?«, fragte er, ohne sie anzusehen.

Die Frage überforderte sie. Im Moment wusste sie

nicht, was sie darauf antworten sollte. Eigentlich war sie auf dem Weg nach Hause, aber wie sollte sie ihm erklären, dass sie es vorzog, den Abend allein zu Hause zu verbringen, anstatt wie geplant mit ihrer Freundin im Club die Nacht durchzutanzen? Und das alles nur wegen ihm! Hitze stieg in ihr auf. »Eigentlich wollte ich nach Hause«, sagte sie dann doch und war sich der Röte ihrer Wangen durchaus bewusst.

Kurz sah er sie an. »Und was willst du jetzt?«

Arden starrte stur geradeaus und wagte es nicht, ihn anzuschauen. Sie konnte seinen durchdringenden Blick spüren, was zur Folge hatte, dass ihre Atmung einen unregelmäßigen Rhythmus annahm. Ihr Herz, der Verräter, schlug so laut, dass sie sich sicher war, er könnte es hören. Sie traute sich nicht, ihm zu antworten. Ihre Stimme würde sie sicher auch noch im Stich lassen, also starrte sie weiter aus dem Fenster.

Sie fuhren auf einer belebten Hauptstraße, und sie war bemüht, sich auf die Gegend zu konzentrieren: einerseits, um sich damit abzulenken, und andererseits, um zu sehen, wo sie sich gerade befanden. *Es ist lächerlich,* musste sie sich eingestehen, *total lächerlich, wie du dich benimmst! Du bist doch keine Zwölfjährige, die darauf wartet, ihren ersten Kuss zu bekommen.*

»Na, wenn du dich nicht entscheiden kannst, werde ich es für dich übernehmen. Entspann dich, ich werde dich schon nicht fressen.«

Am Ton seiner Stimme konnte sie hören, dass er

lächelte. Es munterte sie auf, ihn anzuschauen. Er hatte sich wieder der Straße zugewandt, aber in seinem Mundwinkel konnte sie noch das zarte Zucken eines Schmunzelns erhaschen. Er gab Gas, und der Wagen beschleunigte sofort. Sie wurde in den Sitz gepresst und kniff instinktiv die Augen zusammen. Sie rasten in einer unglaublichen Geschwindigkeit, die sie bei jedem Spurwechsel im Sitz von einer Seite zur anderen schleuderte. Nach einer Weile öffnete sie wieder die Augen. Gerade fuhren sie an Richmond vorbei in südwestlicher Richtung, passierten wenig später Twickenham und Hanworth, rasten die M3 entlang und ließen London hinter sich.

Das leichte Vibrieren des Wagens und das eintönige Motorengeräusch machten Arden schläfrig. Wieder schloss sie die Lider und glitt in einen Halbschlaf ab. Eine glückliche Schwere hatte von ihren Gedanken Besitz ergriffen, als triebe sie in dem warmen Salzwasser eines Floating-Beckens.

Sie ließ den Abend Revue passieren, was zur Folge hatte, dass die zeitlose Leichtigkeit schlagartig einer nervösen Rastlosigkeit wich. Was war bloß in sie gefahren? Wie konnte sie nur Lisa zurücklassen? Und jetzt fuhr sie auch noch mit einem wildfremden Mann durch die Nacht! Er war attraktiv, ohne Zweifel, und versprühte eine Aura, die ihr ganzes Wesen vereinnahmte. Aber das konnte doch nicht der Grund gewesen sein, warum sie zu ihm ins Auto stieg und mit ihm einen Ausflug unternahm. Und doch, es war ein unbeschreibliches Gefühl, ihm so nahe zu sein, auch wenn es ihr den Verstand zu rauben schien. Denn wie sonst sollte sie sich erklären können, dass sie jetzt hier saß und nach – wohin eigentlich – fuhr? Plötzlich bereitete ihr der Gedanke Unbehagen und sie rutschte nervös im Sitz hin und her.

»Verrückt«, räusperte sie sich, »ich weiß nicht einmal, wie du heißt, aber ich sitze neben dir in deinem Auto und fahre mit dir weiß Gott wohin.«

»Ich bin Alasdair und wir fahren nach Southampton. Zufrieden?«

Nicht ganz, musste sie sich eingestehen, aber es schien ihr unpassend, ihn mit Fragen zu durchlöchern, nachdem sie bereitwillig zu ihm ins Auto gestiegen war. Sie hatte sich das selbst eigebrockt, und jetzt musste sie da durch. Abgesehen davon hatte er versprochen, sie nicht zu fressen. Wie beruhigend!

»Klingt nicht gerade abenteuerlich. Was gibt es in Southampton?«

»Etwas, was ich dir zeigen möchte.«

12

SOUTHAMPTON

Arden starrte in die Dunkelheit. In der Ferne konnte sie immer mehr Lichter erkennen. Sie sprachen nicht viel. Alasdair lenkte den Wagen mit voller Konzentration, sein Gesichtsausdruck verriet nicht, was in ihm vorging. Nur zu gerne wäre Arden in seinen Kopf geschlüpft, um die Geheimnisse hinter dieser coolen Fassade zu lüften. So lauschte sie der Musik aus dem Autoradio und stellte sich für einen kurzen Moment vor, die Arme um seinen Hals zu schlingen und ihren Kopf gegen seine Brust zu lehnen. Allein die Vorstellung jagte eine Hitzewelle durch ihren Körper.

»Es ist nicht mehr weit, wir sind gleich da.« Alasdairs Stimme riss sie aus ihrer Träumerei. Sie war froh, dass er in der Dunkelheit ihre geröteten Wangen nicht sehen konnte.

Auch wenn sie neugierig darauf war, was diese nächtliche Fahrt rechtfertigen würde, bedauerte sie, bald am Ziel zu sein. Sie wünschte, sie würden weiterfahren. Ein verrückter Wunsch!

Sie verließen die M3 und fuhren auf einer Schnellstraße weiter. Kurz darauf tauchte links eine Leuchtreklame vom Hilton Southampton auf. *Gut zu wissen, zumindest ein Anhaltspunkt,* dachte sie. Sollte die Polizei sie später befragen, würde sie wenigstens eine Lagebeschreibung abgeben können, wenn sie schon nicht erklären konnte, warum sie zu einem Fremden ins Auto gestiegen war. Erneut stieg die Unruhe in ihr auf. Warum hatte sie das getan? Weil er ihr gefiel? Machen Frauen nicht verrückte Sachen, wenn sie glaubten, den Richtigen gefunden zu haben? Woher nahm sie aber die Gewissheit, dass er der Richtige war? Ließ der Wunsch, ihm nahe zu sein, sie alle Bedenken und Vernunft vergessen? War sie irre geworden? Nervös knetete sie ihre Finger.

Der Wagen wurde langsamer, und in der Dunkelheit hinter dem Grün der Zäune tauchten einzelne Villen auf. Die Straße war eng, die Grundstücke riesig. Alasdair brachte den Wagen vor einem großen, schmiedeeisernen Tor zum Stehen und öffnete es mit seinem Smartphone. Geräuschlos glitt es zur Seite. Sie rollten den Kiesweg entlang, immer tiefer in die Dunkelheit des Gartens. Rechts tauchte ein Haus zwischen den Bäumen auf. Ein schwaches Licht glomm über dem Eingang, sonst war alles dunkel. Doch zu Ardens Überraschung parkte er nicht auf dem Parkplatz vor dem Haus, sondern fuhr weiter in den Garten hinein. Dann schaltete er den Motor und die Lichter aus. Der Wagen rollte leise noch ein Stück des Weges und hielt schließlich an. Völlige Schwärze und Stille umgab sie. Es war, als hätte man die Welt um sie herum plötzlich auf stumm geschaltet.

»Und was nun?« Ihre Stimme war nur ein Hauch.

Als Antwort lachte er nur. Seine Hand strich sanft über ihre Wange, dann beugte er sich zu ihr und küsste sie. »Und jetzt werde ich dich fressen!«

Arden konnte sich das Lachen nicht verkneifen, doch gleichzeitig lief ihr ein eiskalter Schauer über den Rücken. Es war verrückt. Sie war mit einem Fremden unterwegs, vor dem sie sich eigentlich fürchten sollte, saß in völliger Dunkelheit mit ihm in seinem Auto an einem abgelegenen Ort. Andererseits fühlte sie sich zu ihm hingezogen, mehr als das, sie spürte eine tiefe Verbundenheit. Der Fremde war ihr eigentlich nicht fremd. Im Gegenteil, er war ihr vertraut. Es war ein Gefühl, das sie sich nicht erklären konnte, das sie aber mit Zufriedenheit erfüllte.

»Du hast versprochen, mich nicht zu fressen!«

»Na gut«, sagte er knapp und riss die Wagentür auf, »wir verschieben das auf später.« Als die Tür aufging, ging auch das Licht im Innenraum wieder an.

»Aussteigen! Weiter geht es zu Fuß.« Er schloss die Tür und kam auf ihre Seite, wo er wartete, bis sie ausgestiegen war. Mit einem lauten Klicken fiel die Tür ins Schloss und es wurde wieder dunkel. Sie brauchte einen Moment, bis sich ihre Augen an die Dunkelheit gewöhnten, aber da legte er schon den Arm um ihre Taille und zog sie an sich.

»Wir müssen noch ein paar Schritte gehen, daher ist es besser, wenn ich dich trage.«

Kaum ausgesprochen, lag sie schon in seinen Armen.

Lächelnd legte sie ihre um seinen Hals und vergrub ihr Gesicht in seiner Halsbeuge. So fühlt sich das also an, dachte sie und konnte nicht aufhören zu lächeln.

Doch plötzlich schlug ihr eisige Kälte entgegen, drang wie tausend feine Nadelstiche in ihre Haut und ließ sie den Atem anhalten. Im nächsten Augenblick verschwand die Kälte wieder.

»Oh, mein Gott, was war das? Ich dachte, wir erfrieren auf der Stelle!«

»In dieser Jahreszeit ist es noch oft kalt am Abend«, sagte er ungerührt.

»Kalt? Es war eisig!« Sie zitterte erneut, und er drückte sie noch fester an sich. Sein Körper strahlte eine wohlige Wärme aus und Arden legte ihren Kopf wieder auf seine Schulter.

Hell und silbrig drang das Mondlicht durch die Baumwipfel. Die Konturen der einzelnen Bäume waren jetzt deutlich zu erkennen. Er bewegte sich zielsicher durch die Dunkelheit des Waldes. Unter seinen Schritten raschelte das Laub, und ab und zu war das Knacken trockener Äste zu vernehmen.

»Wem gehört das Haus, an dem wir vorhin vorbeigefahren sind?«, fragte sie interessiert.

»Mir.«

»Dir?«, fragte sie erstaunt.

»Ja, der Verwalter wohnt dort«, sagte er mit einer Selbstverständlichkeit in der Stimme, als wäre es das Normalste der Welt, seinen Verwalter in einer Villa zu unterbringen.

»Sehr großzügig von dir …«

»So, wir sind jetzt da«, unterbrach er sie desinteressiert und setzte sie kurzerhand ab.

Festen Boden unter den Füssen, löste Arden sich aus der Umarmung und ließ die Finger auf seine Brust gleiten. Seine Hände schlossen sich fest um ihre Hüften, und sie hob erwartungsvoll den Kopf. Er beugte sich zu ihr, sie konnte seinen warmen Atem im Gesicht spüren. Sie atmete jetzt schneller, und wie von einer fremden Macht gesteuert, öffneten sich erwartungsvoll ihre Lippen. Sie konnte ein leichtes Prickeln wahrnehmen, noch bevor seine Lippen sie streiften.

Doch anstatt sie zu küssen, drehte er sie ein Stück um die eigene Achse. Als sie etwas irritiert die Augen aufschlug, standen sie am Rande einer kleinen Lichtung, umrahmt von großen Bäumen. Sie warfen langgezogene Schatten auf die Wiese. Ihre Äste wiegten sich im Wind und sahen aus wie Klauen, die jeden Moment nach ihr greifen könnten. Als sie aus dem Schatten hinaustraten, bemerkte sie ein kleines Haus am anderen Ende der Lichtung. Aus den Fenstern drang Licht, und auf die Entfernung funkelten sie wie kleine Sterne.

Alasdair griff nach ihrer Hand, und sie ließ bereitwillig ihre Finger in seine gleiten. Vom Glück völlig übermannt, schritt sie wie benebelt neben ihm durch das feuchte Gras Richtung Haus.

Aus der Nähe betrachtet war es ein länglicher Bau

aus Sandstein. Der Mittelteil, in dem sich der Eingang befand, lief spitz zu, und oben thronte eine Steinkugel. Darunter lag ein Rosettenfenster aus Buntglas. Von innen beleuchtet schimmerte es in allerlei Farben. Die Eingangstür rahmten zu jeder Seite drei bodenhohe Fenster mit blauen Sprossen ein, die oben spitz zuliefen. An der Hauswand zwischen den Fenstern rankten blühende Rosen. Sie konnte sie nicht deutlich erkennen, aber sie konnte ihren Duft wahrnehmen. Blühende Rosen im April? Von der Sorte hatte sie noch nie gehört.

Etwas erstaunt trat sie hinter Alasdair ins Haus ein. Vor ihr eröffnete sich ein großer Raum. An der Wand gegenüber der Tür war ein mannshoher offener Kamin, in dem ein Feuer knisterte. Davor standen sich zwei Sofas gegenüber. Links war ein Esstisch mit sechs Stühlen, darüber ein opulenter Leuchter aus Muranoglas. Die Wand dahinter hatte noch weitere zwei Fenster. Im hinteren Bereich, etwas versetzt, befand sich eine Küchenzeile. Ardens Blick fiel auf das in Zartblau bezogene Bett rechts vor ihr. Sie hatte es gleich bemerkt, als sie reingekommen war, sich aber gezwungen, in die andere Richtung zu schauen, weil der Anblick sie ein wenig nervös machte. Etwas verlegen wandte sie den Blick ab und begegnete seinen Augen. *Blaues Eis, wunderschön und hart zugleich,* schoss es ihr durch den Kopf. Er lehnte rechts vom Bett an einer Tür, hielt seine Arme über dem Brustkorb verschränkt und beobachtete sie.

»Hier geht es ins Badezimmer«, sagte er beiläufig und deutete hinter sich. Dann machte er das große Licht aus und trat an sie heran. Sie hielt die Luft an, als er sie berührte. Seine Finger glitten sanft über ihre Wange und Lippen. Sie öffnete sie leicht und entließ die angehaltene Luft in einem Stoß.

»Ich glaube, ich muss dich jetzt doch fressen. Versprechen hin oder her.« Seine Stimme war wie eine dunkle Liebkosung, die ihr Gänsehaut bereitete, voller Verlangen und Ungeduld. Er zog sein Hemd aus und stand vor ihr, nur die Jeans trug er noch. Sie saß locker auf seiner Hüfte. Das schummrige Licht zeichnete jeden Muskel seines Oberkörpers nach.

Alles in ihr sehnte sich danach, ihn zu berühren. Langsam hob sie den Arm und ließ ihre Fingerspitzen über seine nackte Brust gleiten. Sie lächelte, als seine Haut unter der Berührung erschauerte und hielt kurz inne. Sein Atem stockte.

»Mach weiter«, drang sein sanftes Flüstern zu ihr und sie vergaß mit einem Mal alle Vernunft.

Arden wachte auf. Alasdair lag auf dem Rücken neben ihr und schlief. Sie lauschte seinen regelmäßigen Atemzügen und dem Pochen seines Herzens. Vorsichtig, um ihn nicht zu wecken, legte sie ihre Hand auf seine nackte Brust. Babumm, babumm, schlug sein Herz unter ihrer Handfläche. Ihr Herz stolperte sofort hinterher und fand schließlich den gleichen Rhythmus. Da waren sie jetzt – zwei Herzen, die im Einklang schlugen.

Ein Anflug von Melancholie überkam sie. Sie konnte nicht begreifen, was alles in den letzten Stunden passiert war. Erst am Vorabend war sie ihm begegnet, und jetzt lag er neben ihr, als wäre es das Normalste auf dieser Welt; als hätte es vorher keinen einzigen Morgen ohne ihn gegeben. Sie war überglücklich, und doch ... Was würde sein, wenn sie wieder in London wären? Serpit drang in ihr Bewusstsein. Nein, sie wollte jetzt nicht an Serpit denken, es war ihr Traum und in dem duldete sie keine anderen Frauen.

Vorsichtig zog sie ein Plaid unter seinen Füßen weg und wickelte es um ihren nackten Körper. Dann schlich sie leise hinaus. Vor der Haustür blieb sie stehen und reckte ihr Gesicht in die Sonne. Die warmen Strahlen liebkosten ihre Wangen und sie schloss genüsslich die Augen. Es war ein unerwartet warmer Morgen. Sie ließ das Plaid nach unten rutschen und entblößte ihre Schultern. Ein herrliches Gefühl, die Natur nach dem Winter erwachen zu sehen. Sie holte tief Luft, und ein überwältigender Rosenduft umhüllte sie. Sie hatte schon richtig vermutet: Ein üppiger Rosenstrauch rankte sich an den Wänden zwischen den Fenstern empor. Etwas seltsam fand sie das schon, aber was wusste sie schon über Rosen? Vielleicht gab es ja welche, die früher blühten, vielleicht lag es aber auch an den warmen

Wintern der letzten Jahre, dass die Natur derart verrücktspielte.

Sie drehte der Rosenpracht den Rücken zu und trat auf die Wiese. Die nassen Grashalme kitzelten ihre Füße und sie hatte das Gefühl, die ganze Energie dieses Augenblicks strömte in sie hinein. Sie war überglücklich! Voller Freude drehte sie sich im Kreis und lachte ausgelassen. Ihr Kopf drehte sich mit, sie strauchelte leicht. Sie stieß einen Schrei aus und versuchte ihr Gleichgewicht wiederzufinden, aber da legten sich schon zwei starke Arme um ihre Schultern und drückten sie fest an sich. In ihrem Rücken spürte sie seine harten Brustmuskeln und seinen Herzschlag. Babumm, babumm, schlug sein Herz wieder im gleichen Rhythmus mit dem ihren. Er trieb ihr Tränen in die Augen, dieser Moment, der ihr so unwirklich und flüchtig erschien.

»Willkommen im Paradies«, wisperte er, und sein warmer Atem strich über ihren Hals. Er küsste sie. Seine Lippen legten eine brennende Spur auf ihrer Schulter, die ihr ein leises Stöhnen entlockte. Sie schloss die Augen. Unfähig, darauf zu reagieren, wartete sie ab, was als Nächstes passieren würde. Er drehte sie zu sich und strich mit dem Finger über ihr Gesicht, fing an der Stirn an, fuhr den Haaransatz entlang, dann über die Wange und zeichnete zum Schluss ihre Lippen nach. Sie öffnete sie leicht unter seiner Berührung und legte den Kopf in den Nacken, um ihm in die Augen sehen zu können.

Er schaute sie aus seinen kühlen, blauen Augen an – etwas forschend und vielleicht auch leicht amüsiert. Mit Sicherheit konnte sie es nicht sagen, weil er sich im selben Moment zu ihr beugte und sie küsste. Seine Zunge drang durch ihre geöffneten Lippen und begann mit ihrer zu spielen.

Sie öffnete ihre Arme und wickelte sich und ihn in die Decke ein wie in einen Kokon. Seine Hände waren plötzlich überall, erforschten jeden Zentimeter ihrer Haut und brachten sie fast um den Verstand. Fordernd presste sie ihren nackten Körper gegen seinen. Schwer atmend legte er einen Arm um ihre Taille und zog sie noch fester an sich, während sich die andere Hand in ihrem Haar vergrub. Arden konnte seine Erektion spüren und erbebte vor Lust. Langsam ließ sie sich in den Rasen fallen und zog ihn mit sich. Verlangend legte sie ihre Hände in seinen Nacken und erhöhte den Druck ihrer Finger. Etwas Wildes hatte sich dabei in seinen Blick gestohlen, dunkel und gefährlich. Sein ganzes Äußeres wirkte auf einmal so animalisch und seine Spannung war so fühlbar, als stünde man zu dicht an einem Energiefeld. Sein Atem ging stoßweise und seine tiefe, finstere Stimme wisperte an ihrem Ohr.

Die Worte, deren Bedeutung sie nicht verstand, drangen in ihren Kopf und füllten ihn aus mit einer angenehmen Schwere. Das Zwitschern der Vögel wehte herüber, und Tau glitzerte silbrig auf dem Gras neben ihrem Kopf. Kissen aus Blüten leuchteten gelb, rosa und blau, darüber der strahlende Himmel. Umschwirrt von seiner Wärme und seinem Geruch, ließ sie sich fallen, während seine Hände wie Wasser über ihre Haut glitten und ihr abwechselnd warme und kalte Schauer über den Rücken jagten. Sie wagte es nicht, sich zu rühren, wollte den Zauber, der dem Moment innewohnte, nicht zu zerstören. Eine betäubende Müdigkeit ergriff plötzlich Besitz von ihr. Sie ergab sich ihr nur allzu bereitwillig.

Sein Atem beruhigte sich allmählich und er verlagerte sein Gewicht. Als er sich über ihr mit den Armen abstürzte, fiel sein zerzaustes Haar ihm ins Gesicht und das Blau seiner Augen funkelte durch die Haarsträhnen.

Arden strich ihm die Strähnen liebevoll hinter das Ohr und ließ ihre Finger weiter über sein Gesicht gleiten. Er hatte ein schönes Gesicht. Bei näherer Betrachtung aber war es eine harte, gefährliche Schönheit, die ihn so unwiderstehlich machte. Seine Mundwinkel zuckten leicht, als würde er ein Lächeln unterdrücken.

»Ich weiß nicht, wie es dir geht«, sagte er und rollte sich zur Seite, »aber ich könnte jetzt ein Frühstück vertragen.«

Da war wieder die Kälte in seinen Augen. Arden setzte sich auf und wickelte sich in das Plaid. Sie fröstelte leicht. War dafür die kühle Brise verantwortlich oder der unterkühlte Ton in seiner Stimme?

Sie ließ sich von ihm auf die Beine ziehen und ins Haus tragen.

Am Eingang schlug ihr erneut der Rosenduft entgegen. »Was sind das für Rosen, die bereits zu dieser Jahreszeit blühen?«

Alasdair blieb stehen und schaute den Rosenbusch an, als hätte er ihn zum ersten Mal gesehen. »Keine Ahnung«, sagte er mit den Schultern zuckend, »da musst du den Gärtner fragen.« Damit ließ er das Thema fallen und ging weiter.

»Wo soll ich das Paket abstellen?« Mit ihr im Arm drehte er sich einmal im Kreis und warf sie aufs Bett.

Arden schrie auf und landete lachend in den weichen Decken. »Benutzt und weggeworfen, ich weiß nicht, ob mir das gefällt.«

Als sie das sagte, bückte er sich gerade nach seiner Jeans und verharrte kurz in seiner Bewegung. Es war nur ein Bruchteil einer Sekunde, aber Arden nahm es war. Sie setzte sich auf und starrte ihn an.

»Das war doch gar nichts.« Er mühte sich ein Lächeln ab. »Warte, bis ich mit dir fertig bin.« Langsam trat er an sie heran und nahm ihr Gesicht in seine Hände. »Du wirst winseln, betteln, dich unter Qualen winden und mich anflehen.« Er schaute ihr tief in die Augen und küsste sie dann auf ihre Lippen. »Wie magst du deinen Kaffee?«

Arden starrte ihm nach, als er mit federnden Schritten Richtung Küchenzeile ging. »Ich würde gerne darüber lachen, aber die Wahrheit ist: Ich traue dir alles zu.«

»Ach, komm schon, jetzt schaust du mich an, als

hätte ich gesagt, ich esse gerne Kinder zum Frühstück.«

»Ich trinke einen Milchkaffee«, sagte sie trocken
und ging ins Bad.

Als sie rauskam, erfüllte ein köstlicher Kaffeeduft
den Raum. Alasdair saß am Tisch und strich gerade
Marmelade auf seinen Toast.

»Ist das hier die Räuberhöhle, in die du deine Beute
schleppst?« Arden setzte sich und nahm einen Schluck
Kaffee.

»Nein, es ist mein Zuhause, und du bist die erste
Frau, die es sehen darf.«

Verblüfft schaute sie ihn über den Rand ihrer
Kaffeetasse an. »Ich dachte …«

»… dass ich jede Frau anschleppe? Warum sollte ich
mir die Mühe machen, wenn ich sie gleich in London
flachlegen kann?«

Arden stockte der Atem und ihr wurde unange-
nehm heiß. Angestrengt schaute sie auf ihre Finger, die
sich krampfhaft um die Kaffeetasse legten. »Entschuldige«, wisperte sie und hob den Blick. »Ich bin eine
dumme Gans.« Sie zwang sich zu lächeln. »Ich wollte
das, was zwischen uns passiert ist, nicht herabsetzen.
Ich bin froh, sehr froh, dass du mich hierhergebracht
hast.«

Er lehnte sich im Stuhl zurück. Die Arme
verschränkt, schaute er sie aus schmalen Augen an.
»Dieses eine Mal will ich dir verzeihen.« Die Andeu-
tung eines Lächelns huschte über seine Lippen.

Es waren wunderschöne, perfekte Lippen mit scharfen Kanten und genau der richtigen Fülle. Sie wollte ihn wieder küssen und übersah nur zu gerne die unterschwellige Brutalität, die von ihm ausging. Sein Anblick löste plötzlich eine so heftige Sehnsucht in ihr aus, dass die Empfindung sie erstarren ließ. Sie atmete tief ein, überwältigt von der Heftigkeit dieses Gefühls. »Glaubst du an Bestimmung?«, platzte es aus ihr heraus.

Ihre Frage entlockte ihm ein Schmunzeln. »Wie kommst du jetzt darauf?« Er beugte sich nach vorne und stützte die Ellenbogen auf die Tischplatte. Sein Blick hielt sie gefangen.

»Nur so … Manchmal passieren Dinge, die mir ganz unwirklich vorkommen, sich aber total gut anfühlen. Es ist, als würde ich durch mein Leben irren und plötzlich den richtigen Weg finden.«

»Willst du wissen, ob ich an Schicksal glaube? Nein. Schicksal liegt nicht in den Sternen, sondern in den Entscheidungen, die wir treffen.«

»Natürlich kann jeder von uns seine Entscheidungen treffen, aber woher willst du denn wissen, dass es wirklich deine Entscheidungen sind und nicht die einer Kraft, die dich in eine bestimmte Richtung drängt?«

»Dass du hier bist, war also nicht deine Entscheidung?« Er schenkte ihr ein amüsiertes Lächeln.

»Nein. Das ist jetzt kein gutes Beispiel.«

»Warum nicht? War es nicht deine Entscheidung, zu mir ins Auto zu steigen?«

»Nein«, grinste sie, »eher deine. Du hast mich vollkommen überrumpelt und ich wusste nicht, was ich tun sollte.«

Er sprang auf und riss sie mit sich. »Du bist also eine arme, meinem Willen unterworfene Seele?« Er presste sie an sich und küsste ihren Hals.

Ihre Haut war wie Feuer unter seinen Lippen. »Nein«, keuchte sie, »ich bin nur Wachs in deinen Händen.«

»Gut«, raunte er ins Ohr, »dann lass mich dich formen, solange du noch heiß bist.«

13

NIGHTFLY

Schlecht gelaunt verließ Arden das Haus. Der total verregnete Tag weckte in ihr das Bedürfnis, sich im Bett zu verkriechen. Eigentlich keine gute Idee, denn sie würde nur über Alasdair und die ganze Situation grübeln. Also hatte sie sich aufgerafft und war jetzt auf dem Weg zum Training, zumal sie schon die letzte Trainingsstunde versäumt hatte – und das ohne eine Entschuldigung. Hamid war bestimmt sauer auf sie. In dem Moment wurde ihr klar, dass er sie nicht gesucht hatte. Kein Anruf von ihm. Sie holte ihr Telefon und ging die Anruflisten durch. Weder Hamid noch Raffi hatten sich bei ihr gemeldet, dafür waren Lisas unzählige Anrufe drauf. Sie musste Lisa zurückrufen, aber nicht jetzt. *Nach dem Training,* beschloss sie, um ihr Gewissen zu beruhigen. Die Tatsache, dass Alasdair sie nicht angerufen hatte, verdrängte sie. Sie brauchte sich nichts vorzumachen, das war der Grund, warum ihre Laune im Keller war. Der Gedanke, er könnte bei Serpit sein, machte sie rasend. Sie beschleunigte ihren Gang und stampfte wütend durch die Pfützen.

»Wo bist du gewesen?« Auf einmal tauchte Lisa

neben Arden auf. Ihre vorwurfsvolle Stimme ging fast unter im Straßenlärm, während sich ihre grünen Augen auf Arden hefteten. »Als du das NOIR so fluchtartig verlassen hast, sind wir dir nachgelaufen. Du warst nicht zu finden. Wir haben uns Sorgen gemacht. Und sag nicht, du bist bei deinem Vater gewesen, ich habe nämlich mit Mrs Hardy gesprochen.«

»Muss ich dir jetzt Rechenschaft ablegen für alles, was ich tue? Und das auf einer belebten Straße?«

»Nein, wir können auch zu dir gehen, wenn es dir lieber ist.«

»Es gibt nichts zu erzählen. Ich bin nach Hause, weil ich meine Ruhe haben wollte«, antwortete sie gereizt.

»Wir waren bei dir zu Hause. Du warst definitiv nicht dort. Und warum bist du nicht ans Telefon gegangen?«

Arden wich Lisas Blick aus und stierte betreten auf ihre Schuhspitzen. Sie hatte Lisa im NOIR stehen lassen, und während sie ein traumhaftes Wochenende in Southampton verbracht hatte, hatte sich Lisa um sie gesorgt.

»Ich dachte, wir sind Freundinnen.«

»Natürlich sind wir das«, sagte Arden, lächelte versöhnlich und schaute Lisa direkt in die Augen. »Nur kann es doch vorkommen, dass man auch mal etwas allein unternehmen will. Du bist doch auch oft ohne mich unterwegs.«

»Das stimmt, aber ich verschwinde nicht einfach und lasse dich irgendwo stehen.«

»In dem Punkt hast du recht. Es tut mir leid, aber ich wollte einfach nur raus aus dem Laden.«

Lisa nickte. »Und? Ist jetzt alles wieder in Ordnung bei dir?«

»Ja, alles bestens.«

»Willst du mir erzählen, wo du gewesen bist?«

Arden hätte Lisa gerne von ihrem Ausflug mit Alasdair berichtet. Doch Lisa hatte sich Sorgen gemacht, während sie selbst keinen Gedanken an ihre Freundin verschwendet hatte. Sie kam sich so falsch vor. »Ich bin durch die Clubs gezogen«, log sie, »habe Leute von der Uni getroffen und bin schwer versumpft. Am nächsten Tag musste ich mich ausschlafen.«

»Na gut, ich rufe jetzt die Jungs an und sage Bescheid.«

»Warum denn das?«

»Eric hatte sich wirklich um dich gesorgt. Ich glaube, du gefällst ihm.«

Arden wollte Lisa sagen, wie wenig sie das Interesse, das Eric für sie empfand, noch interessierte, doch dann erinnerte sie sich, dass Eric Serpit kannte und für sie von Nutzen sein konnte. »Meinetwegen ruf die beiden an, ich lade sie zum Essen ein. Wir treffen uns um acht bei Kevin. Ich muss jetzt weiter, Hamid wird sauer, wenn ich zu spät zum Training komme.« Sie umarmte Lisa und eilte davon.

Lisa hatte sich einen denkbar schlechten Zeitpunkt für ihre Vorwürfe ausgesucht, auch wenn Arden zugeben musste, dass sie recht hatte. Nur spielte das im Moment keine Rolle. Ihre Gedanken kreisten um den Mann, der so urplötzlich in ihrem geordneten Leben aufgetaucht war. Wie eine Urgewalt hatte er nur in zwei Tagen alles durcheinandergewirbelt und Chaos hinterlassen. Sie war nicht mehr in der Lage, an etwas anderes zu denken als an die gemeinsame Zeit in Southampton. Sie spürte das knisternde Gefühl unter seinen Händen, die langsam über ihren Körper glitten, und seine Lippen fühlte sie immer noch wie Brandmale auf ihrer Haut. Die Heftigkeit ihrer Gefühle überraschte sie selbst. Es gefiel ihr, aber es machte ihr auch Angst. Angst, weil sie den Eindruck hatte, allmählich die Kontrolle über sich zu verlieren, und weil sie tatsächlich schon zu Wachs in seinen Händen geworden war. Sie hatte nur einen Scherz machen wollen, aber als er gesagt hatte, dass er sie formen wollte, solange sie noch heiß wäre, war ihr klar geworden, dass er genau das tat und sie hatte es zugelassen.

Verärgert warf sie sich die Sporttasche über die Schulter und checkte die Zeit. Fünf Uhr. Sie war zu spät. Aber umso besser, Hamid würde sauer sein und ihr nichts schenken. Wenn sie sich einen harten Kampf mit ihrem Trainer lieferte, würde sie sicher wieder einen klaren Kopf bekommen. Und wenn es ihr gelang, ihn noch zusätzlich zu reizen, würde sie mit ziemlicher Sicherheit richtig Prügel beziehen. Gute Aussichten! Sie lächelte zufrieden.

*

Punkt acht betrat Arden das NightFly. Ein Wirrwarr aus Stimmen und Musik, untermalt von Gerüchen, schlug ihr entgegen. Sie hielt kurz inne und ließ ihren Blick durch das Halbdunkel des Raumes schweifen. Eine Reihe kupferfarbener Deckenleuchten, die tief über den Tischen hingen, erzeugte schummriges Licht. Etwa zwanzig Tische standen im Raum verteilt, bestückt mit Metallstühlen im Industrial-Design. Rechts der Eingangstür war eine Bar, an der sich einige Männer drängten. Kevin stand dahinter. Als er Arden bemerkte, nickte er ihr lächelnd zu und wies zu dem Tisch in der hinteren Ecke. Anscheinend waren die anderen schon da. Sie lächelte zurück und ging weiter. Eric bemerkte sie als Erster. Er sprang auf, grinste und bot ihr den Platz neben sich an.

»Schön, dass du da bist.«

»Hallo zusammen.« Ardens Blick schweifte von Lisa zu Tom, die sie stumm anschauten. Sie ließ sich auf dem angebotenen Stuhl nieder. »Es tut mir leid, was im NOIR passiert ist, Leute, aber ich konnte nicht ahnen, dass ihr die Geschichte so ernst nehmen würdet. Ich wollte einfach weg und habe dabei nicht nachgedacht. Können wir jetzt die Sache begraben und da weitermachen, wo wir aufgehört haben?«

Eric lehnte sich zurück und betrachtete Arden forschend »Ich habe gesehen, wie du zu Alasdair ins Auto gestiegen bist.«

»Kennst du das Sprichwort: Die Neugierde ist der Katze Tod?« Arden warf Eric einen bösen Blick zu und wandte sich dann an Lisa. »Was soll das? Ich gebe zu, dass ich mich dir gegenüber nicht korrekt verhalten habe, aber den beiden bin ich keine Rechenschaft schuldig. Ich kenne sie ja kaum. Und warum lässt du mich Lügen erfinden, wenn du bereits weißt, dass ich mit Alasdair weggefahren bin?«

»Sag du mir, warum du gelogen hast.«

»Ganz einfach: Ich hatte ein schlechtes Gewissen, denn während ich mich vergnügt habe, hast du dir Sorgen gemacht.« Arden stutzte. »Warum eigentlich? Er ist doch nicht der erste Mann in meinem Leben.«

Lisas und Toms Blicke wanderten hilfesuchend zu Eric.

»Was jetzt?« Ardens Gesichtsausdruck wurde grimmig und sie fauchte Eric wütend an: »Es ist mein Leben, in das du dich einmischst. Aber glaube ja nicht, dass du damit punkten kannst.«

»Arden, Eric kennt Alasdair und Serpit, hör dir doch an, was er über ihn zu sagen hat.« Lisa schaute sie flehend an.

»Na gut, raus damit. Jetzt, wo ich hier bin, möchte ich auch wissen, was es mit dieser verschwörerischen Versammlung auf sich hat.«

»Er ist ein kaltherziger, skrupelloser Geschäftsmann,

der unzählige Menschen ihrer Existenz und ihres Lebens beraubt hat«, kam Eric sofort zu Sache.

»Das sind harte Anschuldigungen. Ist jetzt jeder taffe Geschäftsmann in deinen Augen ein Krimineller?«

»Nicht jeder, wir sprechen von Alasdair! Er ist ein grausamer Zeitgenosse ohne einen Funken Mitgefühl. Er verdient deine Aufmerksamkeit und Liebe nicht.«

»Und das kannst du beurteilen? Ich habe ihn anders erlebt. Ich glaube, du verwechselst hier das Private mit dem Geschäftlichen.«

»Alasdair vollzieht diese Trennung nicht. Für ihn dient alles nur einem Zweck, nämlich das durchzusetzen, was er gerade vorhat. Und er hat etwas vor; er hat immer etwas vor. Lass dich da nicht reinziehen.«

»Warum sollte ich dir glauben? Anschuldigungen zu erheben ist eine Sache, aber kannst du sie auch konkret belegen? Oder bist du nur eifersüchtig und kannst es nicht ertragen, dass ich ihn vorgezogen habe?«

»Wie du schon selbst bemerkt hast, wir kennen uns nicht wirklich, aber ich mag dich und ich kenne Alasdair gut genug, um sagen zu können, dass er zu einer Beziehung nicht fähig ist und dich nur verletzen wird. Das ist so sicher wie das Amen in der Kirche. Er ist charismatisch, ohne Frage. Zudem sieht er verdammt gut aus, aber er stinkt nach Ärger. Lass dich da nicht täuschen.«

»Es tut mir leid, Leute«, sagte sie, obwohl sie weder so aussah noch danach klang, »aber ich kann das nicht gelten lassen. Ich habe ihn anders erlebt und die Wahrheit ist: Ich glaube Eric kein Wort.«

»Ein Philosoph sagte mal … Es gibt zwei Arten sich zu täuschen: Die eine ist Unwahres zu glauben, die andere nicht glauben, was wahr ist.«

»Søren Kierkegaard. Mann, ich studiere Philosophie, willst du mich damit jetzt beeindrucken?«

»Arden«, mischte sich Lisa ein, »Eric will dich nur warnen. Du sollst nicht blind in eine Falle laufen.«

»Jetzt ist es also schon eine Falle?«

»Dir ist doch wohl nicht entgangen, dass er schon eine Freundin hat? Serpit sieht nicht so aus, als würde sie alles kampflos hinnehmen. Hast du ihren kurzen Auftritt im NOIR schon vergessen?«

Arden erinnerte sich an Serpit und auch daran, dass diese unliebsame Konkurrentin ihr im Weg war. Aber sie wollte Alasdair und war bereit, sich über alles hinwegzusetzen, was sie daran hinderte. Es war ihr egal, wenn sie das in Lisas Augen zu einem skrupellosen Geschöpf machte, das seine Bedürfnisse über die der anderen stellte. Gab es denn etwas Wichtigeres als die Befriedigung seiner eigenen Bedürfnisse und Wünsche?

»Nein«, antwortete sie, »ich habe Serpit nicht vergessen. Wann steigt die nächste Party bei ihr?« Mit einem aufgesetzten Lächeln sah sie Eric an. »Wir zwei könnten doch hingehen.«

Lisa seufzte resigniert. »Du kapierst nicht, was wir zu verhindern versuchen.«

»Doch, aber du kannst nicht verhindern, was ich am meisten begehre.«

»Verschwende deine Liebe nicht.« Tom meldete sich zum ersten Mal zu Wort.

Arden schaute in seine grauen, mit schwarzem Kajal umrandeten Augen. »Liebe kann man gar nicht verschwenden, Tom«, sagte sie und wandte sich wieder an Lisa.

»Ich verstehe, dass du alles glaubst, was Eric erzählt, weil du Alasdair nicht kennst. Du hast ihn noch nicht einmal gesehen! Traust du es mir denn nicht zu, mir selbst ein Urteil bilden zu können?«

»Du kennst ihn doch auch nicht! Oder glaubst du etwa, ein gemeinsames Wochenende ist schon ausreichend, um jemanden richtig durchschauen zu können? Weise sein und lieben vermag kein Mensch, erkannte schon Shakespeare. Die Art und Weise, wie du dich benimmst, zeigt mir nur, dass du nicht mehr rational denken kannst.«

»Mein Gott, Lisa, hörst du dir eigentlich zu, was du da von dir gibst? Ich bin weder minderjährig noch unzurechnungsfähig!«

»Siehst du, schon deine Reaktion zeigt mir, dass du ihm auf den Leim gegangen bist. Früher hättest du nicht so mit mir gesprochen.«

Wäre in diesem Moment nicht der Kellner erschienen, um das Essen zu servieren, wäre Arden endgültig der Geduldsaden gerissen und sie wäre gegangen.

»Hey, wir haben doch nichts bestellt!« Tom schaute den Kellner verblüfft an.

»Ist in Ordnung.« Lisa rückte seinen Teller zurecht. »Arden hat uns eingeladen, darum entscheidet Kevin, was gegessen wird. Er kennt Ardens Geschmack besser als sie selbst. Sei unbesorgt, so gut wie wir isst hier keiner.«

»Ich bezweifle, dass Tom das beurteilen kann, Lisa.« Den Seitenhieb Richtung Tom konnte Arden sich nicht verkneifen. »Und Tom? Ich bin Vegetarierin, das will ich gesagt haben für den Fall, dass du ein blutiges Steak erwartest.« Normalerweise war es ihr egal, was die anderen aßen, aber heute würde keiner am Tisch Fleisch bekommen.

Ein lautstarkes Klingeln ertönte aus ihrer Handtasche. Arden öffnete sie einen Spalt und warf einen Blick auf ihr Handy. Alasdair. Er nahm sich vierundzwanzig Stunden Zeit, bis er sich endlich meldete. *Nicht mit mir,* dachte sie sich. *Schauen wir mal, wie er reagiert, wenn ich ihn ignoriere.* Mit einem zufriedenen Lächeln schob sie das Handy wieder in das Seitenfach zurück und nahm einen Schluck von dem köstlichen Weißwein, den Kevin für sie ausgesucht hatte. Mit einem Schlag fühlte sie sich wie befreit und ihr ging es wieder gut. Eine Veränderung, die den anderen, ihrem Gesichtsausdruck nach zu urteilen, nicht verborgen blieb. Drei Augenpaare starrten sie gebannt an. »Hey, Leute, lasst uns doch ein bisschen Spaß haben. Und Tom?

Wenn du unbedingt Fleisch haben willst, sollst du es bekommen.«

Keiner ging auf den Anruf ein, und die Stimmung entspannte sich allmählich. Sie redeten und aßen viel. Arden konnte einiges über die Jungs erfahren, was sie ihre anfänglichen Vorbehalte vergessen ließ. Tom arbeitete in einem Tattoo- und Piercingstudio, sein Aussehen war sozusagen Pflicht. Eric war Headhunter und wollte nicht näher darauf eingehen. »Es ist stinklangweilig«, sagte er nur. »Aber was viel interessanter ist: Tom beschäftigt sich mit Magie.«

»Ach, halt doch deinen Mund!« Tom war es offensichtlich nicht recht, dass Eric das Thema anschnitt.

»Aber warum?«, mischte sich Arden ein. »Es ist durchaus ein interessantes Thema. Ich selbst habe mich mit den okkulten Praktiken der zwanziger Jahre beschäftigt. Wisst ihr, dass es damals sehr verbreitet war und als schick galt, Mitglied einer Loge zu werden? Es gibt keinen Grund, Magie zu belächeln oder gar zu verteufeln. Magie ist Kunst; Kunst, die sich der Zusammenhänge zwischen der sichtbaren und unsichtbaren Welt bedient. Sogar ernsthafte Wissenschaftler haben sich damit beschäftigt. Als Beispiel kann ich dir nur John Ferguson empfehlen. Er war Professor für Chemie an der Uni Glasgow, und die Sammlung seiner antiquarischen Bücher umfasst siebentausendfünfhundert Bände zu Alchemie, Medizin und Okkultem. Eine wahre Fundgrube, allein der Katalog der Sammlung umfasst achthundert Seiten.«

»Und so könnt ihr Arden in Aktion erleben«, unterbrach Lisa sie, und mit einer Geste präsentierte sie den anderen das Wunder Arden. »Merkt ihr, wie der Eifer ihre Wangen rötet? Denn es gibt für sie nichts Interessanteres als alte, staubige Bücher. Mich würde nicht wundern, wenn sie die siebentausendfünfhundert Bände bereits gelesen hat.«

»Jetzt übertreibst du aber.« Lachend schlug Arden gegen Lisas ausgestreckten Arm. Im selben Moment erstarrte sie wie eine Eidechse im tiefsten Winter. Alasdair näherte sich ihrem Tisch. »Wie zum Teufel hast du …«

»Ich hätte eher ein ›wie schön, dich zu sehen‹ erwartet, aber der Teufel ist mir auch recht.« Er bückte sich zu ihr und küsste sie.

Arden schaute ihn ungläubig an. »Wie hast du mich gefunden?«

»Das ist doch kein Kunststück. Ich habe dein Handy orten lassen.«

»Das ist illegal!«

»Wen interessiert's.« Er zog sich vom Nebentisch einen Stuhl heran und setzte sich neben Arden an das Tischende.

Arden war zwischen der Freude, dass er sie ausfindig gemacht hatte, und dem mulmigen Gefühl, das dieser Fakt in ihr auslöste, hin und her gerissen. Nervös drehte sie den langen Glasstiel in ihren Händen.

»Freust du dich nicht, dass ich hier bin? Denn wenn dem so ist, kann ich gleich wieder gehen.«

»Nein!«, entfuhr es ihr fast zu panisch, und im gleichen Moment ärgerte sie sich darüber.

Alasdair lächelte milde und legte die Hand auf ihre nervös tippenden Finger. »Willst du mir deine Freunde nicht vorstellen?«

Arden schaute in die Runde. Lisa starrte Alasdair unverhohlen an, Tom wiederum suchte fragend Ardens Blick. Nur Eric tat so, als hätte er nichts anderes erwartet.

»Das ist Alasdair ... Lisa, Tom und Eric.« Arden deutete von einem zum anderen.

Mist, dachte sie. Sie hatte die drei schon so weit gehabt, dass sie das Thema Alasdair beinahe vergessen hatten. Sie erkannte leider zu spät, dass sie seinen Anruf hätte annehmen und sich für später mit ihm verabreden sollen. Aber sie hatte unbedingt spielen und ihn herausfordern wollen. Jetzt war er da, und sie war am Zug. Ihr wurde klar, dass er sie durchschaute und auf ihr Spiel einging.

»Wo hast du deine schöne Freundin gelassen?« In Lisas Stimme schwang ein giftiger Unterton mit. Die Spannung am Tisch erschien Arden plötzlich wie ein Pulverfass, das jetzt nur eines einzigen Funkens bedurfte, um mit einem gewaltigen Knall in die Luft zu fliegen, und Lisa hielt schon das Streichholz bereit.

Statt einer Antwort bedachte Alasdair Lisa mit einem eiskalten Blick, seine Miene blieb ungerührt. »Was führt dich wieder nach London?«, wandte er sich stattdessen an Eric.

»Geschäfte.«

Alasdairs Mundwinkel zuckten. »Und wie laufen sie so?«

»Ich kann mich nicht beklagen.«

»Dann hoffe ich für dich, dass es auch so bleibt.«

»Dafür werde ich schon sorgen!« Aus Erics Stimme klang Entschlossenheit.

»Aber natürlich, ich verstehe dich besser als jeder andere. Ich sorge auch immer dafür, dass keiner meine Interessen gefährdet.« Auf Alasdairs Lippen lag ein gewinnendes Schmunzeln, aber seine Augen sprachen eine Drohung aus.

Es folgte ein kurzes Schweigen. Arden rutschte nervös auf ihrem Stuhl und schaute in die Runde. Lisas Gesicht war regungslos, in ihrem Blick lag aber ein stummer Vorwurf. Als sie Toms Augen begegnete, wandte er sich verlegen ab und starrte auf seine tätowierten Hände.

»Na schön«, sagte Arden entschlossen, während sie sich von ihrem Stuhl erhob und hinter Alasdair trat. »Wir werden jetzt gehen und *meinen Freunden* Zeit zum Nachdenken geben.« Sie legte liebevoll ihre Hände auf Alasdairs Schultern.

»Es hat mich gefreut«, wandte sich Alasdair an die anderen. »Ich wünsche noch einen schönen Abend.« Er grinste.

Arden ging, und Alasdair folgte ihr. Sie war sauer. Sollte es jetzt zur Gewohnheit werden, dass sie Lisa bei jeder Konfrontation einfach stehen ließ? Aber sie konnte und wollte es nicht dulden, dass Lisa sich so in ihr Leben einmischte, egal, wie gut sie es auch meinte. Es war *ihr* Leben, und die Entscheidung lag bei ihr, nur bei ihr! Sie sah Kevin hinter der Bar fragend die Augenbrauen heben. Sie machte nur eine wegwerfende Handbewegung, und ihre Lippen formten ein lautloses »Bis morgen«. Als die Tür in ihrem Rücken zufiel, atmete sie erleichtert aus.

»Sie mögen mich nicht.« Alasdair blieb vor ihr stehen und zog sie in seine Arme. »Es macht mir nichts aus, solange du mich magst.« Er beugte sich zu ihr und küsste sie.

Sie schlang die Arme um seine Taille und legte seufzend den Kopf auf seine Brust. »Lisa ist meine beste Freundin. Ich bin enttäuscht darüber, dass sie dir keine Chance gibt.«

»Gib ihr Zeit.« Er strich sanft über ihr Haar. »Sie wird sich schon beruhigen.«

»Ja, womöglich.«

Er hob ihren Kopf, und sie schaute in seine gletscherblauen Augen.

»Was kann ich tun, damit es dir besser geht?«

Vielsagend lächelte Arden ihn an.

»Na, wenn das so einfach ist, dann bringe ich dich jetzt nach Hause.«

＊

»Willst du schon gehen?« Arden blinzelte verschlafen. »Wie spät ist es?«

»Vier. Schlaf weiter, ich finde schon selbst raus.«
Alasdair stand bereits angezogen vor ihr.

»Wolltest du dich etwa heimlich rausschleichen?«
Abrupt setzte sie sich auf und schaute ihn vorwurfsvoll an. Er kam an ihre Bettseite und zerzauste ihr
Haar liebevoll.

»Ich habe heute viele Termine. Glaube mir, wenn ich
könnte, würde ich den ganzen Tag mit dir im Bett
verbringen.« Zur Besänftigung zog er sie an sich und
küsste sie.

»Geh noch nicht!« Sie schlang die Arme um seinen
Hals und klammerte sich fest an ihn.

»Ich muss.« Er entzog sich ihr und stand auf.

»Na, dann geh eben!« Sie ließ sich schmollend
zurück in die Kissen fallen und hörte, wie er mit
eiligen Schritten die Treppe runterlief und die Haustür
zuzog. Plötzlich erfüllte sie eine traurige Leere. Hatte
Lisa womöglich recht mit ihren Behauptungen? War
sie auf dem besten Weg, ihre Zurechnungsfähigkeit zu
verlieren? Alasdair wirkte wie eine Droge auf sie.
Wenn er nicht bei ihr war, litt sie sofort an Entzugserscheinungen. »So kann es nicht weitergehen. Reiß
dich zusammen, es ist doch nur ein Mann!«, sagte sie
zu sich selbst.

Plötzlich hallte der grelle Ton der Türschelle durch
die nächtliche Stille. Arden zuckte zusammen. Sie
sprang auf, lief mit hämmerndem Herzen die Treppe
runter und riss die Tür auf. Aber es war nicht Alasdair.
»Eric ..., was willst *du* hier?«

»Ich ...« Eric schluckte hart bei Ardens Anblick. »... will mit dir reden.«

»Mitten in der Nacht? Hast du etwa die ganze Zeit hier gewartet?«

»Ja, ich dachte schon, der geht nie!«

»Bist du ein Stalker oder nur verrückt?«

»Du stehst nackt in der Tür, wer von uns beiden ist also verrückt?«

»Noch nie eine nackte Frau gesehen?« Ungerührt griff sie nach ihrem Mantel, der an der Garderobe hing, und warf ihn sich über. »Also, was willst du?«

»Reden.«

»Worüber?«

»Lässt du mich rein?«

»Worüber, verdammt?«

»Über die Vergänglichkeit und den Sinn des Lebens?«

»Du bist doch verrückt!« Arden wollte schon die Tür schließen, aber er streckte den Arm aus.

»Komm schon.« Er drückte gegen die Tür. »Du bist sowieso wach, also ist es egal, wie spät es ist.«

Er hatte recht, sie war wach, und einschlafen würde sie ohnehin nicht mehr. Also war es gar nicht so schlecht, mit ihm zu reden. Er würde ihr vielleicht etwas Ablenkung verschaffen.

»Na gut.« Sie trat zur Seite und ließ Eric rein. »Kannst du eine Kaffeemaschine bedienen? Mache uns einen Kaffee, ich ziehe mich schnell an.«

»Du kannst deinen Mantel ruhig wieder ausziehen.« Er grinste vielsagend.

154

»Träum weiter.« Arden sprintete die Treppe hinauf und kam fünf Minuten später angezogen zurück.

Eric stand an dem Kaffeeautomaten und schaute dem durchlaufenden Kaffee zu. Als er sie kommen hörte, hob er den Kopf und lächelte. Ein leuchtender Schimmer erhellte dabei seine Bernsteinaugen.

»Du hast voll die krassen Augen, weißt du das? Wie ein Wolf.«

»Vielleicht bin ich ein Werwolf.« Er verzog das Gesicht zu einer Fratze und formte die Hände zu Klauen. Fauchend schlug er nach ihr.

»Lass den Blödsinn.« Sie schlug zurück. »Ich bin keine wehrlose Maid, die du vernaschen kannst.«

»Ich weiß, du trainierst dreimal die Woche.«

»Also doch ein Stalker!«

»Nein, nur verrückt. Spaß beiseite, Lisa hat es uns erzählt.«

»Ist Lisa noch sauer auf mich?«

»Glaube schon.« Er reichte ihr die Kaffeetasse. »Sie meint es nur gut. Wir alle meinen es gut.«

»Eric, falls du gekommen bist, um mit mir über Alasdair zu reden, vergiss es gleich wieder.«

»Ist gut, ich habe schon verstanden.«

»Und die Anmache kannst du auch gleich lassen.«

»Roger, Herr General!« Eric salutierte und nahm ebenfalls die Kaffeetasse in die Hand und setzte sich zu ihr an den Küchentisch.

»Jetzt mal im Ernst, warum sitzt du stundenlang vor meinem Haus?«

»Weil ich nicht damit gerechnet habe, dass er so lange brauchen würde. Ich war in der Annahme, er schiebt eine schnelle Nummer und verschwindet.«

»Ich dachte, wir wollten nicht mehr darüber reden!«

»Du hast doch gefragt, warum ich so lange gewartet habe.«

»Ja, weil ich dachte, wir können ernst miteinander reden!«

»Das ist mein voller Ernst! Hätte ich es geahnt, wäre ich schon längst gegangen. So dachte ich aber, jede Sekunde muss er doch rauskommen.«

»Gut, es erklärt aber nicht, warum du das überhaupt getan hast.«

»Es ist so blöd gelaufen in dem Lokal, dass ich dachte, es wäre gut, wenn wir uns mal alleine unterhalten würden.«

»Worüber? Wir kennen uns doch gar nicht.«

»Eben, es ist an der Zeit, das zu ändern.«

»Du bist schon ein komischer Vogel, was versprichst du dir davon?«

»Freundschaft, Spaß, einfach eine tolle Zeit.«

»Keine Hintergedanken?«

»Ach wo! Wie kommst du nur darauf?«

»Ich sehe, du nimmst mich immer noch nicht ernst. Du kriegst eine Chance, aber wenn du sie vermasselst, war's das.«

Eric lachte und schob sich die zerzausten Haare aus dem Gesicht. »Du siehst so verdammt gut aus, wenn du so böse schaust.«

»Ja, ja«, wehrte sie ab, »und du könntest mal einen Kamm benutzen. Gerade jetzt im Frühling musst du doch ständig Gefahr laufen, dass die Vögel deinen Kopf mit einem Nest verwechseln.«

»Themawechsel. Was geht ab an der Uni? Hast du dich wirklich mit Magie beschäftigt? Wie kommt ein rationaler Mensch wie du dazu?«

»Vielleicht bin ich gar nicht so rational, wie du denkst. Vielleicht stehe ich auf Übernatürliches ...« Sie stockte, weil ihr das seltsame Buch im Wohnzimmer wieder einfiel. Zudem war da noch dieser unheimliche Traum, den sie nicht zu Ende geträumt hatte. Ihre Gedanken drifteten ab und sie vergaß Eric für einen Moment.

»Hallo, jemand zu Hause?« Eric wedelte mit der Hand vor ihrem Gesicht.

Arden sprang auf und lief, ohne ein Wort zu sagen, ins Wohnzimmer. Zurück in der Küche, knallte sie das Buch auf den Tisch.

»Was ist, wenn ich dir sage, dass dieses Buch verzaubert oder verhext ist? Wenn ich dir sage, ich habe etwas anderes darin gelesen als das, was jetzt gerade dort steht?«

Eric zog neugierig das Buch an sich und öffnete es.

»Siehst du«, meinte sie und deutete auf die erste Seite, früher stand da *Galesh ta Farium* und jetzt *Alea iacta est.*«

»Der Würfel ist gefallen?« Eric schaute sie fragend an. »Wenn es stimmt, was du sagst, könnte es eine Botschaft sein.«

157

»Ja! Daran habe ich auch schon gedacht, aber bin keinen Schritt weitergekommen.«

»Woher hast du es?«

»Mein Vater hat es mir gegeben.«

»Hast du schon mit ihm darüber gesprochen?«

»Bist du verrückt? Nein!«

»Wie lange hast du es schon?«

»Ein paar Tage.«

»Ist sonst noch was passiert?«

Arden zögerte. Sollte sie Eric von ihrem Traum erzählen? *Nein,* beschloss sie, *ein Traum ist etwas Persönliches.* Das mit dem Buch allein war schon verrückt, also behielt sie den Rest für sich. »Nein, sonst war nichts.«

»Warum zeigst du es gerade mir?« Eric musterte sie gespannt.

»Weil ich darüber reden muss und du mir verrückt genug erscheinst, es mir zu glauben. Du lebst mit Tom zusammen, der sich für einen Hexer hält! Abgesehen davon: Solltest du darüber mit jemandem reden, werde ich es leugnen und es deinem Buhlen um Aufmerksamkeit zuschreiben.« Es klang schroffer, als sie es beabsichtigt hatte, also versuchte sie die Antwort mit einem Lächeln zu entschärfen.

»Nein, ich werde mit niemandem darüber reden. Darauf kannst du dich verlassen.« Erics Gesichtszüge verhärteten sich, während er weiter in dem Buch blätterte. »Hast du es schon gelesen?«

»Ja, aber es ist nichts von Bedeutung. Es ist nur die

Lebensgeschichte eines jungen Mannes, der sich wegen unerfüllter Liebe grämt und über Selbstmord nachdenkt.

Aus Angst, in der Hölle zu landen, nimmt er aber Abstand von dem Gedanken.«

»Es ist immer das Gleiche, die Hölle ist voll von solchen Dummköpfen.«

»Ach ja, und woher willst du das wissen?«

»Logische Folgerung. Über Jahrtausende bringen sich Menschen wegen Liebe um und landen dann in der Hölle.«

»Das wäre jetzt ein religionsübergreifendes Thema, zu dem ich nicht genügend Informationen besitze, daher möchte ich mich allein auf mein Problem konzentrieren.«

»Verständlich.« Eric klappte das Buch zu und strich über das Leder. »Es wäre nicht uninteressant herauszufinden, woher dein Vater es hat. Du könntest doch nachfragen, ohne die seltsame Schriftveränderung zu erwähnen.«

»Das könnte ich. Ich weiß aber, dass Aurelio, der sich um seine Büchersammlung kümmert, es ihm an dem Tag, an dem ich im Büro war, hingebracht hatte. Es war viel los, daher glaube ich nicht, dass mein Vater sich mit den Büchern beschäftigt hat. Ich sollte besser Aurelio fragen.«

»Büchern?«

»Ja, es waren zwei Bücher. Dieses hier und noch ein kleiner Gedichtband.«

»Kann ich es sehen?«

»Klar.« Arden stand auf und holte auch das andere Buch.

Eric strich interessiert über das rote Leder und die Goldverzierung. »Auf den ersten Blick nichts Ungewöhnliches.« Er schlug es auf und blätterte darin. »Latein und schon wieder geht es hier um die Liebe. Das sind, wenn du mich fragst, ausreichend Indizien, um zu erkennen, in welche Richtung die Botschaft gehen soll. Vorausgesetzt, es handelt sich um eine Botschaft.«

»Das ist natürlich fraglich. Was ist, wenn das hier einfach nur Liebesbücher sind und die eigentliche Botschaft darunter verborgen ist?«

»Dann müssen wir herausfinden, was *Galesh ta Farium* bedeutet. Ich würde die erste Theorie aber nicht verwerfen, denn es kann ohne Weiteres sein, dass beide miteinander verknüpft sind. Zwei Bücher voller Liebeskummer und dazu die Überschrift. Für mich klingt das nach einer unheilvollen Prophezeiung, die hiermit ihren Anfang nimmt. Arden und Alasdair, klingelt da etwas bei dir?«

»Ich habe dich gewarnt, fang jetzt nicht wieder damit an!«

»Aber du musst doch selbst zugeben, dass es passen würde.«

»Man kann alles so drehen und wenden, dass es passen würde. Übrigens, dich habe ich am gleichen Abend wie Alasdair kennengelernt. Vielleicht sollte ich mich eher vor dir in Acht nehmen.«

»Vielleicht, wer weiß.«

»Ah, jetzt machst du einen auf geheimnisvoll.« Arden unterdrückte den aufsteigenden Ärger. »Eric, wenn du mir nicht helfen willst, dann geh einfach. Ich werde damit allein fertig.«

»Nein, ich meine es ernst. Und wenn alles, was passiert, einen Sinn ergeben sollte, dann ist unsere Begegnung auch von Bedeutung.«

»Kann es sein, dass du jetzt dein unbedeutendes Leben aufwerten möchtest?« Sie warf ihm einen abschätzenden Blick zu.

»Mag sein, dass ich unbedeutend bin, aber dennoch bin ich derjenige, dem du deine unglaubliche Geschichte anvertraut hast. Ich wollte nur deine Aufmerksamkeit.« Eric lehnte sich zufrieden zurück, ein vielsagendes Lächeln machte sich in seinem Gesicht breit. »Und unverhofft bekam ich auch noch dein Vertrauen.«

»Bilde dir nicht zu viel darauf ein. Du profitierst nur von der Tatsache, dass Lisa und ich im Moment so unsere Schwierigkeiten haben.«

»Glaube mir, ich bin die bessere Wahl.« Eric beugte sich über den Tisch zu ihr rüber. »Ich sehe nicht nur gut aus, ich bin auch noch ein helles Köpfchen. Wenn es jemanden gibt, der dein Geheimnis lösen kann, dann bin ich es.«

»Selbstbewusstsein hast du ja, aber alles andere ist Ansichtssache. Ich weiß gar nicht, warum ich dir das erzählt habe. Hast du mir etwas in den Kaffee getan?« Sie beäugte misstrauisch ihre Tasse.

»War nicht nötig, du hast ganz intuitiv erkannt, dass ich dir von Nutzen sein kann.«

»Wird sich noch zeigen.« Arden gähnte und streckte sich. »Ich gehe jetzt ins Bett. Wenn du willst, kannst du auf der Couch schlafen. Ansonsten zieh nur die Tür zu, wenn du gehst.« Sie stand auf. In der Tür blieb sie stehen und drehte sich zu Eric um, der immer noch am Tisch saß. »Danke«, wisperte sie und ging.

14

EIN MISSERFOLG KOMMT SELTEN ALLEIN

Drei Tage lang ließ sich niemand blicken. Qualvolle, lange Stunden, die Bohumil sich mit Grübeln vertrieb. Was sonst konnte er schon machen, eingesperrt in einer unfreundlichen Umgebung in Gesellschaft zweier Kreaturen, die aus der Hölle stammten? Er grübelte und grübelte, bis er zuweilen das Gefühl bekam, sein Kopf würde jeden Augenblick wie eine reife Melone zerplatzen. Zudem plagten ihn ernsthafte Sorgen darüber, die ohnehin spärlichen Lebensmittel würden ausgehen und er würde jämmerlich verhungern, ohne dass jemand Notiz davon nähme.

Auch jetzt saß er auf dem Bett, den Kopf in die Hände gelegt und die Ellenbogen auf die Schenkel gestützt, den Blick leer auf die Wand vor ihm gerichtet. Die Bestien waren nicht zu sehen, aber er wusste, sie waren da, und sie machten ihm Angst. Vor allem ihre Art, sich lautlos an ihn heranzuschleichen, um ihn dann zu erschrecken. Und auch wenn er stets damit rechnete, bekam er jedes Mal fast einen Herzinfarkt.

»Mistviecher!«, schrie er wütend in die Stille der Halle und sprang wutentbrannt auf die Füße. »Elendige Mistviecher!« Die Wände warfen das Echo immer wieder zurück, bis es langsam verstummte und die Stille sich erneut über die Halle legte.

Bohumil sank auf das Bett zurück. Ihm gingen die Worte des unheimlichen Mannes nicht aus dem Sinn, der ernsthaft behauptete, dass es den Satan geben würde. Der ganze Glaube sei auf der Existenz von Himmel und Hölle aufgebaut. Eine Behauptung, der Bohumil bis jetzt nicht sonderlich viel Bedeutung beigemessen hatte. Entweder man glaubte, oder man glaubte nicht. Allein der Tod war das, was unweigerlich am Ende kam – eine Tatsache, die jeder zu akzeptieren hatte.

Die Gläubigen klammerten sich an die Hoffnung, die Sünden würden ihnen vergeben, und am Ende kämen sie in das Himmelreich. Das wäre zu einfach. Bohumil konnte es nicht glauben. Damals als Kind hatte er gehofft, den Sünder würde die gerechte Strafe ereilen. Vor allem die Jungs, die ihm in der Schule und auf dem Nachhauseweg aufgelauert waren und ihn quält hatten. Für all diese Qualen hoffte er auf eine gerechte Strafe. Er hoffte voller Inbrunst, Satan würde erscheinen und sie mit in die Hölle zerren. Leider hoffte und wartete er bisher vergeblich.

Satan, der Herrscher der Hölle, die Verkörperung des ultimativen Bösen. Bohumil bedauerte, dem Thema vorher nicht mehr Aufmerksamkeit geschenkt zu haben und sein Wissen jetzt nur auf die Aussagen der Kirche stützen zu müssen. Er erinnerte sich daran, dass er als Zehnjähriger nach dem Religionsunterricht die Bibel auf der Suche nach dem Teufel und Satan durchsucht hatte, aber alles, was er über ihn im Unterricht vermittelt bekommen hatte, hatte er so in der Bibel nicht finden können. All die Gruselgeschichten standen nicht drin. Sein Religionslehrer Pater Aloysius hatte sich wahrscheinlich einer Quelle aus den geheimen Archiven des Vatikans bedient.

Was Aloysius allerdings beherrschte, war das Böse in solch schillernden Farben zu zeichnen, dass er ihn eher begeistert hatte als ihn einzuschüchtern. Für Bohumil war Satan eine böse, jedoch kühne Comic-Figur geworden, die am Ende einige Kratzer abbekommen hatte, als Bohumil im Alten Testament auf die Stelle gestoßen war, wo Satan Hiob in Gottes Namen geprüft hatte. Damals hatte er sich ungläubig die Augen gerieben. Ein Engel namens Satan stieg vom Himmel auf die Erde herab und quälte Hiob im himmlischen Auftrag?

Als er Pater Aloysius darauf angesprochen hatte, hatte er nur wohlwollend seinen Kopf getätschelt und gesagt: »Bohouschi, mein Junge, zerbreche dir doch nicht den Kopf mit solchen Fragen. Ich bin hier, um dir den richtigen Weg aufzuzeigen und dir alles zu berichten, was Gott dir sagen will. Höre aufmerksam zu und halte dich daran, denn ich verkünde den Willen Gottes.«

Kurze Zeit später hatte Bohumil beschlossen, nicht mehr zum Religionsunterricht zu gehen, denn der Wille, den seine Mutter ihm aufgezwungen hatte, reichte ihm vollkommen. Es waren schon genügend Verbote und Gebote, an die er sich hatte halten müssen.

Als er die Entscheidung seinen Eltern mittgeteilt hatte, schaute sein Vater ihn kurz über den Rand der Zeitung an, die er gerade las und sagte: »So viel Verstand hätte ich dir gar nicht zugetraut.« Danach vertiefte er sich wieder in seiner Lektüre.

»Warum unterstützt du den Jungen auch noch?«, schimpfte seine Mutter. »Ich bin froh, wenn er überhaupt aus dem Haus kommt. Er hockt doch ständig in seinem Zimmer.«

»Dafür nimmst du die Gehirnwäsche in Kauf, der sie ihn unterziehen?«

»Warum musst du gleich so übertreiben? Es sind Werte, die sie ihm vermitteln.«

»Werte? Ha! Dass ich nicht lache. Opium fürs Volk ist das!«

»Gerade du musst das sagen. Dein Gott Marx hat dich doch auch einer Gehirnwäsche unterzogen. Oder wie willst du den Blödsinn, den er verzapft, sonst rechtfertigen? Nur Hirngespinste eines Mannes, der vom Erbe seiner adeligen Frau lebte und zudem noch vom Wohlwollen seines reichen Freundes Engels abhängig war.«

In solchen Momenten hatte Bohumil sich immer in Sicherheit gebracht. Er hatte sich in seinem Zimmer eingeschlossen und die Musik angemacht. Der demagogische Kampf der Titanen hatte seine Kindheit geprägt. Auf der einen Seite seine Mutter mit Gott und den Heiligen, auf der anderen Seite sein Vater mit Marx, Engels, Lenin und Co. Egal, was er gemacht hatte, er war ständig zwischen die Fronten geraten, nicht gewillt, sich für eine der Seiten zu entscheiden.

Bohumil seufzte und erhob sich von seinem Bett. Die Erinnerungen wühlten ihn auf. Er machte sich Sorgen um seine Mutter. Wahnsinnig vor Angst, war sie bestimmt auf der Suche nach ihm.

Nach dem Tod seines Vaters – Bohumil war gerade sechzehn geworden – war er vollständig in ihren Fokus gerückt. Ihr ganzes Leben drehte sich seitdem nur um ihn. Am Anfang genoss Bohumil diese Aufmerksamkeit, mit der Zeit wurde sie ihm allerdings lästig. Und als er seine Freundin Elischka kennenlernte, war es regelrecht kompliziert geworden. Seine Mutter hatte sie als Bedrohung empfunden. Ihretwegen war er gezwungen gewesen, zu lügen, und er hatte sie dafür gehasst. Er hatte nur mit Eli zusammen sein wollen, denn jeder Augenblick ohne sie war verlorene Zeit. Eli war die, die er angebetet hatte. In den Augen der Mutter ein Götzenbild, das ihn ins Verderben stürzen würde. Wie konnte aber ein Wesen mit solch sanften Rehaugen und engelhaftem Aussehen ihn ins Verderben stürzen?

Wie naiv er doch gewesen war. Zwei Jahre später war sie Mojmir begegnet, und Bohumil war im freien Fall direkt in die Hölle gestürzt. Seitdem hatte er nicht mehr herausgefunden und sich Kummerspeck angefressen. Und wo er früher mollig gewesen war, war er nun dick.

Als er noch mit Eli zusammen war, hatte er ihr oft geholfen, das Essen an die Obdachlosen zu verteilen. Eines Abends hatte er dabei den Sozialarbeiter Karel kennengelernt, der sich später seiner angenommen hatte und für ihn eine Art Ersatzvater wurde.

Es war auch Karel gewesen, der ihn zum Soziologiestudium gezwungen und ihm den Job bei der Sozialbehörde besorgt hatte. Dank Karel war seine persönliche Hölle erträglicher geworden. Vor allem merkte er bei der Arbeit, dass nicht nur er allein täglich durch die Hölle gehen musste.

Doch egal, was er bis zu diesem Zeitpunkt gesehen hatte: Er hatte niemals daran geglaubt, eines Tages den Kreaturen der Unterwelt zu begegnen. Und doch waren sie da, hielten ihn gefangen. Er begriff plötzlich, dass alles, was er bis jetzt erlebt hatte, nur der Vorhof zur Hölle sein musste, und die eigentliche Hölle erst auf ihn wartete. Er schauderte. Ein Psalm, den seine Mutter in schwierigen Zeiten wie ein Mantra unermüdlich wiederholte, schoss ihm durch den Kopf: »Muss ich auch wandern in finsterer Schlucht, ich fürchte kein Unheil, denn du bist bei mir.« Bohumil hoffte auf Beistand, egal von wem. Hauptsache, jemand würde kommen und ihm helfen, hier rauszukommen.

Seufzend drückte er den Rücken durch und ging unruhig im Raum umher. Sein Kopf schmerzte.

Genervt rieb er sich die Schläfen. Ein Wunder. Er brauchte unbedingt ein Wunder!

Die Unruhe trieb ihn auf den Gang. Er bog nach rechts. Um sich abzulenken, fing er an, die Schritte zu zählen. Vorbei an der Küche zählte er dreißig Schritte bis zu der Tür am Ende des Ganges. Unschlüssig blieb er stehen und rüttelte am Griff. Sie war verschlossen. Über seinem Kopf hörte er ein leises Knurren. Aus den Augenwinkeln sah er eine der Kreaturen geduckt auf der Mauer sitzen, die funkelnden Augen auf ihn gerichtet. Brutus. Bohumil ließ sofort von der Tür ab und ging zurück.

Er zählte erneut die Schritte. Dreißig bis zu seinem Raum, weitere zehn bis zu dem Ganganfang. Sechzehn Schritte die Eingangshalle, danach wieder ein Gang mit Türen auf beiden Seiten. Er zählte sechzig Schritte auf dieser Seite. Wenn er davon ausging, dass die Eingangshalle etwa in der Mitte des Gebäudes lag, war der Raum hinter der verschlossenen Tür zwanzig Schritte lang. Was lag dahinter? Warum war die Tür verschlossen?

Ein Geräusch von außen unterbrach seine Gedanken. Es hörte sich wie das Rattern eines Motors an. Kurz darauf quietschte das Einfahrtstor, das Heulen des Motors wurde lauter und die Lichter gingen an. Er eilte zurück. Vor der Eingangshalle presste er sich fest gegen die Wand und lugte vorsichtig um die Ecke.

Ein Lastwagen fuhr hinein. Männer in Schwarz

sprangen von der Ladefläche, ihre Militärstiefel donnerten auf dem Betonboden. Einer rief Anweisungen. Bohumil starrte gebannt auf das offene Tor. Die kühle Nachtluft drang zu ihm, und er nahm einen tiefen Atemzug. Wie herrlich, den Duft der Freiheit zu spüren. Er musste nur losrennen, und schon würde er draußen sein.

Nervös trat er auf der Stelle. Die Männer sahen allerdings nicht so aus, als würden sie seine Nöte verstehen, sollte er sie um Hilfe ersuchen. Im Gegenteil. Bohumil war sich plötzlich nicht mehr sicher, wer gefährlicher war: die Männer oder die Kreaturen. Er musste abwarten, vielleicht würde sich ihm noch eine günstige Gelegenheit bieten, zu entkommen. Jetzt sollte er sich besser auf das Treiben vor seiner Nase konzentrieren.

Die Männer luden einige Kisten, Kartons, Ballen und Möbelstücke aus. Vier von ihnen trugen die Sachen den Gang hinunter zu der verschlossenen Tür. Allen voran der Mann, der vorhin Anweisungen gebrüllt hatte und offensichtlich das Sagen hatte. Er sperrte die Tür auf. Auf die Entfernung konnte Bohumil wenig erkennen, deshalb konzentrierte er sich auf die drei Männer, die am Transporter mit dem Abladen der restlichen Sachen beschäftigt waren. Sie wechselten kein Wort. Jeder von ihnen wusste offensichtlich, was er zu tun hatte.

Mit klopfendem Herzen schaute Bohumil sich um. Eine der Kreaturen folgte oben an der Mauer den

Männern im Gang, die zweite war nicht zu sehen. Bohumil wartete kurz, bis die Männer auf der Ladefläche verschwunden waren. In geduckter Haltung schlich er zu dem Wagen. Am Vorderrad hockte er sich hin. Auf dieser Seite stand das Fahrzeug etwa zwei Meter von der Wand entfernt. Die Männer konzentrierten sich auf das Abladen auf der anderen Seite. Er wägte kurz ab, er könnte jetzt unbemerkt an ihnen vorbeischleichen. Als er aber unter dem Wagen das Treiben auf der anderen Seite beobachtete, fiel ihm auf, dass ständig einer von ihnen am Heck stand, was seine Flucht zunichtemachen würde.

Plötzlich hatte Bohumil eine zündende Idee. Wie in einem der Agentenfilme legte er sich auf den Rücken und schob sich mühsam unter den Transporter. Er hatte vor, sich an irgendetwas am Unterboden des Wagens festzuhalten und einfach mitzufahren. Was in den Filmen so einfach aussah, war in der Realität umso deprimierender. Als er den Unterboden betrachtete, fand er nichts, woran er sich festhalten konnte. Stattdessen robbte er auf allen vieren nach vorne und hockte sich neben dem Hinterrad hin. Sein Atem beschleunigte sich und sein Herz hämmerte in den Schläfen. Nur drei, vier Schritte trennten ihn von der Freiheit. Er musste den Drang, loszusprinten, unterdrücken und übte sich in Geduld.

»Legt die Ballen oben hin«, hörte er die Stimme des Anführers. »Alasdair möchte sie alle beisammenhaben.«

Bohumil hielt die Luft an. Offensichtlich war der Name seines *Kerkermeisters* Alasdair.

»Bewegung Männer, ich will hier nicht die ganze Nacht verbringen!«

Bohumil musste sich beeilen, wenn er die Chance, die sich ihm bot, nutzen wollte. Mit Erleichterung nahm er wahr, dass auch der Mann, der hinten am Wagen stand, jetzt Sachen nach vorne trug. Bohumil sah zum Ausgang. Das Licht aus der Halle fiel auf die Straße sowie auf die Wand des Gebäudes gegenüber. Die Straße war nicht sehr breit, bot gerade mal Platz für ein Fahrzeug. Am besten robbte er die Wand entlang zum Tor und verschwand dann gleich um die Ecke. Es war ganz einfach.

Bohumil legte sich erneut auf den Boden und beobachtete unter den runtergeklappten Seiten der Ladefläche die Bewegungen der Männer. Es waren zwei von ihnen da, und sie standen abseits des Tores.

Jetzt oder nie! Bohumil sprang auf. Mit einer Schnelligkeit, die er sich selbst niemals zugetraut hätte, rannte er zum Tor. Er schaute nicht zurück, lief so schnell aus der Halle, wie er nur konnte, bog nach links und hielt sich weiterhin im Schatten der Mauer. Seine Lunge brannte und er bekam fast keine Luft mehr, aber er rannte weiter, um genügend Abstand zwischen sich und die Männer zu bringen.

Bohumil hatte schon fast das Ende des Gebäudes erreicht, als er stoppte. Sein Herz raste und er fühlte sich schwach auf den Beinen. Nach Luft schnappend lehnte er sich gegen die Wand und wagte einen Blick zurück. Niemand war ihm gefolgt. Die Straße lag still im Dunkeln, nur aus der Einfahrt drang Licht. Erleichtert atmete er aus. Langsam schob er sich im Schatten der Wand zur Gebäudeecke. Die angrenzende Straße war ebenfalls unbeleuchtet. Düster ragten die Gebäude in den sternlosen Himmel, und ihre dunklen Fenster starrten ihn an wie leere Augenhöhlen eines Totenschädels. Ein ungutes Gefühl beschlich ihn. Er schaute sich nervös um und spitzte die Ohren. Ein entferntes Lachen war zu hören. Hoffnung erfüllte ihn. Menschen waren in der Nähe. Menschen, die ihm helfen konnten. Er löste sich von der Wand und lief auf die Straße, die rechts von ihm in einer Kurve verlief. Er torkelte vor Aufregung, als er einen schwachen Lichtstrahl in der Ferne ausmachen konnte. Je weiter er der Kurve folgte, desto heller wurde das Licht, und endlich konnte er die Fassade eines hell erleuchteten Gebäudes sehen. Menschen standen davor und lachten!

Bohumil sank auf die Knie und sackte schluchzend in sich zusammen. Die ganze Aufregung und Anspannung fiel plötzlich von ihm ab. Die Rettung war so greifbar nah, dass er nur die Hand danach ausstrecken musste. Er rappelte sich hoch und lief, das Ziel vor Augen, auf das Gebäude zu. Es zog ihn wie ein Magnet an, machte ihn blind für alles andere in seiner Umgebung, und deshalb nahm er den Schatten nicht wahr, der ihm hinterherschlich. Erst als er das leise Knurren hörte, sprintete er los, doch es war zu spät.

Das Tier machte einen Satz und riss ihn zu Boden. Bohumils verzweifelter Schrei erstickte im Dreck der Straße. Tränen verschleierten seinen Blick, und mit zitternder Hand griff er nach den verschwommenen Umrissen der *Freiheit,* die sich mit jedem Schritt, mit dem das Tier ihn davonschleifte, entfernte. Als das Licht verglomm, gab er auf. Es war ihm egal, dass er über die Straße geschleift wurde, dass die Zähne der Kreatur sich schmerzlich in sein Bein bohrten. Er spürte nichts davon. Schloss die Augen, ließ das Gefühl der Leere zu, das sich in ihm ausbreitete und keine Empfindungen mehr zuließ.

Nach einer Weile konnte er den glatten Betonboden unter sich spüren. Das Licht drang durch seine geschlossenen Lider, aber er hatte keine Lust, sie zu öffnen. Es interessierte ihn nicht, was um ihn herum geschah. Reglos blieb er liegen und auch, als das Tier von ihm abließ, rührte er sich nicht.

»Hey, du!« Einer der Männer stieß ihn mit dem Stiefel an. »Steh auf und verzieh dich!«

Als Bohumil sich immer noch nicht rührte, packte ihn jemand an der Schulter und zog ihn hoch.

»Val, kannst du mir mit dem Fettsack helfen?«

Starke Arme griffen unter seine Achsel und zogen ihn durch die Halle.

»Schütte ihm noch etwas Desinfektionsmittel über die Bisswunde, nicht dass er uns noch krepiert!«, rief der Kommandant ihnen nach.

Die Männer schleppten ihn in *sein Zimmer* und

verschwanden. Kurz darauf kehrte einer von ihnen zurück, zog Bohumils Hosenbein hoch und goss das Mittel über die Wunde. Ein höllisches Brennen fuhr durch Bohumils Bein und nur mit Mühe konnte er einen Schrei unterdrücken.

»Ich lasse das Zeug hier, die Wunde sieht übel aus.«

Bohumil zuckte zusammen, als die Tür mit einem Knall ins Schloss fiel. Einige Zeit blieb er reglos am Boden liegen, bevor er sich aufsetzte und einen Blick auf sein Bein riskierte. Mit zitternden Fingern zog er langsam das Hosenbein hoch. Beim Anblick der Löcher, die die Zähne hinterlassen hatten, sog er scharf die Luft ein. Die Wunde sollte schleunigst genäht werden, dessen war er sich sicher. Bei dem Gedanken wurde ihm übel. Er rollte sich wie ein verletztes Tier zusammen und begann leise zu schluchzen. »Muss ich auch wandern in finsterer Schlucht, ich fürchte kein Unheil, denn du bist bei mir«, wiederholte er immer und immer wieder.

15

EIN UNERWARTETER BESUCH

»Du bist immer noch hier?« Ardens Blick ruhte auf Eric, der wie in der Nacht zuvor am Küchentisch saß und an seinem Kaffee nippte.

»Dir habe ich auch einen gemacht.« Eric deutete auf den gegenüberliegenden Platz, wo eine dampfende Tasse stand.

»Auch wenn ich zugeben muss, dass der Service mir gefällt, überrascht mich es dennoch, dich hier zu sehen.«

»Wenn du unsere Wohnung sehen würdest, wärst du gar nicht überrascht. Auch wenn du es nicht glaubst, nicht jeder kann in einem der hundert Häuser, die sein Vater besitzt, wohnen.«

»Ich fühle mich schuldig.« Sarkasmus schwang in Ardens Stimme mit und sie schenkte Eric einen gelangweilten Blick. »Warum wohnst du überhaupt bei Tom? Ihr beide habt rein gar nichts, was ich auf einen gemeinsamen Nenner bringen kann.« Arden nahm einen Schluck Kaffee und schaute ihn interessiert an.

»Du würdest dich wundern. Uns verbindet mehr, als mir lieb ist.« Eric senkte den Blick und drehte nervös die Tasse zwischen seinen Händen. »Es ist eine lange

Geschichte, ich möchte dich nicht langweilen, denn ich bin hier, um dir bei deinem *Problem* zu helfen.« Er ließ die Tasse los und legte die Hand auf das rätselhafte Buch, das noch immer auf dem Tisch lag. »Es macht mich neugierig, was sich dahinter verstecken mag.«

»Ja, ich grübele auch schon die ganze Zeit. Vielleicht sollte ich zuerst aber Aurelio anrufen, um zu erfahren, was er dazu meint.«

»Mach das. Es wundert mich sowieso, dass du das nicht schon längst getan hast.«

»Hm.« Sie trank noch einen weiteren Schluck Kaffee, bevor sie nach dem Telefon griff. »Die Wahrheit ist, dass ich nicht glaube, er könnte etwas darüber wissen.« Sie wählte Aurelios Nummer. Es klingelte einige Male und während sie darauf wartete, dass Aurelio abnahm, kreisten ihre Gedanken um das Buch.

»DeSantos.« Aurelios tiefe Stimme riss sie aus ihren Gedanken.

»Hallo, Aurelio, Arden hier. Ich wollte mit dir über die Bücher sprechen, die mir mein Vater gegeben hat.«

»Ja, was ist damit?«

»Ich frage mich nur, ob sie einem bestimmten Zweck dienen sollen.«

»Einem bestimmten Zweck? Ich glaube, ich kann dir nicht folgen.«

»Kann es sein, dass ihr beide meint, ein Mädchen in meinem Alter braucht unbedingt Liebesbücher?«

»Nein, Liebes.« Arden konnte am Ton seiner Stimme hören, dass er schmunzelte. »Es war keine Absicht, eher eine Eingebung. Als ich sie bekam, musste ich an dich denken, denn sie sind ausgesprochen schön geschrieben. Hast du sie schon gelesen?«

»Ja, habe ich.«

»Und?«

»Ich muss zugeben, dass zumindest das eine es in sich hat.«

»Wie meinst du das? Ich glaube, ich kann dir schon wieder nicht folgen. Du sprichst heute in Rätseln.«

»Ich spreche von der Geschichte des jungen Luca, der sich wegen der Liebe so grämt.«

»Ach ja, der arme Luca. Ich finde seinen Seelenstrip bemerkenswert. Findest du nicht auch?«

»Aber ja, er offenbart die tiefsten Abgründe seiner Seele. Man konnte in geheime Ecken vordringen und staunen, was in einem Menschen so vorgeht, wenn die Hoffnungslosigkeit ihn erfasst.«

»Wenn ich ehrlich sein soll, etwas seltsam war die Geschichte dann schon.«

»Aurelio, ich fürchte, jetzt kann ich dir nicht folgen. Was ist seltsam an Lucas Geschichte?«

»Nicht an seiner. An der Art, wie ich zu den Büchern kam.«

Arden stockte der Atem. »Wie meinst du das?«

»Ein Händler, den ich nicht kannte, kam mit den Büchern zu mir. Er konnte Referenzen vorweisen, daher machte ich mir keine Gedanken, und auch die

Bücher waren in gutem Zustand. Was mich jetzt im Nachhinein stutzig macht, ist die Art, wie er sie angepriesen hat; wie er über die jungen Frauen, die Liebesbücher nur so verschlingen, gesprochen hat. Ich muss zugeben, dass er mich auf die Idee brachte, sie dir zu geben. Und jetzt noch dein Anruf. Sag mir bitte ehrlich, was nicht stimmt. Es kann doch kein Zufall sein, dass du mich wegen der Bücher anrufst.«

»Aber nein! Es ist nichts.« Arden fühlte sich nicht wohl dabei, Aurelio anzulügen. »Ich wollte wirklich nur wissen, ob du diesen bestimmten erzieherischen Zweck im Sinn hattest. Es ist wahrscheinlich purer Zufall, dass der Händler die jungen, liebeshungrigen Mädchen erwähnt hat.«

»Vermutlich hast du recht.« Aurelio klang jedoch nicht überzeugt. »Ich werde mich dennoch über den Händler erkundigen.«

»Wie du meinst. Wenn du mit ihm sprichst, richte ihm aus, dass mir die Bücher sehr gut gefallen und dass ich gerne mehr über die Quelle ihrer Herkunft erfahren möchte. Etwas über den Autor vielleicht?« Arden wollte neutral klingen, aber sie war sich nicht sicher, ob ihr das gelungen war, denn Aurelio brauchte eine ganze Weile, bis er sich wieder zu Wort meldete.

»Ich nehme mich der Sache an.«

Die Antwort gefiel Arden nicht. Sie drückte nämlich genau das aus, was sie hatte vermeiden wollen – Aurelios Misstrauen zu wecken. »Ich danke dir und wünsche noch einen schönen Tag!«, sagte sie hastig und legte auf. Nachdenklich schaute sie zu Eric, der weit im Stuhl lehnte und ein unverschämtes Lächeln auf den Lippen trug.

»Das hast du super hingekriegt.« Er richtete sich etwas auf. »Ich dachte, du wolltest kein Aufsehen erregen.«

»Das war mein Plan. Aurelio ist von Haus aus ein misstrauischer Zeitgenosse, ich hätte es wissen müssen. Aber Schwamm drüber, wenn er mir die Infos besorgt, ist es doch egal.«

»Wie du meinst, ich …«

Ein energisches Hämmern aus der Eingangshalle ließ sie beide aufschrecken. Es hörte sich wie Donnerschläge an, die das ganze Haus erschütterten. Arden fing Erics fragenden Blick auf und hob daraufhin die Schulter. Eric sprang auf und deutete ihr, zu öffnen. Er selbst versteckte sich hinter der Küchentür.

Arden atmete tief durch, setzte ein Du-kannst-was-erleben-wenn-es-nicht-wichtig-ist-Gesicht auf und riss die Tür auf. Sie erblasste. »Sevier!?«

»*Mo maise*, du siehst etwas … blass aus.« Er bückte sich zu ihr und gab ihr einen Kuss auf die Wange.

Arden brauchte einen Moment, um sich zu fangen. Wie erstarrt glotzte sie den Mann an, der nahezu die ganze Tür ausfüllte.

»Willst du mich nicht hereinbitten? Komme ich etwa ungelegen?« Ein lauernder Ausdruck schlich sich in seine Augen.

»Nein, wie kommst du darauf?« Sie sprang hastig zur Seite und gewährte ihm Einlass.

»Ich war in der Gegend und beschloss, dir einen Besuch abzustatten. Wir sehen uns so selten, ich finde das sehr schade.« Er blickte durch den Flur und zu Ardens Erleichterung steuerte er das Wohnzimmer an. »Du hast nichts verändert, das Zimmer sieht immer noch so aus wie zu den Zeiten, als deine Mutter hier noch wohnte.«

»Nun ja, ich wollte nichts verändern, so habe ich wenigstens etwas, was mich an sie erinnert.«

»Gute Entscheidung.« Sevier nickte zufrieden und setzte sich auf die Couch, wobei er seine langen Beine unter dem Couchtisch ausstreckte. Als Arden sich ihm gegenüber setzen wollte, sprang er plötzlich auf. »Gehen wir in die Küche, dort ist es gemütlicher. Mit Vivienne saßen wir auch immer in der Küche.«

»Nicht doch.« Arden versperrte ihm den Weg. »Heute ist es bestimmt nicht gemütlich da drin. Ich bin nicht zum Aufräumen gekommen.« Arden wollte ihn um jeden Preis davon abbringen, in die Küche zu gehen. Und das, obwohl sie wusste, dass er nicht zu stoppen war. Sevier war wie ein von Instinkten getriebener Bluthund. Wenn er eine Witterung aufgenommen hatte, war er nicht zu bremsen. Er folgte unbarmherzig der Spur, und Arden war klar, dass er nicht da war, um rein zufällig Hallo zu sagen.

»Ich gehe davon aus, dass der Kaffee nicht für mich ist.« Er schob sie beiseite und blieb in der Tür stehen, starrte auf die zwei dampfenden Kaffeetassen auf dem Tisch. Langsam drehte er sich um und schaute sie eindringlich an.

Arden stand immer noch in der Diele und überlegte, wie sie reagieren sollte. Die Situation war eigenartig. Da war Eric, der sich aus unerklärlichen Gründen zu verstecken versuchte, und da war Sevier, der offensichtlich auf der Suche nach etwas oder jemandem war.

»Eric, du kannst rauskommen«, sagte sie jetzt etwas gefasster.

Eric trat hinter der Tür hervor.

»Wen haben wir denn da?« Sevier musterte ihn etwas herablassend.

Eric räusperte sich verlegen, bevor er Sevier begrüßte.

Arden schob sich an Sevier vorbei und blieb zwischen den beiden stehen. »Das ist Eric, ein Freund von mir. Er hilft mir bei den Recherchen für meine Seminararbeit. Willst du auch einen Kaffee mit uns trinken?« Noch bevor Sevier antworten konnte, drehte sie sich um und ging zur Kaffeemaschine.

»Lass, *mo maise,* ich habe der Zivilisationskrankheit abgeschworen. Ich finde, es wird viel zu viel Kaffee getrunken. Die Städte werden von Coffeeshops regelrecht überflutet, überall liegen Pappbecher rum, die mich zu Weißglut treiben.«

»Willst du etwas anderes?«

»Nein, lass, ich wollte dich nur sehen. Komm, setzen wir uns. Erzähl etwas über dich. Was du so treibst, was dich bewegt. Sowas in der Art.«

Arden steuerte ihren Platz am Tischende an und Sevier setzte sich ums Eck neben sie.

»Ich glaube, ich gehe jetzt lieber.« Kaum hatte Eric sich hingesetzt, sprang er wieder auf und schob sein Stuhl lautstark zur Seite. »Dann könnt ihr in Ruhe reden. Die Sachen können wir auch später erledigen.« Sein offensichtliches Unwohlsein schrieb Arden dem unerwarteten Auftauchen von Sevier zu. Und vor allem der Art, wie er Eric anschaute, nämlich wie einen Eindringling.

»Nicht doch.« Sevier ergriff Erics Arm, als er an ihm vorbeihuschen wollte. »Setz dich, ich werde euch nicht zu lange von der Arbeit abhalten. Zudem freut es mich, Ardens *Freund* kennenlernen.«

»Eric ist nicht mein Freund, er ist *ein* Freund«, stellte sie richtig. »Eric, setzt dich wieder hin«, befahl sie.

»Ach, ich verstehe, entschuldige. Da kann man sehen, wie wenig ich von dir weiß. Und wie ist *dein Freund* so? Studiert er auch?«

Arden überkam ein seltsames Gefühl. Schon vorher war ihr klar gewesen, dass Sevier nicht nur so vorbeikam, aber jetzt konnte sie erkennen, in welche Richtung die Befragung ging.

»Ich muss dich enttäuschen, aber ich habe zurzeit keinen Freund.« Das war nicht einmal gelogen, denn der Status ihrer Beziehung mit Alasdair war ihr selbst nicht klar.

»Wirklich? Und ich dachte gehört zu haben, dass du

einen hättest. Groß, blond, blaue Augen, sagt dir das nichts?« Abwartend schaute er sie an.

»Ach, der! Das ist nur der Freund einer Freundin, wir waren gestern alle zusammen essen, nicht wahr, Eric?« Arden wandte sich hilfesuchend an Eric.

»Ja, Al ist nur ein Freund«, beteuerte Eric schon fast zu eifrig.

»Al ... Hm, da muss ich etwas durcheinandergebracht haben. Ich glaube gehört zu haben, dass du einen Freund Namens Alasdair hast. Steht Al nicht für Alasdair?«

Arden musste schlucken, fing aber gleichzeitig an, sich zu ärgern. Da saß Sevier vor ihr und horchte sie in einem Plauderton aus. Sie schaute in sein kantiges, braun gebranntes Gesicht, in dem sich bereits einige Falten abzeichneten. Ihre Augen begegneten den seinen – blau, warm und strahlend. Beinahe vergaß sie den Ärger. Aber eben nur beinahe. »Die Leute wittern hinter allem eine Sensation und erzählen einfach zu viel Unsinn«, spuckte sie gereizt aus.

Er kniff die Augen zusammen und schaute sie nachdenklich an. »Ja, die Leute erzählen viel Unsinn, aber manchmal ist auch viel Wahres dabei, und manche Ratschläge erweisen sich oft als nützlich. Solltest du jemals Hilfe brauchen, zögere nicht, ich bin immer für dich da.« Er berührte sie liebevoll am Oberarm. »Was macht dein Training? Ist Hamid immer noch so unbarmherzig zu dir?«

Natürlich wusste sie, dass Sevier das Thema

Alasdair nur für den Moment fallen gelassen hatte. Sie wurde nicht schlau aus ihm. Sevier tauchte unerwartet bei ihr auf, und das scheinbar nur, um sie über Alasdair auszuhorchen. Sie kannte Alasdair gerade mal ein paar Tage, und schon mobilisierte sich der Widerstand gegen ihn. Lisa mochte ihn nicht und Eric warnte sie vor ihm. Wusste Gott, welche Gründe Sevier gegen ihn aufführen würde, wenn sie gewillt wäre, ihr Innerstes preiszugeben.

»Hamid«, sagte sie schmunzelnd, »ist wie immer darauf aus, mich fertigzumachen. Früher war es einfach für ihn, jetzt gestaltet sich das etwas schwieriger.«

»Vielleicht besuche ich dich beim Training und überprüfe deine Fähigkeiten.«

»Ich glaube nicht, dass ich es mit dir aufnehmen kann.« Arden kannte die Geschichten über Sevier. Sevier war Söldner und der Ruf, der ihm vorauseilte, würde jeden abschrecken.

»Du brauchst keine Angst zu haben. Ich glaube, dass du dich unterschätzt. Ich werde mir am besten selbst ein Bild machen.«

»Gerne, du kannst jederzeit vorbeikommen.«

»Was recherchiert ihr?« Jetzt sah Sevier zu Eric hinüber und griff nach dem Buch, das auf dem Tisch lag.

»Das ist nichts.« Eric legte hastig die Hand auf den Ouroboros. »Es ist nur ein Buch, das Arden von ihrem Vater bekommen hat.«

»Ach ja?« Sevier zog Eric das Buch unter der Hand weg und klappte es auf. Mit steinerner Miene überflog er die Überschrift und legte dann die flache Hand auf die erste Seite, wobei er den Buchdeckel mit der anderen zuklappte, ohne die Hand herauszuziehen.

Arden und Eric beobachteten ihn, wie er konzentriert über das Leder des Buchdeckels strich, ohne ein Wort zu sagen. Dann zog er plötzlich beide Hände zurück und stand auf.

»Ich habe euch schon lange genug aufgehalten, ich gehe jetzt lieber.«

Verblüfft schaute Arden ihm nach, als er aus der Küche verschwand. Sie sprang auf, warf fast ihren Stuhl um und lief ihm hinterher. An der Tür holte sie ihn ein und ergriff seinen Arm.

»Sevier, warte! Ich weiß nicht, warum du wirklich gekommen bist, aber für den Fall, dass du dir Sorgen um mich machst, möchte ich dir versichern, dass alles in bester Ordnung ist.«

Sevier lächelte milde. »Ich habe deiner Mutter versprochen, über dich zu wachen, also wirst du meine Einmischung hinnehmen müssen. Pass auf dich auf, zögere nicht, mich zu rufen, wenn du es für nötig erachtest.« Er beugte sich zu ihr und küsste sie erneut auf die Wange, dann verschwand er.

Arden schloss die Tür und blieb nachdenklich stehen. Sevier gab ihr ein Rätsel auf. In Anbetracht der Tatsache, dass sie ihn einige Monate nicht gesehen hatte, fand sie sein Verhalten äußerst seltsam. Dass er gerade jetzt auftauchte, wo sie Alasdair kennengelernt hatte, machte sie misstrauisch.

»Arden, bist du noch da?«, ertönte Erics Stimme aus der Küche.

»Ja!« Sie ging zurück in die Küche und setzte sich auf ihren Stuhl. »Wie fandst du Seviers Auftritt?«

»Etwas seltsam war es schon, wenn du mich fragst.«

»Ja, finde ich auch. Kann es sein, dass er Alasdair kennt?«

»Gut möglich, ich kenne ihn schließlich auch von früher«, sagte Eric ausweichend.

»Vielleicht aber,« setzte Arden verschwörerisch an und beugte sich vor, »kennt er Serpit und sie hat ihn gegen uns aufgehetzt, weil sie mich als Bedrohung sieht.«

»*Das* finde ich etwas übertrieben. Vermutlich hat er euch beide gesehen und wollte etwas darüber erfahren. Aus Sorge, wie er beteuerte.«

»Nein, nein. Du kennst Sevier nicht. Wäre ich mir nicht sicher, dass er mich liebt, hätte ich eine Heidenangst vor ihm. Er ist wirklich gefährlich. Ich habe Geschichten über ihn gehört, die du nicht glauben würdest.«

»Ich glaube alles, was du über ihn sagst. Er hat diese Aura des Unbezwingbaren um sich. Mit ihm würde ich mich nicht anlegen wollen.«

»Meinst du, er könnte Alasdair aufsuchen, um ihn einzuschüchtern?«

Eric schaute sie etwas skeptisch an. »Möglich wäre

es schon. Aber ich kenne Alasdair und entnehme deinen Schilderungen, dass Sevier ihm ebenbürtig zu sein scheint. Daher bin ich ziemlich sicher, dass nichts dergleichen passieren wird.«

»Was ist bloß mit euch los? Mit euch allen!« Arden deutete verärgert mit dem Zeigefinger auf Eric. »Warum müsst ihr euch in mein Leben einmischen? Frage ich euch danach, mit wem ihr eure Zeit verbringt? Nein! Tue ich nicht, also haltet euch gefälligst aus meinem Leben raus!«

»Jetzt beruhige dich. Zumindest wir zwei haben es doch bereits geklärt. Ich sage kein Wort mehr gegen Alasdair, ich lasse ihn für sich sprechen.«

»Was soll das jetzt wieder heißen?«

»Nichts«, versuchte Eric, sich herauszuwinden.

»Jetzt fehlt mir noch, dass Sevier es meinem Vater steckt und ihm irgendwelche Geschichten erzählt. Bei meinem Vater wird er auf offene Ohren stoßen. Dann kann ich mich auf etwas gefasst machen. Mein Vater kann es mit Sevier nicht aufnehmen, aber Alasdair wird er sich vorknöpfen, daran wird ihn nichts hindern können.«

»Mal jetzt nicht unnötig den Teufel an die Wand. Dazu wird es nicht kommen«, beruhigte Eric sie.

»Du kennst meinen Vater nicht!«

»Und dabei soll es auch bleiben«, nuschelte Eric mehr zu sich selbst als zu Arden. »Ich werde jetzt gehen und Nachforschungen anstellen. Vielleicht kann ich etwas über das Buch herausfinden.«

»Ist gut, ich muss sowieso zur Uni. Wir können uns am Abend treffen, oder machst du was mit Tom und Lisa?«

»Nein, ich bin mein eigener Herr. Wenn du willst, können wir uns treffen.«

»Na gut, dann komm wieder hierher, sagen wir um sieben?«

»Passt!«

Eric stand auf und sie begleitete ihn zur Tür. Oben an der Treppe sah sie Onyx sitzen. Erst jetzt fiel ihr auf, dass der Kater sich die ganze Zeit nicht hatte blicken lassen. Seltsam. Sie schüttelte ungläubig den Kopf.

»Mein Kater sitzt da oben an der Treppe und beobachtet uns. Er hat dich nicht einmal begrüßt, sonst macht er das immer.«

»Vielleicht ahnt er, dass ich mit Katzen nicht so gut umgehen kann. Wenn du dich von mir fernhältst, dann werden wir keine Probleme haben«, richtete er sein Wort an den Kater, der ihn mit einem ausdruckslosen Blick betrachtete.

»Geh jetzt!« Arden schubste Eric zur Tür und lief dann nach oben. Seltsamerweise kam der Kater ihr jetzt entgegen. Mit erhobenem Schwanz stolzierte er an ihr vorbei. Sie wollte ihn fassen, aber er schlüpfte unter ihrer Hand hindurch, so dass sie nur die Spitze seines Schwanzes erwischte. »Wozu füttert man eine Katze durch, wenn sie den Schmusebedürfnissen seines Frauchens nicht nachkommen will!«, rief sie ihm nach. Onyx kümmerte es nicht, er steuerte zielstrebig die Küche an, wo sein Futternapf stand.

Arden musste sich spurten, wenn sie nicht zu spät zur Vorlesung kommen wollte. Ausgerechnet bei Professor Davis. Nachdem sie den letzten Termin bei ihm verpennt hatte, schaute er etwas genauer bei ihr hin. Es war auch unklar, ob er ihr die Ausrede, sie habe sich den Termin falsch eingetragen, abkaufte. Sie hatte sich etwas Raffinierteres ausdenken wollen, aber Lisa hatte auf einer simplen Ausrede beharrt.

Sie vermisste Lisa. An ihrer Beziehung musste sich unbedingt etwas ändern. Eric war zwar nett und hilfsbereit, aber er konnte Lisa nicht ersetzen. Dennoch war sie froh, ihn zu haben. Er gab ihr Halt, und was noch wichtiger war: Er zweifelte ihre Aussage nicht an. Eric glaubte wirklich, dass die Bücher etwas verbargen. Arden hatte noch die Hoffnung, dass der Händler, der sie Aurelio gebracht hatte, mehr darüber wissen könnte. Jetzt galt es, ihn zu finden. Eric würde es schon schaffen. Vielleicht, wenn alles gut lief, würde er schon am Abend mehr darüber berichten können. Sie klammerte sich an diese Hoffnung, denn sie wollte in der Sache vorankommen.

*

Als Arden nach Hause kam, saß Eric bereits auf der Stufe vor ihrer Tür. Er lehnte lässig an der Mauer und spielte mit einem großen gelben Kristall, den er gekonnt zwischen seinen Fingern balancierte. Ein Lächeln erhellte sein Gesicht, als er sie sah. Schnell ließ er den Stein in seiner Jackentasche verschwinden, bevor sie danach greifen konnte.

»Schön, dass du wieder zurück bist.«

»Hi, hast du etwas rauskriegen können?«, kam sie sofort zur Sache, während sie die Tür aufsperrte.

»Es gestaltet sich schwieriger, als ich dachte. Keinem der Händler wurden die Bücher angeboten. Wir können davon ausgehen, dass Aurelio sie nur zu einem bestimmten Zweck bekommen hat. Vielleicht auch, weil man davon ausging, dass er sie dir geben würde. Dafür würden die Anspielungen über liebeshungrige Mädchen sprechen. Für Liebesgeschichten kann man doch Mädchen immer begeistern, oder?«, grinste er breit.

»Möglich«, sagte sie nur knapp. »Aber da muss noch mehr sein.« Es gefiel ihr nicht, dass das alles war, was Eric hatte herausfinden können. Ihre Hoffnungen ruhten jetzt auf Aurelio, wobei sie nicht sicher war, wie viel er ihr zu erzählen bereit war, sollte er etwas herausfinden. In der Diele angekommen, warf sie routiniert ihre Tasche auf den Treppenansatz und legte die Jacke über das Geländer. Der Kater erschien oben an der Treppe, machte aber keine Anstalten, runterzukommen.

»Es ist nicht das Ende«, unterbrach Eric ihre Gedanken. »Es ist erst der Anfang, wir werden schon vorankommen, keine Bange.«

»Ich weiß, bereits nach einem Tag an bahnbrechende

Erkenntnisse zu gelangen, wäre auch zu schön gewesen.« Insgeheim musste sie allerdings zugeben, dass es genau das war, worauf sie gehofft hatte. »Ich werde mich in Geduld üben.« Mit einem Lächeln auf den Lippen überspielte sie gekonnt ihre Enttäuschung. »Ich schaue schnell nach dem Kater, alles steht zu deiner Verfügung. Mach es dir bequem«, sagte sie zu Eric und verschwand nach oben. Onyx folgte ihr ins Schlafzimmer.

»Was ist mit dir los?« Sanft strich sie über sein schwarzes Fell und nahm ihn in den Arm. »Warum verhältst du dich so eigenartig?« Sie setzte sich auf das Bett und ließ sich langsam auf den Rücken fallen, den Kater fest an sich gepresst. Onyx fing an zu schnurren. Entspannt breitete er sich auf ihrem Bauch aus und legte seinen Kopf unter ihr Kinn. »So gefällt es mir«, lobte sie ihn und kraulte ihn hinter den Ohren. Seine Wärme und das Schnurren wirkten beruhigend. Sie schloss die Augen und musste an Lisa denken. An der Uni lief sie ihr nicht über den Weg. Auch ihre Anrufe blieben unbeantwortet, so wie der Vorschlag, heute Abend ins NOIR zu gehen. Arden seufzte und schob den Kater beiseite. *Eric wartet.* Sie stand auf, ging kurz ins Bad und lief dann nach unten.

Eric saß vor dem Fernseher und zappte lustlos zwischen den Kanälen.

»Geh auf 93, da läuft Musik.«

»Schon irgendwelche Pläne für heute?«, fragte er interessiert.

»Nein, nichts Bestimmtes. Ich habe bei Lisa nachgefragt, ob sie ins NOIR gehen will, aber sie hat noch nicht geantwortet.«

Eine andere Option wäre natürlich die Party bei Serpit. Arden wollte Eric danach fragen, beschloss aber, es vorerst sein zu lassen. Sie war nicht in der Stimmung, eine Konfrontation zu suchen.

»Wenn du willst, können wir beide ins NOIR gehen.«

»Okay, ich schaue noch, ob Lisa geantwortet hat. Es wäre schön, wenn wir alle zusammen hingehen würden.« Doch Lisa hatte sich nicht gemeldet. Sie war nicht der Typ, der gerne schmollte, auch konnte sie Arden nicht lange böse sein, daher nahm Arden an, dass sie beschäftigt war. Schnell tippte sie noch eine letzte Nachricht mit dem Hinweis, wo sie und Eric am Abend zu finden sein würden, und legte das Telefon beiseite.

»Und was machen wir jetzt?« Eric warf ihr einen fragenden Blick zu.

»Am besten ziehe ich mich um und wir gehen essen. Zu Hause halte ich es nicht aus, ich bin zu unruhig.«

Eric sagte nichts, nickte nur zustimmend.

Sorgfältig wählte Arden ihre Klamotten aus für den Fall, dass sie Alasdair über den Weg laufen würde. Ihn zu sehen, würde ihre Laune erheblich verbessern. Sie entschied sich für ein enges, grünes Kleid und eine schwarze Lederjacke. Dann frischte sie ihr Make-up etwas auf und band die Haare zu einem

Pferdeschwanz. »Perfekt!« Der Blick in den Spiegel stellte sie zufrieden.

Auf dem Gang holte sie schwarze Stiefeletten und ihre Handtasche aus dem Schrank. Sie achtete immer darauf, mit ihren eins achtzig nicht zu hohe Schuhe zu tragen. Meistens entschied sie sich daher für flachen Schuhe. Aber bei Eric und Alasdair musste sie sich keine Gedanken um die Größe machen.

Eric stand schon in der Diele. »Wo essen wir?«

»Im NightFly bei Kevin, das ist am einfachsten.«

»Na dann.« Eric öffnete die Tür.

16

GEFALLENENBRUT

Alasdair fuhr durch das graue Einfahrtstor, dessen Säulen ein Steinbogen überspannte und Serpits Grundstück vom Rest der Welt trennte. Ein Auto nach dem anderen reihte sich die Auffahrt entlang.

»Die halbe Welt scheint hier zu sein«, brummte er gereizt und stellte seinen Aston Martin direkt vor der Garage ab. Das Haus war hell erleuchtet, und laute Musik drang hinaus. Er hatte für diese Art von Häusern nichts übrig: riesige Fenster mit Simsen und Schnörkeln, Erker und kleine Türmchen. Serpit aber liebte es. Sie selbst hatte es vor dreihundert Jahren bauen lassen, und seitdem hatte das Haus einige Veränderungen erlebt.

Er stieg aus und schlug angespannt die Tür zu. Eigentlich hatte er keine Lust auf diese Party, aber Serpit bestand darauf, dass er sich blicken ließ. Er verstand nicht, wie sie nach so vielen Partys immer noch Freude dabei empfand. Er war gelangweilt von dem Treiben und den Kreaturen, die sich hier tummelten. Unter normalen Umständen würden sich einige von ihnen nicht in seine Nähe wagen. Aber hier war nichts normal. Serpit war es gelungen, ihm das

Versprechen abzunehmen, in ihrem Haus niemanden anzugreifen. Und so konnten sich auch Vampire in seiner Gesellschaft aufhalten, ohne einen Angriff befürchten zu müssen – obwohl er sie nach wie vor verabscheute.

Alasdair verzog angewidert die Oberlippe und betrat die Eingangshalle. Er erblickte einen imposanten Raum mit hohen Decken voller Stuck und einem schwarz-weiß gefliesten Boden, der mit Vorliebe für Schachspiele genutzt wurde. Auch jetzt war ein Spiel im Gange. Die Gäste selbst stellten sich als Schachfiguren auf, getrennt nach heller und dunkler Kleidung. Alasdair lächelte. Wie würden die Akteure wohl reagieren, wenn er verkündete, mitspielen zu wollen? Jeder von ihnen erinnerte sich noch an das Spiel, bei dem Alasdair seine eigenen Regeln aufgestellt, den *Bauern* bei jedem erfolgreichen Zug die Kehle durchgeschnitten, die *Königin* geschändet und den *König* beim Schachmatt enthauptet hatte. Obwohl sie alle gewusst hatten, was sie erwarten würde, hatte damals keiner den Platz zu räumen gewagt, wohl wissend, dass er sie alle kriegen würde. Die Vampire waren schier ausgeflippt bei dem vielen Blut und hatten ihm einen Vorwand geliefert, sie anzugreifen. Er hatte alle getötete, die nicht schnell genug gewesen waren. Der Boden war ein rotes Meer gewesen. Er hatte Serpit wieder vor Augen, wie sie sich den Weg zwischen den Leichen zu ihm gebahnt und den Saum ihres blutgetränkten Kleids hinter sich hergeschleppt hatte. Ein imposanter Anblick. An dem Tag sprach sie ein Spielverbot für ihn aus, das bis heute anhielt.

»Schade«, sagte er leise und musterte dabei die Spielenden. »Die weiße Königin wäre eine Sünde wert.« Sie hatte seinen Blick erwidert und lächelte. Alasdair betrat das Spielfeld. Er schritt zielstrebig auf die Königin zu, angestarrt von den Beteiligten, die voller Ehrfurcht den Weg für ihn freigaben.

Sie war schön in ihrem silbrig funkelnden Paillettenkleid, hatte feine Gesichtszüge und hohe Wangenknochen. Ihre graublauen Augen leuchteten voller Neugierde und er konnte spüren, wie sich ihr Atem mit jedem seiner Schritte beschleunigte. Er baute sich vor ihr auf, ganz dicht an ihrem heißen Körper, und schaute ihr in die Augen. Ihr Mund zitterte leicht, als er sich zu ihr beugte und mit der Zungenspitze sanft über ihre Lippen fuhr, während er die Hand in ihrem Haar vergrub.

»Alasdair!« Serpits Stimme hallte durch den Raum. Wie eine Rachegöttin stand sie an der Treppe, die zu der oberen Etage führte und einen vorteilhaften Ausblick auf die ganze Eingangshalle ermöglichte.

»Ich komme auf dich zurück«, sagte er zu der Schönheit und ließ von ihr ab. »Bitte fahrt fort mit eurem Spiel.« Dann trat er beiseite, und die Spielenden nahmen wieder ihre Positionen ein.

»Kannst du es nicht lassen?« Serpit trat an ihm und funkelte ihn verärgert an. »Musst du jede Schlampe anmachen?«, zischte sie.

»Aber ich bitte dich. Warum so ausfallend? Die Elfe ist süß, und es ist nichts passiert«, lächelte er herablassend.

»Weil ich noch rechtzeitig gekommen bin. Sonst hättest du sie direkt in der Halle genommen. Das hatten wir schon.« Serpit blies verärgert die Luft raus.

»Ja, ich kann mich noch erinnern. Eine tolle Party damals.« Die Erinnerung entlockte ihm ein Grinsen.

»Kannst du dich nicht zusammenreißen?« Serpits Wangen röteten sich vor unterdrückter Wut.

»Ich wollte nicht kommen, *du* hast darauf bestanden«, sagte er mit einem frostigen Unterton in der Stimme.

»Und jetzt lässt du mich das bereuen.«

»Ich hatte nicht vor dich zu ärgern, ich wollte mich nur amüsieren. Bin ich nicht deswegen hier?« Herausfordernd schaute er sie an.

Sie hob resigniert die Schultern. »Ich muss noch jemanden begrüßen und dann erwarte ich dich in meinem Schlafzimmer. Wir müssen reden.«

Nachdem Serpit gegangen war, mischte Alasdair sich unter das feierwütige Volk. Er sah kurz zu der *Königin,* die offensichtlich lieber bei ihm wäre als auf dem Spielfeld. Das konnte er den heißen Blicken entnehmen, die sie ihm zuwarf. »Nicht traurig sein, ich werde dich wiederfinden«, sagte er zu sich selbst und begab sich auf die Suche nach einer Bar.

Nach den Frauen und der Vampirjagd war Whisky seine Passion. Eine Leidenschaft, die auch mit der Zeit nie nachgelassen hatte und ihm Freude bereitete. Mit

Whisky ließ sich jede Party ertragen, daher musste er jetzt unbedingt etwas trinken. Er machte sich keine Gedanken darüber, warum Serpit ihn ausgerechnet jetzt sprechen wollte. Serpit hatte immer etwas zu besprechen. Es war auch klar, warum er auf der Party hatte erscheinen müssen. Von Zeit zu Zeit wollte sie ihren Status bestätigt wissen und durch seine Anwesenheit dem Partyvolk ihre Überlegenheit demonstrieren. Aber ihre Beweggründe musste er nicht verstehen. Weiberkram, in dem Punkt schienen alle Frauen, ob Mensch oder Kreatur, gleich zu sein.

Er erreichte die Bar und winkte den Barmann zu sich, der ihm mit zitternden Händen ein Glas einschenkte und die Flasche des Dalmore Whiskys gleich dazustellte. Serpit wusste genau, wie sie ihn bei Laune halten konnte. Er kippte den zweiundsechzig Jahre alten Whisky, von dem nur zwölf Flaschen produziert worden waren, in einem Schluck runter. Ein Genuss. Mit Whisky kannte er sich bestens aus. Er hatte selbst viele der seltenen Flaschen erworben. Vor einigen Jahren hatte er bei Harrods die letzten der drei *Dalmore Trinitas* 64 für 120.000 Pfund gekauft – eine hochkarätige Mischung aus den Jahrgängen 1886, 1878, 1926 und 1939 – und sie an einem Abend leergetrunken. Es machte ihm Spaß, die Seltenheiten aufzuspüren und zu trinken. Die Menschen trieben mit dem Whiskey einen obskuren Handel, den er trockenzulegen beschloss. Er schenkte sich noch ein Glas des *uisge beatha,* des Wassers des Lebens, wie die

Schotten es nannten, ein und machte sich auf den Weg nach oben zu Serpit.

Aus dem hell erleuchteten Gang betrat er das halbdunkle, nur mit einer Tischlampe beleuchtete Schlafzimmer. Leise schloss er die Tür und lehnte sich dagegen. Sein ruhiger Blick beobachtete Serpit, die mit erhobenen Armen die Ränder der Fenstervorhänge festhielt und in die Dunkelheit des Gartens starrte. Das riesige Fenster klaffte wie ein schwarzes Loch in dem farbenfrohen Zimmer.

Er löste sich langsam von der Tür und schritt auf sie zu. Mit einem Ruck zog sie die Vorhänge zu. Einen Moment lang verharrte sie in der unvollendeten Bewegung, und er sah, wie ihre Hände sich tief in den Stoff gruben. Nur unmerklich ließ sie den Kopf sinken. Alasdair beobachtete, wie ihre Hände den Griff um die Vorhänge lockerten und sanft über die Stoffbahnen strichen. Dann holte sie tief Luft und wandte sich ihm erhobenen Hauptes zu. Ihre Augen funkelten unter den gesenkten Wimpern, eine tiefe Falte zog sich zwischen ihren Augenbrauen.

Er bewegte sich auf sie zu, aber sie riss abwehrend die Arme hoch. Ihre Geste machte ihn unentschlossen, also blieb er stehen, sagte nichts. Abwartend sah er sie an. Sie war aufgebracht, ohne Zweifel. Mit der starren Körperhaltung versuchte sie, es zu überspielen. Er kannte sie zu gut, um es nicht zu durchschauen. Ihr

Brustkorb hob sich, und in einem langen Atemstoß presste sie die Luft heraus. Ihre Augen durchbohrten ihn und um ihren Mund lag ein harter Zug.

Er wagte noch einen weiteren Schritt auf sie zu und war versucht, ihren Arm zu greifen, aber sie zog sich sofort zurück und funkelte ihn wütend an.

»Was soll das dumme Theater?« Er baute sich ungeduldig vor ihr auf. »Ich habe keine Lust auf diese Spielchen!«

»Ach was!«, zischte sie ihn an. »Und ich dachte, Spielchen sind deine Leidenschaft. Das alles, was du tust, nur ein Spiel für dich ist! Oder hast du dir jemals Gedanken darüber gemacht, wie das die anderen empfinden?«

»Was redest du da?« Er schaute sie verständnislos an. »Seit wann interessierst du dich für die Gefühle der anderen?«

»Ich interessiere mich nicht für die Gefühle der anderen!«, schrie sie ihn wütend an. »Hier geht es allein um meine Gefühle. Es geht um *mich!*« Ihre Stimme überschlug sich. »Aber es ist gut zu wissen«, fing sie sich wieder, »dass ich in deinem Ranking der Wertschätzung keinen besonderen Platz einnehme, denn wie es aussieht, bin ich eine der anderen, an die du keinen Gedanken verschwendest. Fälschlicherweise dachte ich, ich bin mehr für dich als nur ein Mittel zum Zweck!« Wütend ballte sie die Hände zu Fäusten, und er konnte sehen, wie ihre Knöchel weiß hervortraten.

Verblüfft blickte er sie an. »Es gibt wenig, was mich

noch überraschen kann, aber deine Vorstellung macht mich sprachlos. *Was ..., was* zum Teufel hat das zu bedeuten? Ist es einer deiner üblen Scherze? Ist es die Langeweile? Bist du deiner Jünglinge überdrüssig geworden?« Ein spöttisches Lächeln huschte über seine Lippen.

Serpits Wut schäumte über. Ihre violetten Augen verdunkelten sich. Aber als er verständnislos in ihr wutverzerrtes Gesicht schaute, begann es ihm zu dämmern. Er lachte los und sein tiefes, kehliges Lachen erfüllte den Raum. »Du bist eifersüchtig!«, zog er sie auf. »Gerade du, die über allem steht, die sich für nichts und niemanden interessiert; gerade du erliegst einem dieser niederen menschlichen Gefühle wie Eifersucht! Ich kann es nicht fassen!«

Alasdair konnte sehen, wie Serpits Gesichtszüge zu einer Maske erstarrten und die Schuppen ihres Kleids sich über ihre Arme zum Hals auszubreiten begannen. Augenblicklich erstarb das Lachen auf seinen Lippen. Zorn machte sich in ihm breit. Er packte sie grob an den Schultern und zog sie an sich heran.

»Hör sofort auf damit!«, brüllte er wütend. »Hör auf mit der lächerlichen Vorstellung! Du vergisst, wen du vor dir hast. Ich bin nicht einer deiner Bürschchen, die du damit beeindrucken kannst! Ich habe dir nie ewige Treue geschworen. Es ist nicht die Art von Beziehung, die wir zwei jemals führen wollten. Seit Ewigkeiten funktionierte es doch wunderbar, was ist jetzt plötzlich in dich gefahren, dass du bereit bist, es zu zerstören? Ich schätze an dir deine Integrität, deine Art, wie du über den Dingen zu stehen vermagst …« Sie versuchte sich aus seiner Umklammerung zu lösen, aber er hielt ihren Arm fest. »Und plötzlich kommst du mit dieser lächerlichen Nummer? Wegen einer *Schlampe,* um es mit deinen Worten zu sagen?«

»*Du* bist doch derjenige, der sich lächerlich macht.« Sie wand sich aus seinem Griff und straffte die Schultern. »*Du* stellst Arden nach und verlierst dabei den Blick für das Wesentliche. *Du* lässt dich von deinem Ziel abbringen!«

»Daher weht der Wind!«, stellte er überrascht fest und schaute sie verstimmt an. »Oh, nein, meine Liebe, du bist durch deine lächerliche Eifersucht geblendet. Du erkennst die Vorteile nicht, die sich mir durch Arden bieten«.

»Aber du hattest einen Plan, in dem sie nicht vorgesehen war.« Ihre Stimme klang jetzt sanfter. »Warum dann diese Abkürzung durch ihr Bett?«

»Sie war nicht vorgesehen, aber eines Tages stand sie buchstäblich vor meiner Tür und ich dachte mir: so what? Nutze deine Chance und schau zu, ob du davon profitieren kannst.« Ein verschlagenes Lächeln legte sich auf seine Lippen. »Was einen erfolgreichen Plan auszeichnet«, begann er, beugte sich zu ihr vor und schaute sie eindringlich an, »ist nicht nur ein schnell arbeitender Verstand, sondern auch ein hohes Maß an Flexibilität. Nicht der Plan an sich ist von Bedeutung, meine Liebe, sondern das Ziel. Allein das

Ziel. Die vielen Wege und Möglichkeiten, dorthin zu gelangen, spielen im Endeffekt keine Rolle. Es kann immer etwas dazwischenkommen, was dich zum Umdisponieren zwingt. Vertraue mir einfach.« Auch seine Stimme klang nun sanfter. »Habe ich dich jemals enttäuscht?« Er machte eine kurze Pause. »Abgesehen davon bereitet sie mir ein zu großes Vergnügen, als dass ich darauf verzichten möchte. Mit ihr im Bett zu liegen und mit Daddys kleinem Mädchen all diese versauten Sachen zu machen, während er uns von einem Foto aus zuschaut, ist unbezahlbar. Ich möchte nur zu gerne sein Gesicht sehen, wenn er erfährt, auf wen sie sich da eingelassen hat.«

»Zu viel Genuss für meinen Geschmack.« Serpit schluckte hart. »Du solltest aufpassen, sonst stehst *du* zum Schluss als Verlierer da.«

»Warum so pessimistisch, meine Teuerste?« Jetzt zog er sie fester an sich und begann, ihren Hals zu küssen. »Du bist doch die Einzige, die es über die Jahre hinweg geschafft hat, mich zu fesseln. Uns verbindet eine lange Vergangenheit, und wenn es nach mich geht, liegt auch eine lange gemeinsame Zukunft vor uns. Nur versaue es bitte nicht mit deiner plötzlichen Eifersucht, gönne mir doch auch ein wenig Spaß mit Arden. Ich bin nämlich tief beeindruckt von ihrer Begeisterungsfähigkeit und Naivität.« Er spürte, wie Serpit sich wieder anspannte, und versöhnte sie mit Küssen. Er legte eine Kussspur von ihrem Hals zu ihren Lippen, strich sanft über ihre Schulter und spürte, wie sich die

Schuppen unter seiner Berührung auflösten und seine Finger über die zarte Haut glitten. Sie war atemberaubend, blass und makellos mit dem feinen Schimmer einer Marmorstatue, dafür loderte in ihrem Inneren die unendliche Gier nach Blut und Sex. Sie hatte Spaß an dem, was sie tat, und das gefiel ihm so an ihr.

Sie drehte den Kopf zu ihm, sodass er sie direkt ansehen konnte. Unweigerlich tauchte er in ihre violetten Augen ab, die ihn mit offener Begierde anschauten. Zart fuhr er mit dem Finger über ihre Stirn, zeichnete ihre Brauen nach und strich dann über ihren Nasenrücken bis zu der Nasenspitze. Dort verharrte er einen Moment lang. Dann beugte er sich zu ihr und biss sanft in ihre Lippen. Sie gab einen schwachen Seufzer von sich.

»Gefällt es dir?«, fragte er, obwohl das Glitzern in ihren Augen die Antwort bereits verriet. Seine Hände glitten ihre Arme hinab, fanden ihre Finger und umklammerten sie fest. Leidenschaft und Begierde erhitzten ihn und ließen ihn an nichts anderes mehr denken. Er sog ihren betörenden Duft in sich auf, presste den Mund gierig auf ihre weichen Lippen und nahm den Geschmack ihrer Zunge in seinem Mund wahr. Wilder, heißer Sex war das Einzige, was er jetzt wollte.

»Haut, ich will deine Haut spüren«, flüsterte Serpit ihm ins Ohr und schob ihre Hände unter sein Hemd. Er riss es sich mit einem Ruck vom Körper und zog sie an sich.

»Ist dir das Haut genug?«

Als Antwort öffnete sie den Schlitz seiner Hose. »Mehr wäre besser«, sagte sie und legte den Kopf lachend in den Nacken, während ungezügelte Lust in ihren Augen aufflackerte.

Alasdair ergriff ihre Taille und presste sie fest an sich. Sie fing an, sich an ihm zu reiben und stöhnte vor Erregung. Er atmete schwer.

Serpit wand sich aus seiner Umarmung und ließ sich auf das Bett fallen. Er neigte sich über sie, spreizte ihre Beine und ließ seine Hände über die Innenseiten ihrer Schenkel gleiten, während die Zunge sich den Weg vom Bauchnabel zu ihrer Brust bahnte. Seine Lippen umschlossen gierig ihre Brustwarze. Serpit stöhnte unter seiner Berührung, ihr Körper wölbte sich ihm entgegen. Alasdair kniete sich zwischen ihre Beine, stützte sich neben ihr ab und drang in sie ein. Sie stöhnte lustvoll und zog ihn fester an sich. Mit langsamen, kurzen Stößen gilt er in sie und wechselte zu wilden, ungestümen. Serpit schrie auf, grub ihre Finger in seinen Hintern und passte sich seinen Bewegungen an. Eine Hitzewelle durchströmte ihn, die sein Blut in einer atemberaubenden Geschwindigkeit durch seine Adern preschte, während sein erhitzter Körper Erlösung fand. Er sah zu, wie sich Serpits Augen weiteten und ihrem Mund kurze, keuchende Seufzer entglitten. Ihre Nägel gruben sich tief in seine Schulter, als auch sie zum Höhepunkt kam. Entspannt sank sie in die Kissen. Er beugte sich vor, drückte ihr einen Kuss auf die leicht geöffneten Lippen, dann rollte er zur Seite und blieb, den Kopf auf die Hand gestützt, neben ihr liegen.

Serpit lag mit geschlossenen Augen still da, die langen, blonden Haare auf dem Kissen ausgebreitet wie einen Heiligenschein. Dann drehte sie sich plötzlich zu ihm und legte ihre Hand auf seine Brust.

»Ich weiß, wie du über die Liebe denkst. Ich weiß auch, dass du sie als eine Art Fessel ansiehst und für alle am liebsten emotional unerreichbar bleibst. Für mich gibt es doch auch nichts Schöneres als Sex.« Ihre Augen sogen sich an ihm fest. »Sex ohne Schuld und Reue. Denn glaube mir, Reue verspüre ich überhaupt nicht. Es gibt nichts zu bereuen, weder für mich noch für dich.« Ihre Stimme war jetzt nur noch ein leises Flüstern.

Er nahm ihre Hand und führte sie zu seinen Lippen. Andächtig hauchte er ihr einen Kuss auf jede ihrer Fingerspitzen. Sie schenkte ihm dafür ein Lächeln. Ohne ein weiteres Wort stand er auf und zog sich an. Er spürte ihren Blick im Rücken.

»Ich kenne dein Geheimnis, mein dunkler Engel«, wisperte sie.

»Oh, welches denn? Ich habe viele Geheimnisse.« Er bückte sich, um sein Hemd vom Boden aufzuheben, zog es über und blieb am Bettrand stehen.

»*Das* Geheimnis!«

»Aaach, *das* Geheimnis. Ich verstehe.« Lachend knöpfte er sein Hemd zu, steckte es halb in die Hose und ging, ohne sich umzudrehen.

»Du verhältst dich wie ein Raubtier auf Beutezug. Pass auf, dass du nicht einem Großwildjäger vor die Flinte läufst!«, rief sie ihm nach.

Sein Sakko, das er an der Bar hatte liegen lassen, fand Alasdair säuberlich zusammengelegt auf dem Stuhl vor der Schlafzimmertür. Ein blasser Jüngling lehnte an der gegenüberliegenden Wand. In seinen Augen lag Ehrfurcht. Alasdair schenkte ihm einen flüchtigen Blick und mit einer Kopfbewegung deutete er zur Schlafzimmertür. »Geh rein, sie wartet schon auf dich.«

Wie die Tinte auf dem Löschpapier breitete sich eine leichte Röte auf den Wangen des Jungen aus. Er huschte schnell an ihm vorbei und verschwand hinter der Schlafzimmertür.

Aus dem Wohnzimmer drangen Gelächter und Musik. Offensichtlich hatten die Gäste Spaß an der Party – im Gegensatz zu ihm. Er verließ unbemerkt das Haus durch den Hinterausgang. Kurz dachte er noch an die Schachkönigin, beschloss aber, Serpit nicht weiter zu reizen.

Die Nacht war noch jung, und er geriet in Versuchung, bei Arden vorbeizuschauen. Dann fiel ihm ein, dass er nicht geduscht hatte, weil er darauf versessen gewesen war, so schnell wie möglich zu verschwinden, also schloss er einen Kompromiss und fuhr ins NOIR.

Als Alasdair am Club ankam, standen noch Leute vor dem Eingang und warteten auf Einlass. Kein Wunder, es war Freitag und der Club hoffnungslos überfüllt. Er bog in die kleine Seitenstraße gleich neben dem Clubgebäude und parkte seinen Wagen vor dem Notausgang. Eine Treppe führte zum ersten Stock, wo auch sein Büro lag. Es war ihm nur recht, sich unbemerkt nach oben zu schleichen, zu duschen und den Abend ausklingen lassen. Er sperrte die Tür zum Büro auf, schaltete aber kein Licht an. Durch das große Fenster über der Tanzfläche drang genügend Licht hinein. Er ging ins Bad und kam kurz darauf heraus, das Handtuch locker um seine Hüfte gewickelt. Dann goss er sich einen Whiskey ein. Mit dem Glas in der Hand blieb er am Fenster stehen und beobachtete das wilde Treiben auf der Tanzfläche. Es glich einem Fegefeuer, nur dass hier die Leute offensichtlich Spaß daran fanden, mit lauter Musik gefoltert zu werden.

Er wurde auf eine Gruppe aufmerksam, die an der Bar unter dem Fenster stand. Vampire. Drei Männer und zwei Frauen. Er konnte sich nicht erinnern, sie jemals gesehen zu haben. Fremd in der Stadt, vermutete er. Das würde auch die Tatsache erklären, warum sie es wagten, seinen Club aufzusuchen. Er nahm einen weiteren Schluck Whiskey und ließ die herbe Flüssigkeit langsam seinen Gaumen runtergleiten. Eine angenehme Wärme breitete sich in seiner Brust aus. Im selben Moment wusste er auch, wie er diesen Abend doch noch angemessen ausklingen lassen könnte.

Alasdair wollte sich gerade umdrehen, als er sie bemerkte. Arden stand einige Schritte entfernt an das

Geländer der Balustrade gelehnt. Sie schaute nach unten, und ihre Augen wanderten suchend durch den Raum. Sie trug ein kurzes, enganliegendes, dunkelgrünes Kleid und eine schwarze Lederjacke, die langen Haare zu einem Pferdeschwanz gebunden. Er trank noch einen Schluck Whiskey und schaute wieder zu den Vampiren. Drei von ihnen standen noch an der Bar, zwei waren gerade dabei, die Treppe zu der Balustrade hochzusteigen. Alasdair überlegte kurz und traf eine Entscheidung. Er blickte wieder zu Arden. Sie hob gerade ihren Kopf und schaute in seine Richtung. Es war, als würde sie ihn sehen können. An sich nichts Erstaunliches, denn sie besaß diese Fähigkeit, aber dank Edward hatte sie keine Ahnung davon. Zu seinem großen Erstaunen löste sie sich vom Geländer und kam auf das Büro zu. Als sie um die Ecke verschwand, machte er die Tür auf, und da stand sie. Er ergriff ihren Arm und zog sie hinein.

»Hey«, sagte er lächelnd und zog sie fester an sich.

»Selber hey«, antwortete sie und legte verlegen ihre Hände auf seine nackte Brust. Er ergriff ihre Arme, drehte sie nach hinten und hielt sie auf ihrem Rücken fest, dabei schaute er tief in ihre blauen Augen. Verunsichert wich sie seinem Blick aus und beinahe gleichzeitig unternahm sie einen Versuch, sich aus seiner Umarmung zu befreien. Er musste schmunzeln über so viel Naivität.

»Willst du dich nicht anziehen?«, fragte sie ihn mit heiserer Stimme. »Komme ich ungelegen?«

»Aber nein, meine Liebe, du kommst gerade richtig. Einen besseren Zeitpunkt hättest du nicht wählen können«, grinste er schelmisch.

»Ich meine nur …«

»Was?«, unterbrach er sie. »Meinst du, ich könnte mich erkälten? Dagegen kenne ich ein bewährtes Mittel.« Noch während er sprach, schob er seine Hand unter ihr Kleid. Ihre Haut fühlte sich weich und zart an. Er fingerte kurz an ihrem Höschen und zog es aus. Mit der anderen hielt er ihre Hände immer noch in ihrem Rücken fest. Sie ließ ihn gewähren. Ihr Atem beschleunigte sich und ihr Mund war leicht geöffnet. Er presste seine Lippen auf ihre. Es war ein harter Kuss ohne Zärtlichkeit. Seine Zunge forderte sie heraus. Als Antwort suchte ihre Zungenspitze die seine. Ihre Hände ließ er los, streifte ihr die Lederjacke von den Schultern und schob langsam das Kleid hoch. Arden stöhnte schwach, dann zog sie es ungeduldig über ihren Kopf und stand nackt und keuchend vor ihm. Ihre Erregung peitschte seine Lust weiter an. Er hielt ihrem Blick mühelos stand. Eilig riss er sich das Handtuch von der Hüfte und hob sie hoch. Ihre Beine umklammerten fest seine Taille. Hart stieß er sie gegen die Wand, und sie grub ihre Fingernägel tief in seine Schulter. Mit jedem Stoß drängte er sie immer härter gegen das Mauerwerk. Heiß schlug ihr Atem gegen seinen Hals. Ihr Keuchen wurde lauter, und sie suchte erneut gierig seine Lippen. Dann bäumte Arden sich plötzlich auf. Im selben Moment fuhr ein warmes

Gefühl durch seinen Körper. Eine Hand unter ihrem Hintern, die andere an die Wand gelehnt, legte er den Kopf auf ihre Schulter. Sein Atem ging schwer. Auch Arden atmete stoßweise. Die Umklammerung ihrer Beine ließ langsam nach.

»Ein Quickie ist was Wunderbares.« Er richtete sich auf und zog sich zurück. Sie blieb an die Wand gelehnt stehen. Alasdair ging zum Tisch, auf dem sein Whiskyglas stand, und trank es leer. Dann drehte er sich um. Noch immer stand sie regungslos da. »Willst du dich nicht anziehen?«, fragte er, und ein schmales Lächeln zuckte in seinen Mundwinkeln.

»Wieso, weil ich mich erkälten könnte?«

»Das natürlich auch, aber nein, ich habe noch etwas zu erledigen.« Alasdair trat ans Fenster und suchte nach den Vampiren. Sie waren noch da. Ein sardonisches Grinsen legte sich auf seine Lippen. *Der Abend entwickelt sich doch noch interessant,* dachte er zufrieden. »Soll ich dich nach Hause bringen lassen?«, fragte er teilnahmslos, ohne sich umzudrehen.

»Danke, aber ich bin mit Eric hier.« In ihrer Stimme lag unmissverständliche Enttäuschung.

»Ja, natürlich. Na dann, man sieht sich.« Seine Gedanken waren meilenweit entfernt, seine Instinkte auf Jagd und Kampf ausgerichtet. Die Tür fiel ins Schloss, und kurz darauf sah er, wie sie die Treppe direkt unter dem Fenster nach unten steig. Ein Augenzwinkern später verlor sie sich in der Masse der Tanzenden.

＊＊＊

Arden stierte in den Cocktail, den sie in ihren Händen hielt, doch ihre Gedanken beschäftigen sie so sehr, dass sie ihre Umgebung für einen Moment nicht wahrnahm. Ihre Finger tänzelten unruhig an dem kühlen Glas und drehten es nervös hin und her. Sie fühlte sich den Tränen nahe, während sie gleichzeitig gewaltige Wut verspürte; Wut auf sich selbst. Wie konnte sie bloß so naiv sein? Sich wie ein Teenager den romantischen Träumen von leidenschaftlicher Liebe, zärtlichen Küssen und Tränen des Glücks hingeben? Und was hatte sie jetzt davon? Ihr vermeidliches Glück hatte sich in Luft aufgelöst und übrig blieben nur die Selbstzweifel.

»Alles in Ordnung?«, riss Erics Stimme sie aus ihrer Grübelei.

»Was?«, murmelte sie. Ihre Zunge war schwer wie Blei.

»Du sitzt wie paralysiert da und starrst dein Glas an, also möchte ich wissen, ob alles okay ist mit dir.«

»Ja.« Ardens Stimme klang etwas dünn.

»Für mich klingt es nicht gerade überzeugend. Ist etwas passiert?«

»Ja! … Nein! Nicht wirklich. Ich habe mir nur etwas eingebildet, das es offensichtlich nicht gibt.«

»Und das wäre?«

»Hm, ich will es nicht gleich Liebe nennen, das wäre mit Sicherheit verfrüht, aber zumindest Zuneigung oder eine Art Verbundenheit.«

»Sprechen wir hier von deinem eiskalten Engel?«
Eric machte eine Kopfbewegung Richtung Treppe.

Arden folgte ihr und sah Alasdair oben an der
Treppe stehen. Sie spürte eine Kälte von ihm ausgehen,
die sie unweigerlich daran denken ließ, wie passend
Erics Worte doch waren.

Der eiskalte Engel war widersprüchlich und faszi-
nierend zugleich. Aber da war noch viel mehr an ihm
als das, was er an die Oberfläche ließ. Sie müsste nur
diese unnahbare, kalte Schicht knacken und das
Innere offenlegen.

Ardens Herz machte plötzlich einen Satz, als
Alasdair die Treppe nach unten stieg. Eine Hoffnung
keimte sofort in ihr auf. Eine Hoffnung, dass er es sich
doch noch anders überlegt hatte und jetzt nach ihr
suchen würde. Beinahe hätte sie ihm zugewunken,
bemerkte aber, dass er auf eine Gruppe von drei
jungen Männern und zwei Frauen zusteuerte. Er
wandte ihr den Rücken zu, und Arden konnte nur
noch sehen, wie er die Arme um die Hüften der
Frauen legte. Ihr Herz setzte aus.

»Ihm ist nichts heilig. Er kennt keine Grenzen, hält
sich an keine Regeln«, vernahm sie Erics Stimme.

»Was sagtest du gerade? Ich habe nicht zugehört.«
Ihre Worte hingen dünn und hilflos in der Luft.

»Ich sagte nur, er ist es nicht wert, dass du dich
seinetwegen verrückt machst.«

»Ich mache mich doch nicht verrückt.« Arden
wandte sich Eric zu. »Ich bin nur enttäuscht.

Enttäuscht darüber, dass ich noch vor ein paar Minuten mit ihm zusammen war und jetzt zusehen muss, wie er seine Arme um die Hüften anderer Frauen schlingt.«

»Wie ich schon sagte – ihm ist nichts heilig, andererseits würde ich es nicht überbewerten.«

»Es ist nicht das, wonach es aussieht, wolltest du das etwa sagen? Ich bin nicht blöd!«, keifte sie Eric an.

»Ich kann zwar nichts dafür, aber bitte, mach mich nur an, wenn es dir hilft. Ich bin doch gerne dein Punchingball.«

»Entschuldige.« Arden sackte in sich zusammen, und ein leiser Seufzer erfuhr ihr. »Es ist dir gegenüber nicht gerecht. Eigentlich müsste ich zu ihm rübergehen und ihm eine knallen, dann würde ich mich besser fühlen.«

»Das kannst du natürlich tun, aber ist Gewalt die Lösung deines Problems?«

»Gott, nein! Ich bin nur wütend … und das wahrscheinlich mehr auf mich selbst als auf ihn.« Kraftlos ließ sie die Schultern hängen.

»Sollte er dir die Ehe versprochen und ewige Treue geschworen haben«, scherzte Eric mit breitem Lächeln im Gesicht, »hättest du natürlich etwas Handfestes, worauf du bauen könntest, aber so, meine Liebe, musst du ihn mit dem Rest der weiblichen Welt teilen.«

»Halt die Klappe.« Ein Lächeln zuckte in Ardens Mundwinkeln, und sie verpasste Eric einen Stoß in die Rippen.

»Das ist die richtige Einstellung! Bist du wütend auf deinen Liebsten, haue dem Nächstbesten eine drauf.«

Das Lächeln erstarb auf Ardens Lippen, und ihr Blick wanderte wieder zu der kleinen Gruppe an der Bar. Sie schienen sich zu amüsieren, und ihr Anblick ließ Ardens Gesichtszüge entgleiten. Ihre Laune war wieder im Keller.

»Das wird heute nichts mehr.« Langsam schob Eric sich vor Arden und versperrte ihr damit die Sicht auf die Gruppe. »Lass uns die Location wechseln. Bitte!«, flehte er sie an.

Arden zögerte kurz, gab aber schließlich Erics Drängen nach und ließ sich bereitwillig Richtung Ausgang schieben. Das Dröhnen der Beats klang nur noch dumpf in ihrem Kopf, als befände sie sich unter einer Glasglocke. Sie kam erst wieder zu sich, als ihr die frische Luft um die Nase wehte.

Vor dem Club standen kleine Gruppen, die sich unterhielten und laut lachten. Die Gebäudefront und der Vorplatz waren hell erleuchtet. Der Rest der Straße verlor sich fast im Dunkeln. Nur vereinzelt warfen Straßenlaternen ihr Licht in schwachen, gelblichen Kegeln auf den Boden.

»Es ist kein Taxi zu sehen. Wahrscheinlich warten die anderen auch darauf, dass endlich welche vorfahren«, stellte Eric nüchtern fest und fingerte dabei sein Handy aus der Jackentasche heraus.

»Lass uns ein paar Schritte gehen«, schlug Arden

vor. »Es sind nur einige Blocks zur Hauptstraße, dort finden wir leichter ein Taxi.«

»Von mir aus.« Eric zuckte mit den Schultern. »Es ist vielleicht gar nicht mal so schlecht, ein wenig frische Luft zu schnappen.« Arden folgte ihm mit ein paar Schritten Abstand und sah zurück zum Club. Alasdair kam ihr wieder in den Sinn. Ein Kloß bildete sich sofort in ihrem Hals und Tränen bahnten sich den Weg in ihre Augen. Sie blinzelte und wollte ihren Blick wieder nach vorne richten, doch plötzlich blieben ihre Augen auf dem Dach des Clubs haften. Es kam ihr so vor, als hätte sich oben etwas bewegt. Sie starrte auf die Gargoyle-Statuen, die im Licht der Strahler ihre Zähne bedrohlich fletschten und ihre Augen auf die Umgebung richteten. Die kleinen Flügel ausgefaltet, als würden sie sich jeden Augenblick in die Luft erheben wollen. Schauerliche Wesen aus Stein, die dem mit Efeu beranktem Gebäude einen morbiden Touch verliehen.

»Ist was?« Eric blieb stehen und schaute stirnrunzelnd zu ihr.

»Nein, nichts. Ich dachte, ich hätte da oben was gesehen, aber ich habe mich geirrt.« Sie holte Eric ein, und sie gingen Seite an Seite an den Lagerhallen und halb zerfallenen Häusern entlang, passierten eine der Laternen, die noch ein schwaches Licht spendete, und tauchten dann in die völlige Dunkelheit ein. Die nächste Laterne brannte nicht. Es knirschten unter ihren Füssen.

»Jemand hat die Lichter mit Absicht ausgeknipst, überall liegen Scherben.«

»Schhh«, machte Arden. Ihre Augen taxierten die Umgebung, auf der Suche nach etwas Unerwartetem. »Ich habe etwas gehört.« Ardens Körper spannte sich an. Am Rande ihres Blickfelds nahm sie erneut eine Bewegung wahr. Sie schnellte herum. Nichts, nur Dunkelheit.

Sie verweilte reglos und lauschte. Keine verräterischen Geräusche, nur Stille. Die Dunkelheit machte es schwer, Details zu erkennen. Arden kniff die Augen zusammen und tat ihr Bestes.

»Jemand folgt uns, ich bin mir sicher. Ich kann es dir nicht erklären, aber ich kann es spüren.« Ardens Stimme war nur ein besorgtes Flüstern.

»Ich weiß, was du meinst. Ich spüre es auch. Wir sollten ins Licht gehen. Dort vorne.« Eric zeigte auf eine Laterne, die nicht kaputt war, und noch während er sprach, ergriff er ihre Hand und rannte los, zog Arden hinter sich her.

Arden hatte Mühe, ihm zu folgen. Schatten zuckten an ihnen vorbei und sie spürte die Bewegungen mehr, als dass sie sie sehen konnte. Sie hätte schwören können, dass sie jemand an der Wange berührt und an ihren Haaren gezogen hatte. Nur noch ein paar Meter und sie würden das rettende Licht erreichen, nur noch zwei, drei Schritte … Erleichtert atmete sie aus, als sie beide im Licht badeten.

»Wir sind wirklich zwei Angsthasen.« Arden konnte sich das Lachen nicht verkneifen.

»Es gibt Dinge, denen man sich stellt und es gibt Dinge, denen man lieber aus dem Weg geht. Mir ist nur nicht ganz klar, womit wir es hier zu tun haben.« Eric schaute sich um. »Hier ist es auch nicht viel anders als in dem Stück davor. Leerstehende Gebäude, halb zerfallene Mauern mit vielen dunkeln Ecken und Keller. Eine unangenehme Gegend.«

»Ich frage mich«, fing Arden an, »warum Alasdair gerade diese unmögliche Gegend für seinen Club ausgesucht hat. Er scheint Geld genug zu haben, ihn überall eröffnen zu können.«

»Jede Wette, ihm gehört die ganze Gegend, und er ist bestimmt schon dabei, seine undurchsichtigen Pläne zu realisieren.«

Ein flüchtiger Ausdruck der Missbilligung huschte über Ardens Gesicht. »Ich kann mir nicht vorstellen, was er …« Ein lauter Knall unterbrach sie mitten im Wort, und zerborstenes Glas rieselte auf sie herab. Jemand mochte das Licht nicht und hatte soeben auch noch die letzte verbliebene Laterne ausgeschaltet. Arden trat instinktiv einige Schritte zurück, bis sie im Rücken die Hausmauer fühlen konnte. Eric gesellte sich zu ihr.

»Es ist nicht mehr weit bis zu der Hauptstraße«, sagte sie leise, »und da wir ohnehin kein Licht mehr haben, können wir genauso gut quer durch die Gassen laufen, so schaffen wir es schneller. Lass uns von hier verschwinden«, drängte sie Eric.

Sie tauchten in die nächste Gasse ein, gleich neben

der Lagerhalle, an der sie standen. Sie liefen die Mauer entlang und bogen dann einmal links und wieder rechts um kleinere Gebäude herum. Ihre Augen gewöhnten sich allmählich an die Dunkelheit. In der Ferne konnte Arden schon die Lichter der Hauptstraße ausmachen, als sie auf einmal ein kräftiger Schlag gegen die Brust von den Beinen holte. Sie flog rückwärts und schlug hart auf den Boden auf. Ihr wurde die Luft aus der Lunge gepresst, ihr Gesicht verzog sich unter dem Schmerz. Sie japste. In flachen Atemzügen bemühte sie sich, ein wenig Sauerstoff in ihre schmerzende Lunge zu bekommen. Ihr ganzer Brustkorb fühlte sich an, als wäre er in einen Schraubstock gepresst. Sie wollte Eric rufen, und obwohl sich ihr Mund öffnete, gab sie keinen Ton von sich. Langsam rollte sie zur Seite und versuchte, sich an der Mauer hochzuziehen, als sie jemand grob am Pferdeschwanz packte und sie wieder zu Boden warf. Sie fiel auf die Knie, und ein scharfer Schmerz durchfuhr ihre Beine. Sie holte aus und schlug ins Leere. Ein irres Lachen hallte durch die Gasse, und eine unsichtbare Hand zog neckisch an ihren Haaren.

»Kayla, es ist genug!«, ertönte eine Stimme in ihrem Rücken. Arden drehte sich um. Ein blasser, junger Mann reichte ihr die Hand. Sie ließ sich von ihm auf die Beine helfen. Er legte mitfühlend einen Arm um ihre Schulter, und mit zittrigen Knien zwang sie sich in eine aufrechte Haltung. Ihre Knie schmerzten und sie spürte Blut ihr Schienbein runterlaufen. Ihr Herz pochte hart gegen die schmerzenden Rippen und sie atmete schwer, doch sie biss die Zähne zusammen.

»Ich bin Gavin«, meldete sich ihr vermeintlicher Retter zu Wort, »und wer bist du, meine Schöne?« Sein Arm lag immer noch locker auf ihren Schultern, als er sich zu ihr beugte und mit der Nasenspitze zart über ihre Wange fuhr. »Du riechst gut und bist wunderschön … und so jung, ein Jammer.« Ein rauer, gieriger Unterton lag in seiner Stimme.

Arden verstand seine Anspielung zwar nicht, aber instinktiv trat sie einen Schritt zurück. Er verschärfte den Druck auf ihre Schultern, und mit einem Ruck zog Gavin sie wieder fest an sich.

»Du willst doch nicht wegfliegen, mein Täubchen?« Er hob kurz die Hand, woraufhin sich vier Männer hinter ihnen aufstellten und ihnen den Rückweg versperrten.

»Eric!« Ardens Ruf war nur noch ein besorgtes Krächzen.

Gavin warf den Kopf in den Nacken, und ein verlogenes Lachen drang aus seiner Kehle. »Bringt ihn her!«, befahl er. Weitere vier Männer tauchten auf. Zwei hielten Eric fest; in seinem Mund steckte ein Stück Stoff. Er hustete.

Gavin ließ Arden los. An seiner Stelle rückten zwei von den Männern heran. Breitbeinig und mit vor der Brust verschränkten Armen blieben sie neben ihr stehen. Die anderen zwei blockierten weiterhin den Weg.

Gavin trat an Eric heran und zog den Stofffetzen

aus seinem Mund. »Keine Angst, Arden, dir wird nichts passieren!«, schrie Eric und krümmte sich augenblicklich unter dem Schlag in die Magengrube, den er dafür kassierte.

»Da wäre ich mir nicht so sicher, meine Liebe«, sagte Gavin. Er lächelte gekünstelt. »Denn ich bin mir selbst noch nicht darüber im Klaren, was ich mit dir anstellen soll.«

Er wandte sich an die Männer. »Habt ihr ihn auf Waffen untersucht?«

»Ja, nichts.«

»Und den Krystal?«

»Den auch nicht.«

»Umso besser, er wird uns keinen Ärger machen.« Interessiert musterte Gavin Eric. »Ein wenig leicht-sinnig, sich hier ohne Waffen rumzutreiben. Sogar für jemanden wie dich.«

Eric versuchte, sich loszureißen. »Gavin, ich weiß nicht, wer von uns beiden leichtsinniger ist, ich oder du. Aber ich möchte dir einen großzügigen Vorschlag machen: Du lässt uns laufen, und wir vergessen die Sache.«

»Hmm, kein guter Vorschlag, Eric.« Gavin schürzte die Lippen. »Ich bin zwar geneigt, dich laufen zu lassen, aber deine Freundin auf keinen Fall. Sie gefällt mir zu gut. Es tut mir auch aufrichtig leid, dass ich dir den Abend versaut habe.« Das verlogene Lächeln trat wieder auf Gavins Lippen. »Du hättest unser Revier lieber meiden sollen. Die Gegend hier ist gefährlich, besonders für junge Frauen. Da hilft auch kein Dämon als Begleiter.«

»Eric, w-was ist hier los?«, fragte Arden mit zittriger Stimme.

»Ja, Eric, was ist hier los?«, äffte Gavin sie nach. »Hast du deine Freundin nicht aufgeklärt, sparst du dir das für die Hochzeitsnacht?«

»Für die Hochzeitsnacht!«, kreischte Kayla vergnügt.

Gavin trat an Arden heran, so nah, dass sich ihre Nasenspitzen fast berührten. Sie spürte seinen eiskalten Atem. Seine Haut schimmerte weiß, und ein feines Adergeflecht zeichnete sich unter ihr ab. Die langen, dunklen Haare hingen ihm in Strähnen ins Gesicht und verdeckten teilweise die stechend roten Augen, die sie beinahe mit der Intensität einer arktischen Kälte durchbohrten. Er leckte sich genüsslich über die blutleeren Lippen und entblößte dabei seine Fangzähne.

»Eric, was ist das für 'ne Freakshow hier?«, schrie sie hysterisch.

Eric holte tief Luft. »Es sind Vampire.«

Völlig irritiert schaute sie ihn an. »Vampire!? Willst du mich verarschen?«

»Denk nach …«, zischte er.

Aber sie stand einfach nur da, unfähig zu denken und zu antworten.

Gavin lächelte, doch seine Augen blieben kalt. Er legte den Kopf schief und schaute sie an. Arden starrte in das blasse Gesicht von Gavin zurück und wünschte sich, aus diesem Albtraum aufzuwachen. Sie wünschte sich, wieder zurück im Club zu sein, in Alasdairs Armen zu liegen und einen schönen Abend zu verbringen. Wie war sie nur in diesen Horror hineingeraten? *Verdammt! Vampire sind nicht real!* Ihre Brust zog sich zusammen.

Gavin packte sie grob am Arm. »Ich mache dir jetzt ein Geschenk. Ich werde dich zur Königin der Nacht machen, dir ein Leben in Ewigkeit an meiner Seite schenken.«

Arden schlug panisch um sich. Sie verpasste Gavin einen heftigen Schlag, sodass er taumelte. Er fauchte sie verärgert an und riss ihr die Lederjacke von den Schultern. Erneut wollte sie zuschlagen, doch die zwei Männer hielten sie an den Armen fest. Sie trat wütend nach ihnen und wand sich wild unter dem eisernen Griff ihrer Hände.

»Sie wird dich töten«, vernahm sie Erics völlig ruhige Stimme. »Sie wird euch alle töten, jeden Einzelnen von euch zu Asche verwandeln.«

»Na, viel Glück dabei«, erwiderte Gavin amüsiert mit einem schmalen Lächeln auf den Lippen und taxierte sie erneut mit seinem Blick.

Der helle Klang seiner Stimme jagte Arden eine Gänsehaut ein. War Eric jetzt völlig verrückt geworden, oder feilte er nur an einer Taktik, die sie noch nicht verstand?

Mit Entsetzen musste sie feststellen, dass ihre

Karten denkbar schlecht waren. Mit Gavin und Kayla waren noch acht weitere Vampire da und wusste Gott, wie viele noch in der Gegend lauerten. Gavin schien ihr Anführer zu sein, also musste sie es irgendwie schaffen, ihn von seinem verrückten Plan, sie zur Königin der Nacht zu machen, abzubringen. Vampirkönigin – eine grauenhafte und absurde Vorstellung.

»Ich kann ihre Gedanken nicht lesen«, hörte sie Gavins Stimme, die an Eric gerichtet war. »Hast du sie mit einem Zauber belegt? Es stört mich nicht, es macht die Sache nur noch interessanter.« Er trat an Arden heran und streckte seine kalten Finger nach ihr aus. Sie riss ihren Kopf zur Seite, woraufhin Gavin sie zornig am Hals packte und ihre Kehle zudrückte. Sie bekam keine Luft mehr, dunkle Flecken begannen vor ihren Augen zu tanzen. Als Arden kurz davorstand, ohnmächtig zu werden, lockerte er die Finger endlich ein wenig. Sie japste nach Luft, öffnete die Augen einen Spalt und schaute ihn an. Er lächelte siegessicher. Ihr Kopf kippte zur Seite, als er sich zu ihr beugte und seine Fänge in ihren Hals schlug. Ihre Augen flimmerten, sie nahm kaum noch etwas von ihrer Umgebung wahr. Ihr Herz schlug ihr bis zum Hals. Eine Kälte glitt schleichend wie eine Schlange durch jede Faser ihres Körpers. Ihre Knie drohten einzuknicken. Gavin sog sich an ihr fest, und mit jedem seiner gierigen Schlucke schwand auch ihre Kraft. Ein Schauder durchlief ihren Körper, und Blut floss an ihrem Hals hinunter und durchnässte ihr Kleid. Sie spürte seine klebrige Wärme.

Plötzlich wallte Zorn in Arden auf, der Zorn einer Frau, die nicht gewillt war, ihr Leben loszulassen, nicht hier und nicht jetzt in dieser dreckigen Gasse. Sie ergriff Gavins Kopf, presste die Handflächen mit der ganzen verbliebenen Kraft gegen seine Schläfen, und ihre Daumen tauchten in Gavins Augenhöhlen. Dunkle Adern traten unter seiner Haut hervor und das Weiß seiner Augen blitzte auf. Unerwartet ließ er von ihr ab, und das siegessichere Grinsen schlug in Verblüffung um. Aber auch sie währte nur den Bruchteil einer Sekunde und wich einem Entsetzen. Seine Gesichtszüge verzogen sich zu einer hässlichen Fratze, dann kreischte er los – ein Kreischen, so grell, dass es fast ihr Trommelfell zum Platzen brachte. Er taumelte und fiel zu Boden. Ein Feuer schlug aus seinem Inneren empor. Die Flammen fraßen sich durch seinen Körper, und in Sekundenschnelle verwandelten sie ihn in einen Haufen Asche.

»Gefallenenbrut!«, schrie Kayla hysterisch und zeigte auf Arden. Die anderen Vampire standen wie paralysiert da und blickten ungläubig zwischen Arden und dem Aschehaufen hin und her. Plötzlich ertönte ein tiefes Knurren. Es schien von überall herzukommen und sie zu umzingeln. Panik brach unter den Vampiren aus. Sie schauten sich verunsichert an, und wie auf Kommando stürmten sie davon.

Arden versuchte, die Ereignisse zu begreifen, das

Geschehene zu erfassen. Kam jetzt noch größere Gefahr auf sie zu, vor der sogar die Vampire davonliefen? Sie schaute sich ängstlich um. Entsetzte Schreie waren zu hören und dieses tiefe Grölen, das sie bis ins Mark erschütterte.

»Eric?«, krächzte sie.

»Ja, ich bin bei dir.« Mit einem Mal legte er vorsichtig den Arm um sie. Kraftlos ließ sie ihren Kopf auf seine Schulter fallen.

»Kneif mich bitte, ich will aus diesem Albtraum erwachen.«

»Es ist jetzt vorbei.« Seine Stimme war ein ruhiges, tiefes Raunen.

»Wie kann ich mich beruhigen, wenn da jemand unterwegs ist, vor dem sogar die Vampire Angst haben. Was ist, wenn er mit ihnen fertig ist und uns angreift?« Der Gedanke ließ sie erschaudern.

»Das wird er nicht«, versuchte Eric sie zu beruhigen.

»Woher willst du das denn wissen?«

»Ich weiß es einfach, können wir es bitte dabei belassen?«

»… sprach Eric, der Dämon und Optimist.«

»Schön, dass du jetzt zum Scherzen aufgelegt bist. Ich bin aber kein Optimist, ich kann die Situation nur realistisch einschätzen, und das vielleicht nur, weil ich mehr weiß als die anderen.«

»Apropos Wissen.« Arden schaute Eric herausfordernd an. »Ich bin müde und erschöpft, aber glaube nicht, dass du mir so einfach davonkommst. Ich will Antworten auf meine Fragen. Und ich habe verdammt viele Fragen, also mach dich auf was gefasst!«

»Ich werde mein Bestes tun, aber zuerst bringe ich dich nach Hause.«

»Dagegen ist nichts einzuwenden.« Ihre Stimme klang matt.

Eric hob ihre Lederjacke auf und legte sie ihr über die Schultern. »Es ist besser, wenn du dein Kleid verdeckst, der Taxler kriegt sonst einen gehörigen Schock, wenn er das ganze Blut sieht, und hetzt uns noch die Polizei auf den Hals.«

»Vor allem, wenn ich ihnen erzähle, dass mich Vampire angegriffen haben.« Das kurze Kichern erstarb auf Ardens Lippen, als sie das tiefe Brummen in ihrem Rücken wahrnahm. Sie fuhr herum und erstarrte vor Schreck. Ein riesiger Schatten schlich direkt auf sie zu. Seine wie Juwelen schimmernden Augen fixierten sie. Sie verharrte in vollkommener Reglosigkeit, wagte es nicht zu atmen, nicht einmal mit der Wimper zu zucken. Die Kreatur kam näher.

»Keine Angst«, sagte Eric beruhigend. Er ergriff Ardens Arm und hielt ihn dem Monster entgegen. Arden zuckte reflexartig unter seinem Griff, ließ es aber dennoch geschehen.

»Was ist das?«, wisperte sie und starrte wie gebannt auf die Kreatur. Das Tier grunzte zufrieden. Seine Nasenflügel blähten sich auf und inhalierten ihren Duft. Ardens Arm zitterte, als sie den warmen Atem auf ihrer Haut spürte. Es war ein riesiges Tier mit furchterregenden Zähnen. Eine zweite Kreatur tauchte aus der Dunkelheit auf und knurrte. Die erste antwortete mit einem kurzen Schnobern. Beide schnupperten neugierig an Arden, rieben ihre Köpfe an ihr und leckten ihre Hand. Sie benahmen sich wie zwei verspielte Welpen. Ihr Anblick faszinierte Arden und ängstigte sie zugleich.

Ein scharfer Pfiff hallte plötzlich durch die Gassen. Die Tiere hoben ihre Köpfe und lauschten aufmerksam. Ein zweiter Pfiff folgte und sie liefen los, ließen Arden und Eric in der Dunkelheit zurück.

»Es sind Jagdhunde«, sagte Eric nach einer Weile.

»Jagdhunde? Warum überrascht mich das nicht? Muss ich jetzt wissen, wer der Jäger ist?«

»Nicht wirklich«, antwortete er trocken und legte ihr den Arm wieder um die Schulter. »Komm, lass uns hier endlich verschwinden.«

Sie fanden schnell ein Taxi, und Arden war froh, sich in die Sitze fallen lassen zu können. »Was stimmt nicht mit mir?«, fragte sie verunsichert.

»Mit dir ist alles in Ordnung, du musst nur ein klärendes Gespräch mit deinem Vater führen. Er sollte deine Fragen beantworten können. Ich kann dir nur versichern, dass du dich nicht sorgen musst, und Angst brauchst du auch keine haben.«

Sie schloss die Augen. Das leise Brummen des Motors und Erics Wärme ließen sie schläfrig werden. »Du bleibst bei mir, versprich es«, murmelte sie.

»Ich verspreche es«, wisperte er. »Wenn du es wünschst, bis in alle Ewigkeit.«

17

VERWIRRT, VERLETZT UND FURCHTBAR ENTTÄUSCHT

Arden wachte auf und blinzelte verschlafen. Eric lag ihr gegenüber und starrte sie an.

»Na, Schlafmütze? Bereit, das Schlummerland zu verlassen?«

»Hmm.« Sie streckte sich zufrieden. Sie lag in ihrem Bett, das war schon mal klar. Ein Blick genügte, um festzustellen, dass sie ein sauberes T-Shirt trug und ein Höschen. Sie hob die Augenbrauen.

»Hätte ich dich etwa in dem blutigen Kleid schlafen lassen sollen?« Eric setzte eine Unschuldsmiene auf.

Unwillkürlich griff sie nach ihrem Hals. Auch die Wunde war versorgt. »Es war also doch kein Albtraum«, seufzte sie.

»Nein, es war das ultimative Erlebnis deines Lebens; deines bisherigen Lebens, wohl gemerkt.«

»Eher die ultimative Freakshow meines bisherigen Lebens!«

»Das war doch nichts! Du wirst sehen, wenn du erstmal dein ganzes Potential entfaltet hast, dann wird es richtig freaky – und das nicht nur für dich.« Erics Augen glitzerten geheimnisvoll.

Arden dachte unaufhörlich an das bevorstehende Gespräch mit ihrem Vater. Er war nicht ehrlich zu ihr gewesen, hatte ihr etwas verschwiegen, das ihr ganzes Leben mit einem Schlag verändert hatte.

Arden rutschte zur Seite, streckte die Beine über die Bettkante und setzte sich auf. Ihre Finger fuhren langsam über die Knie. Keine Spur von der Wunde, die Kayla ihr zugefügt hatte. Sie schaute zu Eric. Er grinste sie nur an und zeigte sich vollkommen unbeeindruckt. Also stand sie auf und ging ins Bad. In der Tür blieb sie stehen. Ihre Hand krampfte sich um den Türgriff, als sie ihr blutiges Kleid auf dem Boden liegen sah. Auf einmal verspürte sie Gavins Zähne wieder in ihrem Hals, und der eiskalte Griff seiner Hände brannte auf ihrer Haut. Das Blut schoss ihr plötzlich wie flüssiges Feuer durch die Adern. Sie begann zu zittern, ließ den Türgriff los und suchte Halt am Waschbecken. Sie blickte in den Spiegel. Ihre Haut strahlte rosig, die Augen waren so klar wie ein sonniger Winterhimmel, und bis auf das Pflaster an ihrem Hals konnte sie keine Veränderung wahrnehmen, abgesehen von den zerzausten und strähnigen Haaren. Getrocknetes Blut klebte an ihnen. Ihr Blut. Ihre Hand begann wieder zu beben. Die Finger tasteten sich zum Hals, und sie riss das Pflaster ab. Die Haut darunter war leicht gerötet, doch von der Wunde war keine Spur mehr zu sehen. Arden nahm einen tiefen Atemzug.

»Na gut! Du bist also kein Mensch. *Was* bist du dann?« Ihr Blick haftete an ihrem Spiegelbild und sie starrte in das Blau ihrer Augen. Plötzlich spielten sich Bilder in ihrem Geiste ab, ohne dass sie wirklich etwas erkennen konnte. Bruchstücke von Gesichtern und Orten, an denen sie nie gewesen war. Ihr Kopf begann zu dröhnen, und sie schloss instinktiv die Augen. Die Bilderflut stoppte abrupt. Sie blieb an das Waschbecken gelehnt stehen, und mit gesenktem Kopf atmete sie einige Male tief durch, bis sie wieder in der Lage war, klar zu sehen.

Sie stand eine Weile nur da, die Stirn an das kühle Glas des Spiegels gepresst, dann streifte sie ihre Sachen ab und stieg in die Dusche, um das Blut aus ihren Haaren zu waschen. Sie starrte auf die rostbraune Pfütze unter ihren Füssen, ohne sie wirklich wahrzunehmen. Ihre Gedanken kreisten um die Bilder, nur leider ergaben sie keinen Sinn. Nach einer Weile schüttelte sie den Kopf, als würde sie sie damit vertreiben können. Das Wasser floss in warmen Wellen über sie. Minutenlang stand sie einfach unter dem Wasserstrahl. Dann zog sie einen Bademantel über und band ein Handtuch um die Haare. Ohne einen weiteren Blick in den Spiegel zu werfen, ging sie zurück ins Schlafzimmer.

Eric lag an das Kopfteil des Betts gelehnt. »Hey, ich habe mir schon Sorgen gemacht und wollte gerade nach dir sehen.«

»So, du bist also ein Dämon.« Arden überhörte

seine Bemerkung und schaute ihn wach an, selbst überrascht, wie cool sie die ganze Sache aufnahm. »Einen Dämon stelle ich mir aber ganz anders vor.«

»Mit glühenden Augen und mit riesigen Hörnern?«

»Ja, das kommt meiner Vorstellung schon ziemlich nahe.« Langsam kam sie an das Bett heran und beugte sich über ihn. »Natürlich mit hässlicher Fratze und bösartig. Vor allem bösartig.« Ihre Mundwinkel verzogen sich leicht. Sie musste selbst darüber schmunzeln, wie einseitig ihre Vorstellung war. Da war kein Platz für freundliche Dämonen, so wie Eric einer zu sein schien. »Ich weiß nichts über euch. Um ehrlich zu sein, basiert mein Wissen auf den Schauermärchen aus den Kinderbüchern. Wie ist das bei dir?« Sie ging um das Bett herum und legte sich wieder auf ihre Seite.

»Was soll schon sein?«

»Ich meine ja nur ... alle Dämonen sollen doch bösartig sein, oder etwa nicht?«

»Es ist ein Klischee. Ich habe es satt, den Anforderungen an das Böse gerecht zu werden. Zugegeben, es hat mir früher Spaß gemacht, aber auf Dauer ist es zu ermüdend und einseitig. Jetzt versuche ich nicht aufzufallen und meine Zeit hier zu genießen, denn es passiert nicht oft, dass ich unter den Menschen verweilen darf. Die Gelegenheiten sind rar geworden und die Dämonen-Beschwörungen drastisch zurückgegangen.«

»Ach, du Armer, mir kommen gleich die Tränen.

Das muss man sich vorstellen, keiner hat mehr Bedarf an Dämonen! Es liegt vielleicht daran, dass die Welt selbst so schlecht geworden ist, dass sie euch Dämonen nicht mehr braucht. Die ganzen Grausamkeiten können die Menschen doch selbst verüben, warum dann die Hölle um Beistand zu bitten?«

»Du lachst darüber, aber es ist gar nicht witzig! Es gibt nach wie vor mächtige Warlocks, die die Verbindungen und Kräfte der Hölle zu nutzen wissen und im Dienst der Mächtigen dieser Welt stehen. Wie ich sehe, hast du absolut keine Ahnung davon, was hier so abgeht!«

»Nein, Eric, das habe ich wirklich nicht! Gestern früh war ich noch eine stinknormale Studentin, die nur ihren Spaß haben wollte. Am Abend wurde ich von Vampiren überfallen und als Gefallenenbrut beschimpft. Das muss man erstmal verdauen!« Arden sprang aus dem Bett und trippelte aufgeregt im Zimmer auf und ab. »Ich komme mir total verarscht vor! Kannst du dir das vorstellen?« Abrupt blieb sie stehen und starrte Eric an. »Wer weiß noch davon?«

»So ziemlich alle in deiner Umgebung, die Hölle und der Himmel.«

Arden verfiel in Gedanken und schritt weiter aufgeregt das Zimmer ab. »Ich halte es nicht mehr aus, ich muss jetzt mit meinem Vater reden!« In Eile suchte sie ihre Sachen zusammen und fing an, sich anzuziehen.

Eric sprang aus dem Bett und entriss ihr die Klamotten. »Beruhige dich zuerst, so lasse ich dich nicht gehen!« Seine Arme legte er um ihre Schultern. Arden versuchte, sich seiner Umarmung zu entziehen, aber er presste sie noch fester an sich. Sein Körper strahlte plötzlich eine ungeheure Wärme aus. Sie legte ihre Hand auf seine Brust und schaute ihn erstaunt an.

»Du bist richtig heiß.«

»Ach was, das fällt dir erst jetzt auf?«

»Blödmann.« Sie schubste ihn von sich. »Du bist ganz warm, als hättest du Fieber!«

»Das ist das Höllenfeuer, das in mir zu lodern beginnt, wenn ich aufgeregt bin.«

»Warum bist *du* denn aufgeregt?«

Eric senkte den Kopf, und seine zerzausten Haare fielen ihm ins Gesicht. Eine Weile starrte er auf den Boden. »Weil ich sehe, dass es dich fertigmacht. Ich kann es vielleicht nicht richtig nachfühlen, mit menschlichen Gefühlen kenne ich mich nicht so aus, aber ich kann deutlich sehen, was es mit dir macht. Warum kannst du es nicht einfach akzeptieren?«

»Was, einfach so hinnehmen? Ohne Fragen zu stellen, zum Tagesgeschäft übergehen und so tun, als wäre nichts passiert?«

»Nein, so meine ich es nicht. Aber was ist so schlimm daran, zu erfahren, dass du kein Mensch bist?«

»Ich habe doch nicht gesagt, dass es schlimm für mich ist. Es ist halt zuerst mal ein Zustand, an den ich mich gewöhnen muss. Im Grunde finde ich es nur furchtbar traurig, dass ich es so erfahren musste. Dass mich Menschen – oder was auch immer –«, brummte Arden und winkte resigniert ab, »angelogen haben.«

»Sie hielten es für richtig, dir einiges vorzuenthalten, mehr nicht. Was sie auch für Gründe hatten, du solltest sie dir anhören, ohne gleich auszuflippen.«

Arden gab einen tiefen Seufzer von sich und setzte sich wieder auf das Bett. »Kayla schrie, ich sei eine Gefallenenbrut. Gavin stand die Erkenntnis voller Entsetzen ins Gesicht geschrieben. Was hat das zu bedeuten?«

Eric legte sich wieder ins Bett. »Du kennst doch die Geschichte über die gefallenen Engel, oder?«

»Ja, aber was hat das mit mir zu tun?«

»Ich versuche, mich kurz zu fassen. Es waren die Grigori, die Wächter, der zehnte Engelschor, die den Menschen am ähnlichsten waren und ihnen alles beibrachten. So kamen sie sich näher, und es war nur eine Frage der Zeit, bis sie sich in die Frauen verliebten und Kinder zeugten. Aber sie konnten ihre Unsterblichkeit ausschließlich in der männlichen Blutlinie vererben, es waren niemals Mädchen dabei. Das Blut war und ist das Geheimnis. Es ist gleichzeitig ein wirksames Abwehr- und Heilmittel, absolut tödlich für Vampire. Wie auch immer, ihr Verhalten erzürnte Gott, er verstieß sie und schickte die Sintflut. Einige konnten sich in die Hölle retten und schlossen sich Satanael an.«

»Jetzt verstehe ich Gavins Entsetzen, als ihm klar wurde, wer ich bin. Dabei hattest du ihn doch gewarnt, und ich dachte, es war nur ein Trick, um etwas Zeit zu schinden.«

»In seiner Gier hat er es nicht geglaubt, auch wenn er es an dir hätte riechen können. Mit Sicherheit hat er es ignoriert.«

»Also bin ich so etwas wie eine Anomalie?«

»Man kann es so nennen.«

»Aber woher wusstest *du* das?«

»Schon vergessen? Ich bin ein Dämon, ich wusste es vom ersten Moment an, als ich dich gesehen habe. Du bist ein Wunder. So etwas spricht sich in der Hölle schnell rum.« Ein verschmitztes Lächeln trat auf Erics Lippen.

»Ich kann es nicht fassen!« Arden fuhr sich durch die Haare. »Mein Vater ist der Nachkomme eines gefallenen Engels, eines Grigori!«

»Halt, ich sagte nicht, dass dein Vater der Nachkomme eines Grigori ist. Er ist der Nachkomme eines Gefallenen, aber keinesfalls eines Grigori. Das mag auch der Grund sein, dass es ihm möglich war eine Tochter zu zeugen, der er seine Fähigkeiten vererben konnte.«

»Egal. Wichtig ist, er ist einer von ihnen. Aber warte mal, sind die nicht unsterblich?« Ihr Herz begann zu rasen. »Bin ich jetzt auch unsterblich?« Sie sprang auf und lief aufgeregt durch das Zimmer, ihr Schmusekissen fest an die Brust gedrückt. »Gavin wollte mir das Geschenk der Unsterblichkeit machen, dabei besaß ich es bereits!«

»Nein, Gavin wollte dich zum Vampir machen, und die sind nicht unsterblich. Sie sind nur langlebig, zumindest die, die den Jägern aus dem Weg gehen.«

Arden blieb plötzlich stehen und schaute Eric mit großen Augen an. »Wer war der Jäger gestern Nacht? Kenne ich ihn?«

»Du kennst viele von ihnen«, sagte Eric ausweichend.

»Also was jetzt? Sind sie Wächter, oder sind sie Jäger?«

»Es kommt darauf an, wie man es betrachtet. Sie wachen über die Menschen und jagen die, die ihnen gefährlich werden können. Also beides, wenn du es so willst. Wir sprechen hier aber über die Grigori. Dann gibt es die anderen Gefallenen, für die es keine Einschränkungen gibt und die sich aus Menschen nichts machen.«

»Okay, jetzt weiß ich zumindest, dass in Vaters Umfeld einige Grigori zu finden sind, aber wer war der Jäger gestern?« Sie beugte sich zu Eric und schaute ihm eindringlich in die Augen.

»Arden, dein Vater hat sicherlich seine Gründe dafür, warum er dir das alles zu verheimlichen versucht.« Eric hielt ihrem Blick stand. »Ich glaube nicht, dass er sich darüber freuen würde, wenn ich dir alles erzähle. Im Gegenteil, er wird mir das Fell über die Ohren ziehen. Ich kann dir alles über mich erzählen, aber die anderen sind tabu. Und wenn du mit deinem Vater sprichst, vergiss nicht, die Rolle der

Vampire hervorzuheben. Sie sind die Schuldigen, mache ihm das bitte klar.«

»So leicht kommst du mir nicht davon, mein Lieber.«

»Wie schon gesagt, ich erzähle dir gerne alles über mich.«

Arden schürzte die Lippen »Ich brauche aber mehr Informationen!«

»Wir machen einen Kompromiss. Du gehst zuerst zu deinem Vater, erzählst, was passiert ist, und wartest ab, was er dazu sagt. Dann, aber erst dann, kommst du zu mir und ich werde sehen, was ich für dich tun kann – ohne gleich dabei den Kopf verlieren zu müssen.«

Arden war damit keinesfalls zufrieden, denn sie brannte darauf, alles zu erfahren. Sie hätte ihn vom Gegenteil überzeugen können, indem sie ihn weiterhin nervte, aber Eric schien wirklich besorgt zu sein. Arden wollte ihm nicht noch mehr zusetzen, also beschloss sie, zuerst mit ihrem Vater zu reden.

Eric gab sich mit ihrem Entschluss zufrieden, verschränkte die Hände hinter dem Kopf und lehnte sich zurück. »Willst du jetzt etwas über mich erfahren, oder bin ich nun uninteressant für dich?«

Unter Lachen warf Arden ihr Schmusekissen nach ihm und ließ sich rücklings wieder aufs Bett fallen. »Erzähl schon, ich bin ganz Ohr und lass keine Details aus. Ich will die ganze unaussprechliche Wahrheit über dich erfahren.«

»Ich bin ein Mernos«, begann er ohne Umschweife, »meine Haut ist olivgrün und meine Augen sind schwarz. So wie bei allen Dämonen. Nur ab und an, wenn ich aufgebracht bin, kann man das Höllenfeuer darin glühen sehen. Mir wachsen keine imposanten Hörner, in dem Fall muss ich dich leider enttäuschen. Es ist eher eine Stirn-Hornplatte mit mehreren kleinen Spitzen.«

Arden brach in schallendes Gelächter aus, wälzte sich herum und stützte ihren Kopf auf den Arm. »Und wer ist das?«, stupste sie ihn in die Rippen. »Wer liegt hier neben mir?«

»Das ist Eric. Eric ist eine Illusion aus Fleisch und Blut. Er ist ein Kostüm, wenn du es so willst, das ich jetzt seit fast fünftausend Jahren hin und wieder trage.«

»Du meinst, er ist wie das Edgar-Kostüm, das sich die Riesenschabe in Men in Black übergestülpt hat?«

»Nicht ganz, denn ich habe keinen dafür töten müssen, ich benötige nur menschliche Energie, um ihn zu materialisieren.«

»Na, da bin ich jetzt aber beruhigt, und weiter?«

»Wir Dämonen haben keine Seele, jedenfalls keine wie die Menschen. Unser Bewusstsein entspricht einer Art Energie, die eingefangen und gelagert werden kann.«

»Ich kenne die Geschichte über König Salomon, der die zweiundsiebzig Dämonen beschworen und nacheinander in einem bronzenen Gefäß eingesperrt hatte. Ziemlich fies von ihm, sage ich dir.«

»Ja, aber Gott sei Dank kam ihnen die menschliche Gier zu Hilfe. Auf die ist eben Verlass.«

»Du heißt aber nicht wirklich Eric, oder?«

»Natürlich nicht, aber meinen Namen werde ich niemals verraten. Denn der, der meinen wahren Namen kennt, erlangt absolute Macht über mich. Das habe ich bis jetzt verhindern können.«

»Wenn du mich fragst, ist es auch egal. Eric passt gut zu dir. Hast du eine Mutter, Vater und Geschwister?«

Jetzt brach Eric in Gelächter aus. »Ja, natürlich, und am Sonntag versammeln wir uns alle am Mittagstisch zu einem Gebet! Was denkst du eigentlich, wie es in der Hölle zugeht? Wir haben alle einen Erzeuger, aber es gibt keine familiären Verbände. Ich habe meine *Eltern* nie getroffen, ehrlich gesagt wüsste ich nicht, wozu es gut sein sollte. Du wirst geboren, durchläufst eine Ausbildung und findest deinen Platz in der Gemeinschaft. So läuft das üblicherweise. Jede Dämonenart hat ihre Bestimmung, die es, ohne zu murren und knurren zu erfüllen gilt. Wir Mernos sind eine eher freundliche und gebildete Art und werden im gehobenen Dienst gebraucht. Ich zum Beispiel arbeite im privaten Bereich eines Höllenfürsten. Er besitzt einen prächtigen Palast mit einem riesigen Garten und Wasserläufen. Einen, den man vergebens auf der Erde suchen würde. Garten und Palast sind durch die Wasserläufe verbunden, und aus denen kannst du bedenkenlos trinken, so sauber und klar ist das Wasser.«

Fassungslos starte Arden Eric an. »Ich dachte in der Hölle gibt es nur Feuer, Gestank und Folterkammern für die Sünder, nichts, was einem gefallen könnte.«

»Das gibt es natürlich auch, aber wir müssen doch nicht alle in der Hölle schmoren. Es gibt prächtige Städte und ein Leben, das dem auf der Erde ähnelt.«

»Wo liegt die Hölle jetzt genau?«

»Im Himmel natürlich. An einem Ort, den wir den magischen Mittelpunkt nennen. Er ist wie ein schwarzes Loch, bereit, alles einzusaugen, was in seine Nähe kommt. Und du dachtest, die Hölle liegt im Erdkern, oder?« Eric verkniff sich das Lächeln.

»Zumindest ist es dort heiß. Aber keine Ahnung, was ich dachte. Ehrlich gesagt habe ich mich damit noch nie befasst.«

»Es wird Zeit, dass du damit anfängst.«

»Wie bist du denn hergekommen?«

»Tom hatte sich in Dämonenbeschwörung versucht, und ich ergriff die Chance, die sich mir bot.«

»Sag bloß, Tom, die Dumpfbacke, hat es tatsächlich geschafft, einen Dämon herzuholen?«

»Nicht ganz. Tom hat nur ein Portal geöffnet. Du musst wissen, ich kann jederzeit ein Portal zur Hölle öffnen, aber keins aus der Hölle heraus.«

»Das ist aber doof, wenn keiner raus kann und warten muss, dass die Toms dieser Welt den Hexer spielen.«

»Wieder falsch. Ich kann es nicht tun, was aber nicht heißt, dass es keiner kann. Die Gefallenen kommen und gehen, wie es ihnen gefällt.«

»Kann ich es auch?«

»Ich glaube schon, nur blockiert zurzeit irgendetwas deine Fähigkeiten.«

»Mein Vater! Ich muss mit meinem Vater reden!« Arden sprang aus dem Bett und fing an, sich anzuziehen. »Ich werde jetzt sofort zu ihm fahren und ihn zu Rede stellen. Ich bin sicher, ich habe es ihm zu verdanken.«

Eric stand auch auf, machte aber keine Anstalten, sie aufzuhalten. Im Gegenteil. Er suchte ebenfalls seine Sachen zusammen und zog sich an.

»Was hast du jetzt vor?« Arden blieb stehen und schaute ihn verständnislos an.

»Ich fahre mit dir.«

»Wie jetzt? Ich dachte, du willst meinem Vater nicht begegnen.«

»Will ich auch nicht. Ich warte im Auto auf dich. Ich habe so 'ne Vorahnung, dass es nicht unbedingt zu deiner Zufriedenheit laufen wird, vielleicht brauchst du dann meinen Beistand.«

»Nein, ich werde nicht gehen, bevor er mir nicht alles erzählt hat. Auf die Erklärung für die Geheimnistuerei bin ich besonders gespannt.«

»Na gut. Ich fahre aber trotzdem mit. Du kannst mich nicht umstimmen.«

Sie redeten auf der Fahrt nicht viel. Aus den Augenwinkeln konnte Arden sehen, dass Eric sie immer wieder anschaute, aber sie ignorierte es. Im Kopf ging sie die Informationen durch, die sie bis jetzt erhalten hatte. Zugegeben, es waren nicht viele, aber sie würden ausreichen, um ihren Vater aus der Reserve zu locken. Es wird ihm nichts anderes übrigbleiben, als mir die ganze Wahrheit zu sagen, dachte sie. Ja, sie würde auf die ganze Wahrheit bestehen.

Als sie die Einfahrt zum Haus hochfuhren, stieg Unruhe in Arden auf. Sie glaubte, ihren Vater zu kennen, und doch hatte sie nun feststellen müssen, dass sie kaum etwas von ihm wusste. Schlimmer noch: Er hatte sie angelogen, sie fast zwanzig Jahre lang in Unwissenheit gehalten. Wie konnte sie ihm das jemals verzeihen?

Sie parkte ihren Mini direkt vor dem Haupteingang, schaltete den Motor ab und wandte sich an Eric. »Es könnte länger dauern, willst du nicht lieber im Haus warten?«

»Nein, ist schon gut. Ich werde mich schon irgendwie beschäftigen.«

Arden stieg aus und warf Eric noch einen Blick zu. Er sagte kein Wort, hielt nur die Daumen hoch und lächelte ihr aufmunternd zu. Sie schlug die Wagentür zu und ging ins Haus.

In der Vorhalle eilte ihr Mrs Hardy entgegen. »Ach, mein Kind, ich wusste gar nicht, dass du heute kommst. Dein Vater hatte nichts erwähnt.«

»Konnte er auch nicht, war ein spontaner Entschluss von mir. Jetzt bin ich aber sicher, dass er schon auf mich wartet.«

»Ja, er hat bestimmt deinen Wagen gehört, er sitzt im Arbeitszimmer. Soll ich dir etwas bringen? Wenn ich gewusst hätte, dass du kommst, hätte ich dir die Madeleines gebacken, aber so habe ich nur einen Cheesecake da. Möchtest du ein Stück?«

»Nein danke, Mrs Hardy, ich möchte nichts. Machen Sie sich keine Umstände.« Noch während sie sprach, lief sie die Treppe nach oben. Das Arbeitszimmer ihres Vaters lag im ersten Stock. Aus dem Fenster hatte man direkten Blick auf die Einfahrt. Somit war sie sich ziemlich sicher, dass er sie schon erwartete. Sie klopfte kurz an und riss die Tür auf. Ihr Vater saß am Schreibtisch und schaute sie fragend an.

»Waren wir heute verabredet? Ist mir etwas entgangen?« Ein Ausdruck, zu flüchtig, als dass Arden ihn hätte deuten können, huschte über sein Gesicht.

»Dad, lass das Theater! Als könnte dir etwas entgehen! Nein, wir waren nicht verabredet, aber ich muss dringend mit dir reden.«

Edward legte die Akte, in der er las, beiseite und deutete auf einen Stuhl. »Ich gehöre ganz dir, und du kannst kommen, wann immer dir danach ist, das weißt du.«

Arden nickte. »Dad, ich weiß nicht recht, wo ich anfangen soll, denn ich bin verwirrt, verletzt und furchtbar enttäuscht.«

Edward schaute sie nur abwartend an.

»Ich hatte letzte Nacht eine Begegnung mit

Vampiren.« Sie hielt kurz die Luft an und schaute ihm in die Augen. »Mit Vampiren, Dad!«

Edward verzog keine Miene und sagte nichts.

»Einer von ihnen wollte mir ein Geschenk machen und mich zu seiner Königin der Nacht machen. Er hat mich gebissen und ist daraufhin zu Staub zerfallen.« Um dem Gesagten Ausdruck zu verleihen, zog sie den Kragen ihrer Bluse beiseite und deutete auf die Stelle an ihrem Hals, wo sich zuvor die Wunde befunden hatte.

»Ja, so ist das mit den Vampiren.« Edward lächelte milde. »Sie kriegen den Hals nicht voll und wissen die Gefahr nicht einzuschätzen.«

»Ist das alles, was du dazu zu sagen hast?« Arden sprang vom Stuhl auf und trat an seinen Schreibtisch heran. Aufgebracht stützte sie sich mit den Händen an der Kante ab. »Sie beschimpften mich als Gefallenenbrut!« Daraufhin warf sie die Hände in die Luft und legte den Kopf in den Nacken. »Ich stand nur da und verstand nichts!«

»Sei nicht so theatralisch, mein Schatz. Dir ist doch nichts passiert.«

»Nichts passiert? Und die Ängste, die ich durchstehen musste? Das alles wäre doch nicht nötig gewesen, wenn du mich aufgeklärt hättest. Wenn du mir ehrlich die Wahrheit über mich erzählt hättest! Warum, Dad? Warum hast du mich angelogen?«

»Ich habe dich nicht angelogen. Ich habe dir nur nicht erzählt, dass du eine *Gefallenenbrut* bist.« Ein schmales Lächeln zuckte in seinen Mundwinkeln.

Arden kochte vor Wut. »Du findest das auch noch lustig? Ich fasse es nicht!«

»Mit Sicherheit hast du schon von deinem Dämonenfreund erfahren, dass dir nichts passieren kann. Also … wozu der ganze Aufstand?«

Arden überhörte die Anspielung auf Eric und fuhr fort: »Der ganze Aufstand wäre nicht nötig gewesen, wenn du ehrlich zu mir wärst. Und weiche nicht aus, ich warte auf deine Antwort. Warum das alles?«

»Also gut.« Edward fuhr sich resigniert durch die Haare. »Ich gebe auf. Es war der Wunsch deiner Mutter. Sie wollte für dich ein normales Leben. Ein Leben mit allem Drum und Dran. Ich habe es nicht hinterfragt. Warum auch? Ich konnte nicht richtig beurteilen, was daran so besonders sein sollte, ein Mensch zu sein, denn ich war ja nie einer.«

Mit offenem Mund stand Arden da. Sie setzte sich auf den Stuhl zurück und sackte zusammen.

»Sie liebte dich über alles und wollte unbedingt dieses Leben für dich. Also haben wir es akzeptiert, denn es sollte ja nicht für immer so bleiben. Nach deinem einundzwanzigsten Geburtstag wirst du erlöst sein und kannst das andere Leben genießen. Das Leben als Wesen.«

»Nachdem ich es jetzt weiß, ist es doch nicht mehr nötig, dass ich warten muss. Du kannst sofort diesen Bann lösen.« Sie sprang auf und schritt ungeduldig das Zimmer ab.

»Das kann ich nicht. Es liegt nicht in meiner Macht, das zu tun.«

»Warum nicht?«, fragte sie, die Arme in die Hüfte gestemmt.

»Ich bin nicht der Allmächtige. Ich bin auch nur *eine Engelsbrut* mit eigeschränkten Fähigkeiten. Deine Mutter traf diese Absprache mit jemanden, der es konnte, und er wird es auch sein, der dich von dem Bann befreien wird. Daran ist nichts zu ändern. Auch wenn du in die Hölle steigen würdest und ihn darum bitten würdest, würde er es nicht tun, und das aus einem einfachen Grund: Deine Mutter hat gewusst, was für ein Opfer sie für dich bringen würde, und dennoch zweifelte sie keine Sekunde, ob sie es tun sollte. Ich habe sie verloren und dich bekommen, also zweifle ihre Entscheidung nicht an, denn das hat sie nicht verdient.«

Arden fühlte sich plötzlich ganz klein. Wie konnte man einer toten Mutter böse sein, die nur das Beste für ihre Tochter wollte? Eine Tochter, die sie nie in den Armen gehalten und nie aufwachsen gesehen hatte.

Edward stand auf, umrundete seinen Schreibtisch und blieb vor Arden stehen. »Ich weiß, es ist nicht immer leicht im Leben.« Er bot ihr seine Hände an, die sie bereitwillig ergriff. »Aber du kannst stets auf mich zählen.« Er schloss sie in die Arme. »Und nicht nur auf mich. Es gibt viele, die dich lieben und sich um dich sorgen. Also glaube nicht, dass wir hier ein böses Spiel mit dir treiben.«

»Ich komme mir nur wie ein Dummchen vor. Die

ganze Welt schein es gewusst zu haben, nur ich nicht!« Trotzig vergrub sie ihr Gesicht in seiner Halsbeuge.

»Ja, alle haben es gewusst.« Zärtlich strich er ihr über das Haar. »Auch, dass es der Wunsch deiner Mutter war. Deshalb ist es nicht verwunderlich, dass es alle akzeptiert haben. Du machst dir viel zu viele Gedanken um etwas, was nicht zu ändern ist.« Er schob sie von sich. »Akzeptiere es und erfreu dich deines menschlichen Lebens, solange du noch kannst. Du hast nichts zu befürchten, danach könnte es allerdings anders aussehen.«

»Wie anders aussehen?« Sie wand sich aus seiner Umarmung. »Ich dachte, ich sei unsterblich!«

»Unsterblich zu sein heißt nicht zwangsläufig, sorgenlos leben zu können. Es warten Pflichten auf dich, die du zu erfüllen hast. Aber genug davon.« Er winkte ab. »Wir haben noch Zeit, darüber zu reden. Lass deinen Dämonenfreund nicht so lange warten.«

»Mein Dämonenfreund heißt Eric, Dad!«

»Das dachte ich mir.«

»Kennst du Eric?«, fragte sie ihn stirnrunzelnd.

»Nein, aber ich weiß, wer er ist.«

»Hast du ein Problem mit ihm?«

»Nein, nicht dass ich wüsste.«

»Ich frage ja nur, weil er offensichtlich Angst vor dir hat.«

»Das ist gut.« Edward lachte herzlich. »Dann wird es nicht nötig sein, ihn darauf aufmerksam zu machen, dass ich ihm den Hals umdrehe, wenn er zu weit gehen sollte.«

»Ach, Dad, lass die Drohungen! Eric ist nett und freundlich, so habe ich mir Dämonen wirklich nicht vorgestellt.«

»Na, dann warte ab, bis du den anderen begegnest. Die werden dich nicht enttäuschen und deine Erwartungen noch übertreffen, dessen bin ich mir sicher.«

Arden ging kurz ihren Gedanken nach, als es plötzlich aus ihr herausplatzte: »Werde ich später auch eine Jägerin werden?«

»Wie kommst du denn darauf?«

»Gestern tauchte ein Jäger auf, der die Vampire gründlich aufgemischt hat. Er hatte zwei Jagdhunde dabei. Ich sage dir, so etwas habe ich in meinem ganzen Leben noch nicht gesehen. Zwei riesige Bestien, die sich zu meiner Überraschung aber ganz zahm benommen haben.«

»Hast du *ihn* gesehen?« Edwards Gesichtszüge verhärteten sich plötzlich. Eine Sorgenfalte zog sich zwischen seinen Augenbrauen.

»Nein«, meinte sie zögerlich, »ich habe ihn nicht gesehen.« Das Gefühl, etwas ausgesprochen zu haben, was besser unerwähnt bleiben sollte, löste ein Prickeln in ihrem Nacken aus.

»Wo war es genau?«

»Wir waren gestern in einem Club in …«

»Heißt er zufällig NOIR?«, unterbrach er sie.

»Ja«, antwortete sie ganz verblüfft, »woher kennst du den Club?«

»Kenne ich nicht, nur dem Namen nach. Kennst *du* den Besitzer?«

»Nein«, sagte sie knapp. Alasdair war mit Sicherheit nicht Vaters Wunschkandidat, und ihr fielen spontan einige Gründe ein, warum sie seine Bekanntschaft vor ihm verbergen sollte. Was sie allerdings überraschte, war die Tatsache, dass er es nicht erkannte. Irgendwas hatte sich verändert. Sie besaß zwar ihre Kräfte nicht, aber ihr Vater konnte ihre Gedanken ebenso wenig lesen wie Gavin. Man könnte meinen, der Bann begann bereits zu bröckeln.

»Ich hätte eine Bitte an dich, Arden. Geh nicht mehr in diesen Club. Es gibt so viele Clubs in London, du kannst doch auf diesen einen verzichten.« Er hielt sie an den Oberarmen fest und schaute ihr in die Augen. »Versprich es mir, bitte. Es ist ein Dämonenclub, und ich möchte nicht, dass du dich mit dem Abschaum dort abgibst.«

»Soweit ich es sehen konnte, waren ganz normale Menschen dort.«

»Mit normal meinst du doch nicht etwa deinen Freund Eric, oder? Wann hast du denn erfahren, dass er ein Dämon ist? Ich glaube nämlich nicht, dass er sich dir gleich zu erkennen gegeben hat. Und tanzen kannst du auch woanders.«

Eins musste sie ihrem Vater lassen: Er hatte recht, was die Kreaturen betraf. Sie konnte keine erkennen, auch wenn sie direkt vor ihrer Nase stehen würden. Aber sie hatte jetzt einen Spürhund namens Eric.

»Ist gut, Dad, ich werde nicht mehr hingehen. Lisa wird zwar traurig sein, denn es ist zur Zeit *der* Club in London, aber was soll's, ich werde schon eine Ausrede finden.«

»Braves Mädchen.« Zufrieden drückte Edward sie an sich. »Jetzt lasse doch deinen Freund nicht so lange warten. Nächste Woche kannst du Aurelio anrufen. Ich werde ihm sagen, dass er dir einige Bücher vorbereitet, damit du einen Einblick in unsere Welt bekommst. Mit weiteren Fragen kannst du dann natürlich jederzeit zu mir kommen.« Er gab ihr einen Kuss auf die Stirn und drängte sie zärtlich in Türrichtung.

Mit großen Schritten nahm Arden die Treppe, verabschiedete sich von Mrs Hardy und saß kurz darauf im Auto. Ohne ein Wort zu sagen, startete sie den Wagen und fuhr mit gefühlten hundert Sachen die Auffahrt runter. Nach einer Weile platzte es aus ihr heraus: »Ich kenne den Besitzer des NOIR nicht, und ich werde nie wieder hingehen! All das habe ich zu meinem Vater gesagt. Ich habe ihn, ohne mit der Wimper zu zucken, angelogen. Was sagst du dazu?« Sie drehte sich erwartungsvoll zu Eric.

»Ich bin beeindruckt, aus dir wäre ein erstklassiger Dämon geworden. Wie kommt er auf das NOIR?«

»Ich blöde Nuss habe ihm von dem Jäger gestern Nacht erzählt. Daraufhin löcherte er mich mit Fragen und sprach das Hausverbot fürs NOIR aus.«

»Wirst du jetzt nicht mehr hingehen?« Ein wenig Hoffnung lag in Erics Stimme.

»Bist du verrückt? Natürlich werde ich hingehen. Jetzt, wo ich weiß, dass ich zu den Wesen gehöre, möchte ich auch andere kennenlernen. Ich wette, Alasdair und Serpit sind Vampire. Komm, sag schon, was sind sie?«

»Serpit ist eine Lamia«, presste er widerwillig durch die Lippen, »und Alasdair ist ein dunkler Engel. Einer der übelsten Sorte, sage ich dir. Eigentlich solltest du auf deinen Vater hören und ihm fernbleiben. Alasdair bedeutet Ärger, gewaltigen Ärger. Wenn das dein Vater rauskriegt, wird er uns für tausend Jahre in der Hölle einsperren. Hast du eigentlich herausbekommen, weshalb du deine Fähigkeiten nicht anwenden kannst?«

»Nein. Nur, dass es der Wunsch meiner Mutter war, dass ich bis zum einundzwanzigsten Geburtstag wie ein Mensch lebe. Mein Vater kann den Bann nicht aufheben, weil sie eine Abmachung mit einer höheren Macht getroffen hat. Es ist jemand aus der Hölle. Das kannst du doch rauskriegen, angeblich wissen es doch alle und lassen mich deswegen in Ruhe.«

Eric schüttelte den Kopf. »Von wem die Anweisung kommt, weiß ich nicht. Aber ich kenne die Strafe für diejenigen, die sie ignorieren sollten. Ihnen droht etwas, was dem Tod gleichkommt – die ewige Verdammnis.«

»Denk nach, wer könnte die Macht besitzen, die ganze Hölle in Schach zu halten?«

»Dumme Frage. Wir haben den Gott der Hölle, Satan, dann haben wir den König der Hölle, Luzifer, seinen Vizekönig Belial und den Gubernator Beelzebub. Also wie du siehst, gibt es einige, die in Frage kommen, und ich glaube, das sind noch nicht alle. Warum willst du das eigentlich wissen?« Ein Hauch von Misstrauen funkelte in Erics Augen.

»Wenn ich es rauskriege und denjenigen aufsuche, könnte er den Bann lösen und ich könnte … Was könnte ich denn dann eigentlich werden? Ich bin eine Gefallenenbrut, was bedeutet das genau?«

»Du bist ein Engel. Ein dunkler Engel.«

»So wie auch Alasdair einer ist?«

»Ja«, gab Eric nur ungern zu.

»Gibt es noch mehr weibliche Engel?«

»Es gibt noch Anesidora. Sie ist uralt und stammt aus der Zeit kurz nach dem Himmelsturz. Frage mich nicht, wo sie jetzt ist, denn niemand kennt die Antwort.«

»Schade, sie hätte mir sicherlich einige Tipps geben können. Von Frau zu Frau, versteht sich.«

»Warum bist du denn so erpicht darauf, den Bann loszuwerden? Du hast fast zwanzig Jahre ohne deine Kräfte gelebt, jetzt kannst du doch noch sechzehn Monate warten.«

»Ich will aber nicht warten! Der Verzicht hat keinen Sinn mehr. Ich bin ein Engel, besitze Kräfte und kann sie nicht nutzen! Es ist nicht fair!«

»Du könntest in die Hölle gehen, einen der Fünf, die

ich dir aufgezählt habe, fragen, wer es war. Die wissen es bestimmt. Oder aber du gehst in die Hölle, findest den Fluss Mnemosyne und trinkst daraus.«

»Ich trinke daraus, und was dann?« Verblüfft starrte sie Eric an.

»Dann wirst du dich wieder an alles erinnern können.«

»So einfach ist das? Warum kommst du erst jetzt mit dem Vorschlag?«

»Weil es nicht so einfach ist, wie du denkst«, zauderte Eric. »Zuerst musst du hinkommen, was schon sehr schwer für dich sein dürfte. Und auch, wenn du die Mnemosyne erreichen solltest und daraus trinken würdest, bringt sie nur deine Erinnerungen zurück, nicht deine Kräfte. Es ist gefährlich und gewagt und die Aussichten ziemlich mau. Wenn du mich fragst, ist es das nicht wert, sich den Gefahren auszusetzen.«

»Ich frage dich aber nicht«, fuhr sie ihn verärgert an. »Denn sollte es eine Möglichkeit geben, möchte ich sie nutzen. Eric verstehst du das nicht? Ich bin ein Engel, ich möchte fliegen können!« Die Vorstellung löste ein noch nie dagewesenes Hochgefühl in ihr aus.

Eric starrte sie an. Es war deutlich, dass er bereits bereute, diese Möglichkeit erwähnt zu haben.

»Okay, lassen wir es jetzt gut sein. Ich kriege einige Bücher von meinem Vater, die ich durchlesen sollte. Dann wirst du mir Rede und Antwort stehen, und wir werden sehen, wie es weitergeht. Ich fahre dich jetzt nach Hause. Ich will allein sein, um über alles nachzu-denken.«

Eric widersprach nicht, schaute nur stur aus dem Fenster. Ihre Entscheidung gefiel ihm nicht. Was soll's, ihr Leben lief auch nicht gerade zufriedenstellend. Warum sollte sie sich jetzt Gedanken um Eric machen? Lisa kam ihr in Sinn. Sie musste sie unbe-dingt anrufen und ihr die Neuigkeiten erzählen. Lisa war diejenige, mit der sie eigentlich alles teilte. Doch Arden hatte sich ihr gegenüber unfair verhalten, und Lisa war jetzt sauer auf sie. Fest entschlossen, alles wieder in Ordnung zu bringen, gab sie Gas und raste nach Hause.

18

DIE VERWICKLUNGEN UND DIE RÄTSEL

Schon seit ein paar Tagen folgte Sevier Eric. Seitdem er ihn bei Arden angetroffen hatte, ließ ihn das Gefühl nicht los, dass die beiden etwas ausheckten. Er traute dem Dämon nicht. Er musste unbedingt herausfinden, was für ein Spiel Eric spielte – und vor allem, für wen. Es kamen einige Unruhestifter in Frage, einer schlimmer als der andere. Auch die Geschichte zwischen Arden und Alasdair bereitete ihm schlaflose Nächte. Sie verhielt sich so untypisch, blockte sofort ab, wenn er sie auf ihn ansprach. Eigentlich sollte er mit Edward darüber reden, brachte es aber nicht fertig, Arden in den Rücken zu fallen. Natürlich müsste er sich auf etwas gefasst machen, wenn Edward erfahren würde, dass er ihnen nachstellte. Aber jetzt reicht es vorerst, sie alle im Blick zu behalten.

Es war an der Zeit, sich Eric vorzunehmen, das schwächste Glied dieser Kette. Er konnte sich nicht vorstellen, dass Eric der Drahtzieher war, vor allem nicht, wenn Arden im Spiel war. Die Angst vor Edward würde ihm das nicht erlauben. Außer … Nein, zu absurd, er verscheuchte sofort diesen aufkommenden Gedanken und ging schneller.

Der Dämon fing an zu laufen. Anscheinend hatte er bemerkt, dass ihm jemand gefolgt war. Sevier wusste, dass es keinen Sinn mehr hatte sich zurückzuhalten, und beschloss, Eric zu stellen. Im Bruchteil einer Sekunde materialisierte er sich vor Eric.

Der Dämon prallte mit voller Wucht gegen ihn. Noch bevor er realisieren konnte, was passiert war, hielt Sevier ihn fest.

»Sachte, Dämon, versuche es gar nicht erst!«

Eric zappelte ein wenig, gab dann aber auf. »Ich hasse es, wenn ihr das tut!«

»Was gefällt dir nicht?« Ein spöttisches Lächeln zeigte sich auf Seviers Lippen. Sein kalter Blick durchbohrte Eric und seine Finger wollten Erics Schulter zermalmen. »Wir werden uns jetzt unterhalten, Dämon, und versuche nicht, mir zu entkommen, denn das würde mich verärgern! Ich bin sicher, dass du mich nicht verärgern möchtest.«

Eric wand sich noch immer. »Du kannst loslassen, ich laufe schon nicht weg.«

»Sind wir uns also einig?« Sevier verstärkte den Druck.

Eric ging in die Knie. »Ja, Mann! Lass los!«

Sevier ließ von ihm ab und schaute zu, wie Eric sich langsam aufrichtete. »Also, Dämon, ich bin neugierig, was du mir zu erzählen hast. Ich bin ganz Ohr.«

Eric trat nervös auf der Stelle. »Ich verstehe nicht, was du meinst. Was habe ich schon zu erzählen, das für dich von Interesse sein könnte? Ich hänge mit ein paar Gruftis rum und habe eine schöne Zeit.«

»Ja, ich bin sicher, dass du es genießt, und ich bin mir auch ziemlich sicher, dass du nicht möchtest, dass sich das ändert. Deshalb reden wir jetzt ein ernstes Wort darüber, was du mir zu verheimlichen versuchst. Ich bin so nett und helfe dir auf die Sprünge. Das Zauberwort heißt Arden, klingelt da was bei dir?«

»Arden?« Eric räusperte sich.

Sevier sah, wie eine Hitze in Eric aufstieg und Flammen in seinen Augen lodern ließ. Ein untrügliches Zeichen, dass Eric sehr wohl Bescheid wusste.

»Also doch!«, sagte Sevier.

»Ihr sprecht über Arden?« Mit einem breiten Lächeln trat plötzlich Tom an die beiden heran und schlug Eric kumpelhaft auf die Schulter. »Scharfe Braut, nicht wahr?«

Eric wurde zusehend nervöser. »Hey, Mann, wo kommst du auf einmal her?« Mit betonter Lässigkeit versuchte er, die Nervosität zu überspielen.

»War im *Shit,* was zum Rauchen besorgen.« Er klopfte sich dabei vielsagend auf die Brusttasche seiner Jacke. »Guter Stoff, kann ich nur empfehlen.« Breit grinsend wandte er sich an Sevier, der ihn mit einem mürrischen Blick fixierte.

Eric mühte sich ein Lächeln ab. »Lass uns später abhängen, aber jetzt mach 'ne Fliege! Ich muss hier was klären.«

»Apropos klären, was ist mit Arden?«, fragte Tom unbeirrt nach.

Sevier schnaubte und schnappte Tom am Hals, der vor Schreck nach hinten stolperte.

»Wenn du nicht gleich 'ne Fliege machst, ramme ich dich ungespitzt in den Boden!«, zischte er ihm ins Ohr.

Tom röchelte, seine Augen traten bedrohlich hervor. Mit einer Hand versuchte er, Seviers Griff zu lösen, mit der anderen grapschte er hilfesuchend nach Eric.

Eric ging dazwischen. »Lass ihn los! Der Typ ist ganz harmlos, hat von nichts 'ne Ahnung.«

Sevier stieß Tom voller Verachtung gegen Eric und beide gingen zu Boden. Eric sprang auf die Füße und reichte Tom die Hand. Tom kam langsam hoch und stierte Sevier wütend an.

»Was sollte das gerade, Mann?«, schrie er. »Bist du völlig übergeschnappt?«

Sevier knurrte und schritt auf Tom zu.

»Hey, heeey, Leute!« Eric hob die Hände und fuchtelte vor Seviers Gesicht rum. »Das bringt doch nichts! Tom, du verschwindest jetzt lieber.«

»Ich will doch nur …«

»Zisch ab, du Dumpfbacke, bevor ich auch noch die Geduld mit dir verliere! Wir treffen uns später zu Hause und gehen dann was trinken, was hältst du davon?«

»Ist gut«, murmelte Tom, wandte sich ab und riskierte noch einen Blick auf Sevier. »Völlig irre, du Arschloch!«, schrie er ihn wütend an.

»Netter Umgang, den du da pflegst, Dämon, dafür hättest du die Hölle nicht verlassen müssen.«

»Du hast keine Ahnung, Gefallener, aber die Zeit des letzten Gerichts wird kommen und ihr alle werdet in der Hölle schmoren, ich freue mich schon darauf.«

»Wir sind nicht hier, um über mich oder die Kakerlaken, die diese Erde bevölkern, zu sprechen, sondern wegen Arden.«

Eric schob die Hände in die Jackentasche und zog die Schultern hoch. »Sie ist ein nettes Mädchen und hat so gut wie keine Ahnung. Die Unterredung mit ihrem Vater hat ihr nicht viel gebracht.«

Sevier zeigte auf den Pub an der Ecke. »Lass uns was trinken und in Ruhe darüber reden.«

Eric zog die Schulter noch enger an die Ohren, brummte kurz und folgte ihm.

Der Pub war fast leer. Sevier deutete auf einen kleinen Tisch in der äußersten Ecke. Eric nickte zustimmend. Sie nahmen Platz und bestellten zwei Guinness. Sevier trank gierig, und über den Glasrand beobachtete er Eric, wie er nervös an seinem Bier nippte. Dann setzte er das Glas mit einem lauten Knall auf den Tisch. Eric zuckte zusammen und schaute ihn entgeistert an.

»Ich will es kurz machen, Eric«, begann Sevier ohne Umschweife und beugte sich dabei bedrohlich über den Tisch »Was ich will, ist ganz einfach. Du verrätst mir, was ihr beide vorhabt, und ich lasse Gnade walten.«

»An dem Tag ihrer Begegnung«, räusperte sich Eric und straffte entschlossen seine Haltung, »begann sich ihr Schicksal zu erfüllen, ohne dass Arden Notiz davon genommen hat. Ich war dabei, ich habe es gesehen! Und übrigens, wir beide haben nichts vor! Es geht vielmehr um die Verwicklungen, die Rätsel, die gelöst, und die Gefahren, die gebannt werden müssen.«

»Wovon sprichst du?«

»Ich bin ihr an dem Tag begegnet, an dem sie Alasdair das erste Mal getroffen hat. Ich nenne es Fügung des Schicksals. Vielleicht aber war ich dort, weil sie ohne meine Hilfe nicht zurechtkommen wird.«

»Pah! Träum weiter! Du bist hier, weil dich einer dieser Dummköpfe heraufbeschworen hat. An deiner Stelle würde ich die Zeit hier genießen und mich nicht in Dinge einmischen, die dich nichts angehen, sonst kommst du womöglich noch zu Schaden. Und glaube mir, ich spreche nicht davon, dass du wieder in der Hölle landest.«

»Drohst du mir etwa?« Eric funkelte ihn an.

»Nein, das habe ich nicht nötig. Vielmehr appelliere ich an deinen Verstand und deine Vernunft. Wobei ich mich ernsthaft frage, ob es nicht zu viel verlangt ist, an die Vernunft eines Dämons zu appellieren.« Sevier drehte sein Bierglas in den Händen und schaute dabei Eric eindringlich an. »Was meinst du dazu?« Er konnte sehen, wie Eric gelassener wurde, obwohl er sich in seiner Gegenwart immer noch unwohl fühlte. Warum? Das musste er noch herausfinden.

Die Besonnenheit, mit der er Eric täuschen wollte, schien der ihm nicht abzukaufen. Eric war bewusst, dass er einen unberechenbaren Zeitgenossen vor sich sitzen hatte. Und wie recht er damit hatte, denn ein Dämon zählte nichts in seinen Augen. Und einer, der Arden zu nahe kommen könnte, lebte auf jeden Fall sehr gefährlich.

Eric nippte kurz an seinem Bier und schaute Sevier an. »Ich habe nicht vor, ihr wehzutun. Ich mag sie. Eher habe ich Angst, dass sie in absehbarer Zeit in Schwierigkeiten geraten könnte. Sie weiß jetzt, dass sie ein Wesen ist, hat aber ein dumpfes Gefühl, dass das nicht alles ist, was man ihr zu verheimlichen versucht. Warum klärt man sie nicht gänzlich auf? Was für einen Sinn hat das alles?«

»Ihr Vater hat beschlossen, ihr zumindest für eine kurze Zeit ein normales Leben zu ermöglichen, weil alles, was danach kommt, niemals mehr so unbeschwert sein wird. Er entsprach damit dem Wunsch seiner Frau, und wir alle haben es zu akzeptieren, denn es war nicht allein Viviens Wunsch. Aber das ist zweitrangig, wichtig ist jetzt, darauf zu achten, dass sie keine Dummheiten macht.«

»Alasdair wird das nicht aufhalten, im Gegenteil, er wird es sich zu Nutze machen. Sie hat bereits sein Interesse geweckt. Und was noch schlimmer ist, sie selbst ist von ihm besessen. Jetzt liegt sie mir ständig in den Ohren wegen der Einladung zu Serpits Party. Ich weiß, dass Serpit sie nicht dahaben will, aber auch sie kommt gegen Alasdair nicht an, und ihre Eifersucht wird sich nicht gegen ihn richten, sondern gegen Arden.«

»Nun, wegen Serpit mache ich mir keine Sorgen, sie weiß, was für sie auf dem Spiel steht. Sie wird keine Schwierigkeiten machen«, wiegelte Sevier ab.

»Und Alasdair?«

»Der ist natürlich ein Problem. Ich sehe keinen anderen Ausweg, als Edward zu informieren.«

»Da wird es Ärger geben, das sage ich dir gleich.« Eric wurde sichtlich nervös. »Das wird sie endgültig in seine Arme treiben. Schon jetzt benimmt sie sich wie eine Motte, die das Licht umkreist und dabei ist, sich die Flügel zu verbrennen. Es ist etwas zwischen den beiden, das man sich nicht erklären kann. Wobei, bei Alasdair habe ich so meine Zweifel. Aber was weiß ich schon von der Liebe.«

Sevier hob langsam den Kopf. »Einen Zauber hätte man es früher genannt. Heute begnügte man sich mit so was Nüchternem wie Chemie. Auf jeden Fall ist es eine unwillkommene Macht, die die beiden zueinander führt.«

»Und was bedeutet das?«

»Der, der die beiden kennt, würde es eine explosive Mischung nennen.«

»Und was bedeutet das genau?« Eric ließ nicht locker.

»Wer kann das schon mit Sicherheit sagen. Ist es die Rettung für diese Welt oder ihr Verderben? Ich persönlich tippe eher auf das Verderben. Hast du Alasdair schon mal in Aktion erlebt?«

»1485, hier in London«, sagte Eric. »Damals brach diese unheimliche Krankheit aus, die man ›Englischer Schweiß‹ nannte und die Tausende dahinraffte.«

»Ja, ich erinnere mich. Bis heute stellt man über ihren Ursprung nur Vermutungen an. Wir kennen die Wahrheit. Alasdair war in der Stadt und vertrieb sich die Zeit.«

»Warum hält ihn niemand auf? Warum lässt Gott so etwas zu?« Eric hob fragend den Blick.

Sevier lachte spöttisch. »Gott? Ihm ist doch egal, was hier passiert. Er sieht es als eine Prüfung an, die man auf sich nehmen muss, um in sein Himmelreich zu gelangen. Edward versucht es hin und wieder, aber er kann auch nicht überall sein.«

»Möglicherweise ist Arden die Lösung.« Eric beugte sich verschwörerisch über den Tisch. »Möglicherweise kann sie ihn besänftigen«.

»Du bist naiv, Dämon. Du lebst doch lange genug, um zu wissen, dass das nicht möglich ist. Er ist, was er ist, und das vermag keiner mehr zu ändern. Ja, er ist grausam, aber es gibt Menschen, die ihn übertreffen. Die Welt ist doch voll von solchen Typen, die gnadenlos und ohne jegliche Rücksicht ihresgleichen unterwerfen und töten. Wir sind alle Kinder Gottes, und ein Mord ist definitiv keine Fahrkarte in den Himmel.«

»Nein, nein«, schüttelte Eric den Kopf. »Die Grausamkeiten verblassen, wenn man einen Blick auf die

Bestie, die in Alasdair schlummert, erhascht. Glaube mir, man ist aus Angst, sie zu wecken, bemüht, auf Zehenspitzen zu gehen und leise zu sprechen. Bei seinem Aussehen vergisst man leicht, dass er kein normaler Mensch ist und dass das Böse in ihm jederzeit ausbrechen und sein Dasein einfordern kann.«

»Für uns ist das nichts Neues.« Sevier rieb sich nachdenklich das Kinn. »Doch wir müssen Arden schützen.«

»Wie stellst du dir das vor? Wir können sie nicht schützen! Am besten wäre es, diesen Bann aufzuheben und es ihr selbst zu überlassen. Ich bin sicher, sie würde ihn durchschauen und fallenlassen.« In Erics Augen loderte der Eifer. Schnell senkte er den Kopf und schloss die Augenlider.

Sevier lächelte amüsiert. Als Eric ihn wieder ansah, fixierte Sevier ihn wieder mit stoischer Miene. »Gut, ich werde für's Erste nichts unternehmen. Du wirst in ihrer Nähe bleiben und Acht auf sie geben. Sollte es brenzlig werden, wirst du mich umgehend informieren. Ich verlasse mich auf dich. Enttäusche mich nicht, denn ich bin sehr nachtragend.« Sevier erhob sich vom Stuhl und blieb neben Eric stehen. »Du wirst es schon schaffen.« Fast väterlich legte er Eric die Hand auf die Schulter, drückte sie sanft und verließ den Pub.

Sevier hatte nicht wirklich Angst, dass Arden unvernünftig handeln könnte. Er war nur etwas misstrauisch geworden, als sie sich zu Alasdair nicht hatte äußern wollen. Alasdair war jedes Mittel recht, Edward zu treffen. Und Arden war die richtige Waffe für diesen Zweck, da war er sich sicher.

Dann war da noch das Buch, das Eric mit keinem Wort erwähnt hatte. Ob die beiden ahnten, was für ein Buch sie da besaßen? Anscheinend hatten sie sich damit nicht weiter befasst, oder hatte Eric die Veränderung mit Absicht verschwiegen? Sevier beschloss, sie beide im Auge zu behalten. Das war der einfache Part. Mehr Sorgen machte er sich wegen Alasdair. Doch ihm selbst waren die Hände gebunden. Sevier war bewusst, dass er in diesem Fall Edward nur begrenzt helfen konnte, aber er würde sich Mühe geben und Alasdair auf die Finger schauen. Er sollte wissen, dass es jemanden gab, der ihn beobachtete.

19

MORGEN WIRD ALLES BESSER

»Was ist los mit dir? Hast du schon genug für heute?«

Arden schaffte es gerade noch, ihren Arm hochzuheben, um ihr Gesicht vor dem nächsten Schlag zu schützen. Zornig funkelte sie Hamid an. »Das hättest du wohl gerne!« Mit einem Schlag gegen seine Schulter griff sie erneut an.

»Autsch!«, machte er, doch er lächelte, als hätte sie ihn nur zärtlich berührt. »Du kämpfst wie ein kleines Mädchen! War das jetzt alles?«

Energisch umfasste sie ihren Kampfstab in der Mitte und ließ ihn zwischen ihrem Daumen und der offenen Handfläche ihrer rechten Hand ein paarmal seitlich kreisen. Obwohl jeder Muskel in ihrem Körper angespannt war, hatte sich ihr Herzschlag beruhigt. Dann griff sie erneut an. Den Bō jetzt mit beiden Händen umklammert, zielte sie auf Hamids Kopf. Hamid hingegen ergriff die Enden seines Stabs und hielt ihrem Schlag stand. Sie schlug nach seinen Beinen. In einer gekonnten Bewegung wehrte Hamid sie jedoch ab und holte aus. Ihre Stäbe kreuzten sich.

»Genug getänzelt!« Hamid trat entschlossen nach vorne. »Jetzt wird es ernst. Ich habe nämlich nicht vor,

Rücksicht auf dich zu nehmen!« Um seinen Worten Nachdruck zu verleihen, stellte er sich breitbeinig hin, fasste seinen Bō mit beiden Händen und hielt ihn waagerecht vor seine Brust. Sein Blick war hart und provokant.

»Du weißt es also schon. Oder besser noch, du wusstest es schon die ganze Zeit über!«, fauchte sie ihn an. Sie holte aus und schlug waagerecht in Richtung seines Halses, als wollte sie ihn enthaupten. Hamid bückte sich, entging somit dem Treffer und griff sie seinerseits an. Sie schaffte es, ihn abzuwehren, doch die Wucht des Schlags ließ sie einen Schritt zurückstolpern. Sie wollte sich aus Hamids Reichweite bringen, aber es gelang ihm, ihr einen kräftigen Schlag in die ungesicherte Flanke zu verpassen, und sie ging zu Boden.

Sofort drehte sie sich auf den Rücken und kickte Hamid die Beine weg. Er fiel auf die Knie und stieß einen lauten Fluch aus.

Arden sprang auf und rannte zu der Wand hin, an der die Kampfwaffen hingen. Eilig riss sie zwei Kamas aus ihrer Halterung und bewegte sich, in jeder Hand eine Kama fest umklammert, auf Hamid zu. Ihre Augen funkelten vor Zorn.

»Ich dachte, wir sind Freunde! Seit meinem fünften Lebensjahr trainieren wir zusammen. Ich sehe dich öfter als meinen Vater!«

»Bedeutungslos«, erwiderte er trocken.

Ein nervöses Kribbeln breitete sich in Ardens

Körper aus. Die Griffe der Waffen locker umfasst, balancierte sie die Kamas auf ihren Zeigefingern, um den Punkt für die richtige Balance zu finden. Dann ließ sie sie um ihre Handgelenke kreisen. Dabei rutschten ihre Hände nach unten und sie bekam die Kamas am unteren Ende des Griffs zu fassen. Langsam löste sie den festen Druck ihrer Finger und holte weit aus. Ihre Arme schnellten nach vorne, die Handflächen schlossen sich um die Griffe und gaben den Schwung an die Waffen weiter.

Es krachte. Das Holz splitterte, als sie die zwei sichelartigen Klingen mit ihrer ganzen Kraft auf Hamids Bō fallen ließ und er plötzlich zwei kurze Stöcke in den Händen hielt.

Verärgert kickte er das Mittelteil beiseite. »Na und? Willst du mir jetzt die Schuld dafür geben, dass du so ein schönes, ruhiges Leben hattest, anstatt dich mit den Dämonen rumzuschlagen wie wir alle!«

Sie funkelte ihn trotzig an. Ein kleiner Moment der Unachtsamkeit, den Hamid ausnutzte und ihr einen Tritt gegen den Solarplexus verpasste. Die Wucht des Tritts schleuderte sie gegen die Wand und sie blieb benommen liegen.

Hamid kam auf sie zu und reichte ihr die Hand. Sie nahm sie und ließ sich von ihm auf die Beine ziehen.

»Arden, ich bin dein Kampftrainer, nicht deine Amme. Meine Aufgabe ist es lediglich, dich auf die Zeit *danach* vorzubereiten, und wie ich heute gesehen habe, gibt es noch einiges zu tun. Du wirst leicht unaufmerksam. Du darfst niemandem trauen, sei stets auf der Hut!«

»Na toll! Zuerst soll ich ein Mensch sein, und dann soll ich plötzlich meine Menschlichkeit ablegen, als wäre sie ein Mantel, den man beliebig an- und ausziehen kann.«

»Genauso ist es. Nicht in jeder Situation kannst du dir erlauben, Emotionen zuzulassen. Sie können bei dem, was du tust, hinderlich sein und sogar Menschen das Leben kosten. Es muss in deinem Inneren einen Kampfmodus geben, auf den du umschalten kannst, damit du in jeder Situation einen klaren Kopf behältst. Menschlich zu sein ist keine Schwäche. Aber du solltest Gefühle wie Wut und Hass besser in den Griff bekommen. Glaube nicht, dass ich nicht erkenne, wie du krampfhaft über eine Möglichkeit nachdenkst, mich in die Knie zu zwingen. Vergiss es!« Er drehte ihr den Rücken zu.

Das war das Stichwort für Arden. Sie ging in die Knie und sprang nach oben. Ihre Finger schlossen sich um die Eisenstange, die zwischen den Balken des offenen Dachstuhls als Verstärkung diente. Sie nahm Schwung, spannte die Muskeln an und ließ sich auf Hamid fallen. Doch er sprang zur Seite, und Arden landete dicht neben ihm.

»Siehst du! Das ist es, wovon ich gerade gesprochen habe.« Er schüttelte ungläubig den Kopf und begab sich zur Tür, und in diesem Moment platzte Lisa rein. Er drehte sich noch einmal um und blieb stehen. »Ich meine es ernst. Denk darüber nach. Es ist wichtig.« Freundlich lächelte er Lisa zu und verließ den Raum.

Lisas Blick wanderte verständnislos von der Tür, hinter der Hamid verschwand, zu Arden, die auf dem Boden saß. »Womit hast du Hamid so in Rage gebracht?«, kam sie auf Arden zu.

»Mit meiner Wut, die ich loswerden wollte.« Ihr Gesicht verzog sich unter Schmerzen, als sie mit beiden Händen gegen ihre Seite drückte, die Hamid mit seinem Bō getroffen hatte.

»Hat wohl nicht geklappt.« Lisa konnte sich ein Schmunzeln nicht verkneifen.

»Wo warst du die ganze Zeit? Ich hätte dich gebraucht.«

»Ich war bei Tom. War Eric nicht bei dir?« Besorgnis lag in Lisas Blick. »Ist etwas zwischen euch vorgefallen?«

»Das waren drei beschissene Tage, sage ich dir.«

Lisa setzte sich zu ihr und ergriff ihre Hand. »Komm, erzähl schon. Was war los?«

»Wo soll ich anfangen?« Nachdenklich schaute sie auf ihre Hände.

»Du und Eric wart doch im NOIR, oder?«

»Ja. Es war auch nett. Zumindest anfangs. Dann …«

»Was dann?« Lisas regloses Gesicht konnte Arden nicht über die Aufregung, die in ihr tobte, hinwegtäuschen.

»Dann habe ich Alasdair getroffen.«

»Verdammt, ich wusste es!« Lisa sprang auf und brummend lief sie hin und her. »Ich habe dich gewarnt, wir alle haben dich vor ihm gewarnt. Er ist ein arglistiger, gefühlskalter Typ. Alle können es sehen, nur du nicht!« Lisa ließ sich wieder neben Arden nieder. »Entschuldige, aber ich kann nicht anders, wenn es um diesen Typ geht. Erzähl weiter.«

»Wir hatten Sex. Dann sagte er mir, er habe etwas zu erledigen, und ich ging.«

Lisa sog scharf die Luft an. »Und dann?«

»Dann sah ich ihn mit zwei gutaussehenden Frauen an der Bar flirten.«

»Wo war denn Eric die ganze Zeit?«

»Du meinst doch nicht wirklich, er könnte mich von etwas abhalten?« Arden schaute Lisa direkt in die Augen. »Ich bin kein kleines Mädchen, das vor allem beschützt werden muss. Ich bin auch nicht blind und auch nicht masochistisch veranlagt. Es ist nur so, dass ich etwas sehe, was ihr nicht seht.«

»Sag jetzt bloß nicht, er ist tief in seinem Herzen ein warmherziger, mitfühlender Mensch und wir können es nur nicht erkennen.«

»Nein, er ist kein Mensch und ich auch nicht«, flüsterte sie und senkte den Blick.

Lisa schüttelte verständnislos den Kopf, was ihre roten Locken zum Wippen brachte. »Was meinst du damit? Es mag sein, dass er ein Monster ist, aber du bist der liebenswürdigste Mensch, den ich kenne!«

»Eben nicht! Wir sind beide Monster. Und wir

dürfen Eric nicht vergessen! Und Serpit, Sevier, meinen Vater und viele mehr auch nicht! Alles Monster!«

Lisa schaute sie mit offenem Mund an, die Stirn in tiefe Falten gelegt. Sie blinzelte mehrmals.

»Bevor du zu dem Schluss kommst, dass ich verrückt geworden bin, musst du unbedingt die ganze Story hören. Aber bitte keine voreiligen Schlüsse ziehen!« Sie verstummte und eine drückende Stille breitete sich aus.

»Was hältst du davon, wenn wir zu dir fahren?«, sagte Lisa nach einer Weile. Ihre Augen spiegelten ihre Verwirrung, aber sie tat so, als hätte sie die leise Warnung in Ardens Stimme nicht wahrgenommen. »Etwas bei Kevin bestellen und uns einen schönen blue monday machen?«

»Klingt gut.« Arden stand auf, schnappte sich ihre Sporttasche und zog Lisa hoch.

∗

Als Arden die Haustür aufsperrte, kam ihr Kater angerannt. Mit einem klagenden Maunzen strich er um ihre Beine. Arden bückte sich und streichelte sanft über sein schwarz glänzendes Fell. »Hallo Onyx, ich war doch gar nicht so lange weg. Tu nicht so wehleidig.« Sie ließ von dem Kater ab und wandte sich an Lisa. »Ich dusche schnell und ziehe mir etwas Bequemes an, kannst du bitte für uns beide bestellen?«

Sie rannte die Treppe hoch, und als sie die Schlafzimmertür hinter sich geschlossen hatte, lehnte sie sich dagegen. Ihr Atem ging schnell, ihr Puls raste. Gleich würde sie Lisa von ihrem Geheimnis erzählen. Ob sie sie wohl für übergeschnappt hielt? Im Auto hatte Lisa hartnäckig das Thema gemieden und von ihrem Wochenende mit Tom erzählt. Sie würde Augen machen, wenn sie ihr alles haarklein berichtete. Arden pfefferte ihre Tasche in die Ecke und ging ins Bad.

Als sie kurz darauf wieder nach unten ging, duftete es aus der Küche verführerisch nach exotischen Gewürzen. »Das ging aber schnell!«

»Ja, Kevin hat anscheinend nicht viel zu tun. Abgesehen davon bin ich sicher, wenn eine Bestellung von dir kommt, lässt Kevin alles liegen und kocht nur für dich. Es erstaunt mich, dass er nicht selbst gekommen ist, um sicherzugehen, dass du dein Essen so schnell wie möglich bekommst.« Ein vielsagendes Lächeln breitete sich auf Lisas Lippen aus.

»Mach dich nur lustig, du selbst willst doch immer bei Kevin essen, weil es *sooo* lecker schmeckt und der Laden *sooo* gemütlich ist.«

»Ja, aber auch, weil ich deine Freundin bin. Bei Kevin werden deine Freunde bevorzugt. Ist dir nie aufgefallen, dass er auf dich steht? Aber natürlich nicht, du hast nur Augen für diesen Mister Obercool!«

»Wobei wir wieder beim Thema wären.« Arden seufzte und stellte das Essen auf ein Tablett. »Lass uns im Wohnzimmer essen.« Sie nahm das Tablett und

276

ging ins Wohnzimmer. Sie hörte aus der Küche das Geschirr klappern, und kurz darauf erschien Lisa mit zwei aufeinandergestapelten Schälchen und Gläsern in der Hand. Arden stellte das Tablett ab und nahm sich eine der weißen Schachteln mit dem Curry, gab etwas Reis dazu und setzte sich im Schneidersitz aufs Sofa. Über den Rand des Kartons beobachtete sie Lisa, wie sie ihr Essen auswählte und sich in den Sessel ihr gegenüber fallen ließ. Sie aßen wortlos und warfen sich ab und zu einen Blick zu.

»Was hast du damit gemeint, dass ihr Monster seid?«, unterbrach Lisa schließlich das Schweigen und schob sich erwartungsvoll auf die Sitzkante vor.

»Hmm.« Arden schluckte das Essen runter und räusperte sich. »Lass mich ein wenig ausholen. Nach der Nummer mit Alasdair im Club hat Eric mich dazu überredet, zu gehen. Da wir aber kein Taxi gefunden haben, sind wir zu Fuß zur Hauptstraße gelaufen. In einer der Gassen wurden wir überfallen.«

»Was?« Lisa verschluckte sich an ihrem Essen.

»Beruhige dich. Wie du siehst, ist mir nichts passiert.«

»Wer hat euch denn überfallen?« Lisa rutschte im Sessel herum und suchte nach einer halbwegs bequemen Sitzposition.

»Das ist schwierig zu erklären.«

»Habt ihr die nicht gesehen?«

»Doch, wir haben sie gesehen und nicht nur das.«

»Was meinst du damit?« Lisa starrte sie gebannt an.

»Wir haben eine interessante Unterhaltung mit Gavin geführt. Das war der Anführer und zudem ein Vampir.«

Die Stäbchen mit einer Frühlingsrolle stockten auf halbem Weg zu Lisas Mund. »Willst du mich veräppeln?« Sie ließ die Frühlingsrolle fallen.

»Siehst du? Das war das, was ich auch gedacht habe. Dann aber hat Gavin seine gierigen Fänge in meinem Hals vergraben und mir wurde schlagartig klar, dass es kein Scherz ist, sondern bitterer Ernst.«

»Und wo war Eric!?«, schrie Lisa hysterisch.

»Er war bei mir und wurde von vier Vampiren in Schach gehalten. Eric ist ein Dämon!«

Lisas Augen weiteten sich. »Arden, wenn du dir jetzt einen Scherz mit mir erlaubst, werde ich dir das übelnehmen, das weißt du hoffentlich.«

»Glaubst du wirklich, ich bin nach all dem noch zu Scherzen aufgelegt? Was glaubst du, was ich die letzten drei Tage gemacht habe? Ich spreche von den drei Tagen, an denen ich dich nicht erreichen konnte. Ich habe dich mindestens hundertmal angerufen!«

»Ist gut, ich habe verstanden!« Lisa entfuhr ein Seufzer. Sie schob sich verlegen eine Strähne ihres roten Haares hinter das Ohr und zog sich zurück in den Sessel. »Wie seid ihr denn da rausgekommen?«, flüsterte sie.

»Wie ich schon sagte, Gavin hatte mich gebissen und ist daraufhin zu Staub zerfallen. Die anderen beschimpften mich als Gefallenenbrut und wurden von einem Jäger mit zwei Höllenhunden gejagt. Eric brachte mich nach Hause und blieb. Ich bin in einen tiefen Schlaf gefallen, der einem Komma ähnelte, und am nächsten Tag sind wir zu meinem Vater gefahren.« Während sie Lisa haarklein die Details ihrer Herkunft erzählte, starrte Lisa sie mit offenem Mund an.

»Ist dein Vater jetzt auch ein Engel? Wo sind seine Flügel? Hast du sie gesehen?«

»Nein, er hat mich vertröstet und versprochen, einige Bücher vorzubereiten, in denen ich alles nachlesen kann.«

»Kann ich sie auch lesen?«

»Klar kannst du das.« Arden lächelte. Sie war erleichtert, dass Lisa ihr anscheinend Glauben schenkte.

»Warum warst du auf Hamid so sauer?«

»Weil er Bescheid wusste. Alle um mich herum wussten Bescheid. Ich komme mir wie eine ahnungslose Idiotin vor!«

»Ja, aber wenn das der Wunsch deiner Mutter war, ist es doch nicht so schlimm. Sie hat sich mit Sicherheit etwas dabei gedacht. Sie wollte sicher nur das Beste für dich.«

»So wie deine, als sie dich von ihrer Schwester adoptieren ließ? Und du nach Jahren erfahren musstest, dass deine Eltern eigentlich deine Tante und dein Onkel sind und deine Brüder deine Cousins?«

»Mütter! Wer weiß schon, was in ihnen vorgeht, wenn sie solche Entscheidungen treffen.« Lisa zog die Schultern hoch.

»Du hast zumindest noch die Möglichkeit, es von ihr zu erfahren. Meine Mutter dagegen ist tot. Ich kann nur mutmaßen. Wenn wir schon dabei sind: Wann hast du denn deine Mom das letzte Mal gesehen?«

»Vor zwei Jahren etwa. Damals ist Awa wieder mal in einer Anstalt gelandet. Sie war total durchgedreht und faselte etwas von dem Sohn der Finsternis, der zurückgekehrt wäre und das Unheil über uns bringen würde. Zudem behauptete sie, eine Hexe zu sein. Sie sagte auch, sie wurde von Dämonen bedroht.« Lisa stockte der Atem. »Wir alle hielten sie für total irre, ich habe mich für sie geschämt. War froh, dass Tante Rachel mich adoptiert hatte und ich so tun konnte, als hätte ich nur eine verrückte Tante. Was ist, wenn sie doch die Wahrheit gesagt hat? Wenn dein Vater ein Engel ist, kann meine Mutter doch eine Hexe sein. Das ist doch glaubhafter als ein Engel.«

»Alles ist glaubhafter als ein Engel. Mein Vater ist aber einer, ich bin auch einer und Alasdair auch.«

»Meinst du, dass es den Sohn der Finsternis wirklich gibt?«

»Vor drei Tagen hätte ich dich ausgelacht, aber jetzt …« Arden stand auf und ging in die Küche. Als sie zurückkam, hielt sie ein Messer in der Hand.

»Was hast du vor?« Lisa starrte sie entgeistert an.

»Ich will dir nur etwas zeigen.« Sie setzte das Messer an die Handfläche und zog es leicht über die Haut. Eine rote Linie bildete sich sofort, und Blut tropfte auf den Boden. Schnell griff Arden nach einer Serviette und drückte sie fest auf die Wunde.

»Was passiert jetzt?« Verwirrt sah Lisa sie an.

»Ein wenig Geduld musst du schon noch haben«, flüsterte Arden verschwörerisch. Sie ließ sich auf das Sofa fallen und griff nach ihrem Curry.

»Ich wusste, dass mit Alasdair etwas nicht stimmt«, sagte Lisa. »Ich wäre aber nie darauf gekommen, dass gerade er ein Engel sein sollte. Verstehe mich nicht falsch, er sieht definitiv wie einer aus, aber er ist durch und durch durchtrieben. So stelle ich mir Engel nicht vor.« Lisa holte ein Glas vom Tisch und wollte sich Wasser einschenken, als sie in ihrer Bewegung innehielt. »Hast du vielleicht etwas Stärkeres da?«

Arden deutete auf den Schrank hinter Lisa. »Ist genug Alkohol da. Bedien dich.«

Lisa ging zum Schrank und hielt eine Flasche Wodka hoch. »Willst du auch einen Schluck?«

»Nein«, erwiderte Arden. »Von den Geschehnissen bin ich schon genug berauscht, ich muss einen klaren Kopf behalten. Die Sauferei kostet mich viel zu viel Kraft, ich muss damit aufhören.

Lisa kicherte.

»Was ist so lustig?«

»Ich habe mir gerade vorgestellt, wie du schwankend deine Flügel hinter dir herschleifst. Wirklich kein schöner Anblick und eines Engels nicht würdig.« Sie nahm noch einen Schluck, und ihre Augen wurden glasig, als sich der Wodka in ihrem Körper ausbreitete.

»Ich bin ein dunkler Engel, der Hölle entsprungen. Ich glaube nicht, dass sich die Hölle an meinen Umgangsformen stören würde. Ich tue es nur für mich. Im Moment habe ich genügend Probleme und Alkohol wäre keine passende Lösung«, sagte sie, ohne Lisa anzusehen, und stocherte dabei lustlos in ihrem Essen.

»Was hast du jetzt vor?«

»Weiß ich nicht genau. Zuerst muss ich alles in Erfahrung bringen, was die anderen bereit sind, mir zu erzählen. Schau.« Arden streckte ihre linke Hand aus. »Keine Spur mehr von der Wunde.«

»Wow!« Lisa sprang auf von ihrem Sessel und setzte sich neben Arden auf das Sofa. »Zeig mal!« Neugierig untersuchte sie Ardens Handfläche. »Tatsächlich! Wenn jetzt das trockene Blut nicht wäre, würde ich nicht glauben, dass du dich geschnitten hast. Kannst du noch mehr?«

»Keine Ahnung, meine Fähigkeiten scheinen blockiert zu sein, die Selbstheilung ist zu meinem Schutz da. Ich könnte dich vielleicht mit meinem Blut heilen oder umbringen – so wie die Vampire. Ich weiß eigentlich nichts darüber. Wenn in einem die tollsten Fähigkeiten schlummern, man sie aber nicht nutzen kann, sind sie wertlos. Das frustriert mich.«

»Vielleicht lässt sich dein Vater doch noch über- reden.«

»Nein. Er sieht auch nicht ein, warum ich es so eilig habe und nicht bis zu meinem einundzwanzigsten

Geburtstag warten kann. Aber bis dahin ist es noch mehr als ein Jahr!«

»Dann musst du wohl oder übel warten.«

»Ich kann nicht sechzehn elendige Monate warten! Kommt nicht infrage! Ich will und werde etwas unternehmen. Auch wenn es für mich heißt, dass ich in die Hölle gehen muss.«

»Wahrscheinlich ist alles möglich«, sagte Lisa nach einer Weile zaghaft.

Arden ging nicht davon aus, dass Lisa wirklich verstand, wie wichtig ihr das war und wie unrealistisch sich doch ihre Hoffnung auch für sie anfühlte. »Wahrscheinlich«, sagte sie nur.

»Was meint Eric dazu? Ein Dämon muss doch Zugang zu der Hölle haben.« Lisa legte eine Pause ein, holte tief Luft und schaute dann Arden mit großen Augen an. »Ich kann nicht fassen, dass ich das gerade gesagt habe. Das alles ist so surreal. Zwick mich mal bitte!«

»Es ist mein Albtraum, nicht deiner. Abgesehen davon habe ich mit Eric schon darüber gesprochen. Es gibt zwei Möglichkeiten.«

»Na, siehst du! Es ist doch nicht so aussichtslos.«

»Entweder suche ich einen der Höllenfürsten auf und bringe ihn dazu, mir zu verraten, wer den Bann ausgesprochen hat, oder ich suche in der Hölle den Fluss Mnemosyne und trinke sein Wasser.

»Also die Wahl zwischen Pest und Cholera.«

»Genau. Dazu keine Garantie auf Erfolg. Auch

wenn ich rauskriegen sollte, wer den Bann ausgesprochen hat, heißt das nicht, dass er bereit ist, ihn zurückzunehmen. Das Wasser der Mnemosyne sollte mir nur die Erinnerungen zurückgeben, wahrscheinlich sind die Fähigkeiten nicht inbegriffen.« Arden seufzte. »Warum hat meine Mutter das getan?«

»Es bringt jetzt nichts, darüber zu grübeln. Es ist, wie es ist.«

»Einen Versuch ist es allemal wert.« Arden wollte dieses ungute Gefühl vertreiben, das unaufhaltsam in ihr hochstieg wie der Pegel bei Flut. Es gelang ihr nicht. »Ein Ziel – eine Hoffnung«, wisperte sie nur und klang um einiges überzeugter, als sie sich fühlte.

Lisa schenkte ihr ein schüchternes Lächeln. »Soll ich heute bei dir schlafen?«

»Ja, das wäre toll.«

»Na gut, dann lass uns jetzt schlafen gehen, morgen wird alles besser. Also verschieben wir es auf morgen, Scarlett.«

»Ja, morgen will ich darüber nachdenken. Morgen wird mir schon etwas einfallen. Schließlich, morgen ist auch noch ein Tag.«

20

EIN TOTER MANN

Das Quietschen der rostigen Eingangstür riss Bohumil aus dem Schlaf. Auf dem Gang redete jemand und er hörte Schritte. Hastig sprang er aus dem Bett und rannte mit hämmerndem Herzen zur Tür. Die Schritte näherten sich. Er presste sein Ohr fest gegen das Holz und hielt den Atem an.

»Es ist nicht luxuriös«, hörte er die Stimme seines *Kerkermeisters*, »aber hier wird dich niemand suchen. Ich will nur sichergehen, dass wir in der Endphase keine Schwierigkeiten bekommen.«

»Ist mir gleich, alles ist besser als die Anstalt«, antwortete eine Frauenstimme. Bohumil konnte sein Glück nicht fassen. So wie es aussah, würde er Gesellschaft bekommen. Als die Stimmen sich etwas entfernt hatten, öffnete er die Tür einen Spalt. Er konnte noch einen letzten Blick auf die Frau erhaschen. Sie wirkte neben Alasdair zerbrechlich klein, trug einen knielangen, dunklen Mantel und schwarze Stiefel. Was Bohumil besonders fesselte, war ihr langes, kupferrotes Haar, das in Wellen auf ihrem Rücken lag. Er war von dem Anblick dieser glühenden Lohe so gebannt, dass er auf die Bestie nicht achtete. Als ihre Schnauze mit den gebleckten Zähnen vor seinem Gesicht auftauchte, schrie er auf und knallte die Tür zu. »Verdammtes Mistvieh!«, schimpfte er. Seine Beine gaben zitternd nach und er rutschte zu Boden. Mit der Tür im Rücken saß er da, und seine Gedanken kreisten fieberhaft um die Frau. Sie war keine Gefangene, das war sicher. Was hatte sie mit diesem Kerl zu schaffen? War sie womöglich der Schlüssel zu seiner Freiheit? Wenn er ihr klarmachen konnte, dass er unschuldig in diese Situation geraten war, würde sie ihm bestimmt helfen.

Die Bestien, vor allem Brutus, behielten ihn im Auge. Aber mittlerweile hatte Bohumil begriffen, dass sie ihn nicht zerfleischen würden. Gewollt hätten sie es schon, aber ihre Aufgabe bestand nur darin, ihn zu beschatten, also begnügten sie sich damit, ihm hin und wieder einen Schrecken einzujagen. Seine Reaktion entlockte ihnen jedes Mal ein zufriedenes Grunzen und sie ließen von ihm ab.

Ungeduldig wartete Bohumil darauf, dass Alasdair die Halle verließ und er sich auf die Suche nach dieser Frau begeben konnte. Aber Alasdair hatte ihm diesen Gefallen bisher nicht getan, und so blieb ihm nichts anderes übrig, als sich in Geduld zu üben und die weiteren Schritte zu planen.

Er hatte keine Vorstellung davon, wie lange er so dagesessen hatte und über seine Möglichkeiten sinniert hatte, als er Schritte vernahm, die er kannte. Alasdair war dabei, die Halle zu verlassen. Bohumil sprang auf und hielt die Luft an. Würde er bei ihm vorbeischauen? Jede Begegnung mit Alasdair jagte ihm eine Heidenangst ein, und als er das erneute Quietschen des Eingangstors hörte, atmete er erleichtert aus. Langsam öffnete er die Tür und steckte den Kopf heraus. Der Gang lag im Halbdunkel, nur zwei schwache Glühbirnen erhellten ihn spärlich. Unter dem Dachstuhl rührte sich ein Schatten. Bohumil behielt ihn im Auge und trat in den Gang hinaus. »Ich sehe dich, Mistvieh«, nuschelte er und streckte den Rücken durch.

Es war still, als er den Gang hinunterschritt. An der Küche blieb er stehen und starrte in die Dunkelheit darin. Verunsichert drehte er sich um. Unter der Tür am Ende des Ganges entdeckte er einen Lichtspalt. Schon einmal hatte er diesen Raum erkunden wollen, aber die Tür war verschlossen gewesen. Bohumil ahnte, wo die Frau zu finden war.

Mit schnellen Schritten näherte er sich der Tür, und schon hielt er den Türgriff in der Hand. Bevor er ihn runterdrückte, atmete er ein paarmal tief durch. Im selben Moment hörte er Brutus' Pfoten hinter sich auf dem Boden aufsetzen. Bohumil zuckte zusammen, zwang sich aber dazu, Haltung zu bewahren. Schließlich nahm er noch einen tiefen Atemzug und drückte die Tür auf.

Die Frau saß mit angezogenen Beinen in einem breiten Sessel. Sie hob den Kopf und schaute ihn neugierig aus ihren grünen, mandelförmigen Augen an. Die kupferroten Locken hatte sie schlampig zu einem Knoten gebunden, sodass sich einige Strähnen ihres unbändigen Haars lösten und in ihr Gesicht fielen. Sie war atemberaubend. Er trat an sie heran und starrte sie überwältigt an. Ihre Haut war blass und leicht durchsichtig wie feines Porzellan. Sommersprossen bedeckten ihre schmale Nase und die Wangen. Ihre vollen Lippen deuteten ein Lächeln an.

»Was kann ich für Sie tun?«, fragte sie freundlich und legte abwartend den Kopf zur Seite. Ihre Locken bewegten sich bei der Kopfbewegung, als wären sie lebendig, und Bohumil schaute gebannt zu, wie sie sie mit ihren schlanken Fingern beiseiteschob.

»I-ich …«, stotterte er und lief rot an. »Ich habe Sie gehört und wollte Sie begrüßen.«

Sie lächelte, und ihre Lippen entblößten makellose Zähne. »Schön von Ihnen, Bohumil. Ich bin Awa, und wenn Sie wollen, können Sie mir Gesellschaft leisten.« Mit einer Handbewegung deutete sie auf die Couch ihr gegenüber.

Bohumil lugte hinter sich. Brutus stand da und beobachtete die Szene.

»Brutus, Schatz, nimm Platz, ich habe alles im Griff«, sagte Awa schmunzelnd, woraufhin Brutus abdrehte und sich einen Platz neben Nero suchte, der unter einer Metalltreppe lag, die nach oben führte. »So ist es brav.« Sie lächelte zufrieden. »Wollen Sie sich nicht auch hinsetzen?«

Bohumil ließ sich nicht nochmal bitten und glitt

in die weichen Kissen der Couch. Eine angenehme Abwechslung zu seinem spartanischen Bett. »Sie kennen meinen Namen?« Sein Blick huschte nervös von ihrem Gesicht durch den Raum. Auch wenn die Einrichtung nicht überwältigend war, schlug sie, was den Komfort anging, bei Weitem seine karge Zelle. In der Ecke stand ein bequem aussehendes, frisch bezogenes Bett, und er selbst saß auf einer bequemen Couch. Unter dem Fenster stapelten sich einige Kartons. Zwei von ihnen standen offen und Bohumil konnte darin Bücher erkennen. Auf dem Schreibtisch daneben lagen beschriftete Papierbögen ausgebreitet.

»Ja, ich weiß, wer Sie sind.«

Ihre Antwort überraschte Bohumil, weil er nicht damit gerechnet hatte, dass Alasdair mit Awa über ihn redete. Soviel Bedeutung würde er sich niemals beimessen. Es könnte sich jetzt, da Alasdair ihr von ihm erzählt hatte, schwieriger gestalten, sie von seiner Unschuld zu überzeugen.

»Hören Sie, Awa. Ich werde hier gegen meinen Willen festgehalten«, platzte es aus ihm heraus, ohne dass er sich Gedanken darüber machte, welche Folgen diese Aussage für ihn haben könnte.

»Ich weiß, Bohumil, aber wenn Sie von mir Hilfe erwarten, dann muss ich Sie enttäuschen. Ich kann für Sie nichts tun.« Ein Bedauern lag in ihrem Blick. »Wir beide sind in etwas geraten, was wir nicht aufhalten können.«

Bohumil wurde steif vor Angst. »Natürlich können Sie etwas dagegen tun, die Bestien hören auf Sie!«

»Nicht Brutus und Nero sind das Problem, Bohumil. Sie selbst spielen eine bedeutende Rolle in einem Spiel …« Sie unterbrach sich und sprach dann etwas leiser weiter. »Ich muss mich korrigieren, es ist kein Spiel, es ist bitterer Ernst. Bohumil, Ihnen wurde sozusagen eine Rolle in die Wiege gelegt, genauso wie den anderen fünfunddreißig. Es ist eine wunderbare Rolle, wenn sie nicht diese eine Schattenseite hätte.«

Bohumil schaute Awa verständnislos an. »Ich bin nur ein Sozialarbeiter, ich spiele bestimmt keine bedeutende Rolle in dieser Welt.«

»Doch, das tun Sie. Sie sind einer der 36.«

Bohumil schluckte. »Was oder wer sind die 36?«

»Die Gerechten. Männer, Frauen und Kinder, die für den Erhalt dieser Welt stehen.«

»Ich bin ein Bewohner dieser Welt, und mein einziger Beitrag ist, Menschen in Not zu helfen. Es wäre anmaßend zu behaupten, ich könnte diese Welt retten.«

»Sie können diese Welt nicht nur retten, sondern auch zerstören. Natürlich nicht Sie allein, dazu braucht es schon alle Gerechten. Alle 36.«

»Woher wollen Sie denn überhaupt wissen, dass ich einer von ihnen bin? Ich selbst weiß nichts davon.«

»Es ist nicht einfach, aber es gibt jemanden, der sie aufspüren kann.«

»Alasdair?«

»Nein.« Sie lächelte bitter. »Ich. Es ist meine Aufgabe, sie zu finden.«

Die Antwort verschlug Bohumil die Sprache. Er konnte nur in diese unglaublichen smaragdgrünen Augen starren, die ihn schuldbewusst anschauten.

»Aber dann können Sie doch etwas tun!«, schrie er plötzlich und sprang auf. »*Sie* haben es in der Hand! Sie finden keine Gerechten, und es wird nichts passieren.«

»Und da liegt das Problem. Ich habe es nicht in der Hand, Bohumil. Ich bin nur ein Werkzeug, genauso wie Sie.« Sie schaute ihn eindringlich an, schien es aber nicht für nötig zu halten, ihn in die Details einzuweihen.

»Na gut, vielleicht wird uns etwas einfallen.« Bohumil setzte sich wieder. »Es könnte doch etwas Zeit in Anspruch nehmen, bis Sie die restlichen fünfunddreißig gefunden haben.«

Awa richtete sich im Sessel auf. »Es ist nur noch einer, den ich finden muss.«

Bohumils Herz setzte aus. »Ist nicht Ihr Ernst!«

»Leider ist es so«, sagte sie bitter und lehnte sich zurück.

»Sie müssen etwas tun! Sie können doch nicht tatenlos zusehen, wie …«

»Es ist aussichtslos.« Ihre Stimme war bar jeglicher Zuversicht.

»Ich will und werde mich nicht geschlagen geben«, verkündete er entschlossen. Diese Entschlossenheit überraschte ihn selbst, es musste doch etwas geben, um Alasdair aufzuhalten, dessen war er sich sicher. Er musste ihn nur finden, diesen Funken eines Hoffnungsschimmers. Bohumil ordnete seine Gedanken und schaute dann Awa an. »Ich bitte Sie inständig, mir zu helfen. Es kann Sie doch nicht kaltlassen, wenn hier in absehbarer Zeit etwas Schreckliches passieren wird.«

Awas Gesichtszüge wirkten mit einem Mal kalt. »Ich habe es versucht. Ich habe die Menschen angefleht, etwas zu unternehmen. Ich sagte ihnen voraus, dass *er* kommen und Unheil über uns bringen würde, aber keiner schenkte mir Gehör. Im Gegenteil, man steckte mich in eine Irrenanstalt und nahm mir mein Kind. Nicht den Menschen habe ich es zu verdanken, dass ich jetzt hier mit Ihnen sitze, sondern Alasdair. Die Menschen interessieren mich nicht mehr, sie nehmen sich ohnehin viel zu ernst, dabei sind sie nicht mehr als nur ein Staubkörnchen in diesem Universum. Und deshalb ist es mir gleich, wenn sie wie lästige Fliegen zerquetscht werden.«

Bohumil wollte es nicht akzeptieren. »Aber Sie sind so eine wunderschöne, junge Frau, Sie haben noch ein ganzes Leben vor sich. Ich werde Ihnen helfen, Ihr Kind zu finden und alles wird wieder gut. Verlieren Sie nicht den Mut!«

»Ich habe den Mut in der Anstalt nicht verloren und werde es auch jetzt nicht tun. Es ist nicht die Zukunft, die mir Sorgen macht. Meine Zukunft an der Seite von Alasdair ist gesichert.« Mit einer Hand griff Awa in ihre Tasche und zog ein Foto heraus, das sie auf den Tisch warf, der zwischen ihnen stand.

Bohumil musterte die Gesichter. Alasdair hielt eine dunkelhaarige Schönheit im Arm. Daneben stand eine rothaarige, junge Frau, die mürrisch in die Kamera blickte. Die Ähnlichkeit mit Awa war nicht zu übersehen.

»Meine Tochter Elisabeth«, sagte sie emotionslos.

»Ebenso schön wie ihre Mutter.« Bohumil starrte auf das Foto. Sein Interesse galt aber der anderen Frau. Sie hatte diese unglaublich blauen Augen wie Alasdair, sie strahlten jedoch eine Wärme aus, die man bei ihm vermisste. »Wer ist das andere Mädchen?«

»Ihre Freundin Arden.«

»Wie stehen die zwei zu Alasdair?«

»Arden ist seine Freundin, glaube ich zumindest.«

»Ich verstehe Sie jetzt, Awa. Sie haben Angst um Ihre Tochter und ihre Freundin.«

Awa streckte ihm wortlos die Hand entgegen und nahm das Foto wieder an sich und schob es zurück in ihre Tasche. »Wenn sie einen Blick in Ihre Zukunft erhaschen wollen, Bohumil, nur zu, steigen Sie die Treppe hinauf und werfen Sie ein Auge darauf.«

Es erstaunte ihn, wie beiläufig sie es erwähnte. Ihre Freundlichkeit war schlagartig einer Gleichgültigkeit gewichen. Ohne weitere Fragen zu stellen, eilte er zu der Treppe. Brutus' Blick folgte ihm, und als er die ersten Stufen nahm, erhob sich das Tier.

Die Treppe war steil und aus Metall. Unter seinem und Brutus' Gewicht erzitterten die Stufen bei jedem Schritt. Auf halbem Weg blieb er stehen, um Luft zu holen. Er schaute nach unten auf Awa und sah, wie sie ungerührt in einer Zeitschrift blätterte. Eine fieberhafte Unruhe erfasste ihn. Was würde er oben vorfinden? Was könnte es da oben geben, aus dem man seine Zukunft deuten könnte? Er keuchte und schleppte sich weiter hinauf. Seine Leibesfülle erschwerte jeden seiner Schritte. Er schwitzte und spürte, wie sein Kopf rot anlief. Mit aller verbleibender Kraft zog er sich am Geländer hoch.

Oben angekommen, stellte er sich breitbeinig hin, um sein Gleichgewicht zu halten, und atmete tief durch. Der Dachstuhl war offen, aber das kannte er schon von seinem Raum, in dem er unzählige Stunden gen Decke gestarrt hatte. Am Boden lagen dicht beieinander seltsame graue Ballen in verschiedenen Größen wie eingerollte Teppiche. Er schritt näher heran. Als er sich zum ersten hinunterbückte, erstarrte er. Ein halb verdecktes, lebloses Frauengesicht war zu sehen. Ungläubig fiel er auf die Knie und berührte sie. Ihre Haut war kühl, und auch ihr Puls war nicht zu ertasten. Entrüstet sprang er auf und lief von einem Ballen zum anderen. Er sah in unzählige Gesichter. Frauen wie Männer und sogar Kinder waren darunter. Fassungslos starrte er auf sie herab und fing an zu zählen. Vierunddreißig. Was hatte Awa gesagt? Es fehlte noch einer – fünfunddreißig. Und dann er – 36.

Somit wären sie dann vollständig. Nur wofür? Er glaubte durchzudrehen. War das etwa seine Zukunft, hier wie ein Teppich eingerollt zu liegen? Und warum lag er nicht bereits dabei?

Bohumil lief zurück und stieg zügig die Treppe hinab. Nach einigen Stufen rutschte er aus und flog den Rest, ohne einen Funken Angst, runter. Was könnte ihm schon passieren? Sollte er vielleicht Angst davor haben, sich das Genick zu brechen? Was für eine Gnade! Alles schien ihm plötzlich besser zu sein, als eingerollt wie ein Teppich da oben zu liegen.

Schwer schnaufend baute er sich vor Awa auf. »Da oben liegen vierunddreißig tote Menschen, und sie lesen hier ruhig Ihre Klatschkolumne!«

Awa legte die Zeitschrift in ihren Schoß und schaute ihn an. »Sie sind nicht tot, nur seelenlos.«

Bohumil blieb der Mund offen. »Sie sind was?«

»Seelenlos. Das bedeutet, ihnen fehlt nur die Seele.«

»*Nur*, sagen Sie?« Bohumil konnte sich nicht beruhigen. »Was bedeutet das genau? Und warum liegen sie noch da, was wird mit ihnen geschehen?«

»Ich kann und will nicht mit Ihnen darüber reden.« Sie nahm die Zeitschrift wieder in die Hand.

Wutentbrannt schlug er sie ihr aus den Fingern. »Sie sind mir Antworten schuldig!«

»Wie kommen Sie darauf, dass ich Ihnen etwas schuldig bin?« Ihre Augen leuchteten plötzlich fiebrig und sie erhob sich von ihrem Sitz. Langsam, den Blick stets auf ihn gerichtet, entfernte sie sich aus seiner Reichweite.

Bohumil setzte ihr nach, aber da schob sich schon wieder Brutus dazwischen. »Was willst du, Mistvieh? Komm schon, beiß doch zu!« Provokativ hielt er dem Tier seinen Arm vors Maul. »Zerfetze mich, alles ist besser, als da oben zu liegen!«

»An Ihrer Stelle wäre ich vorsichtig«, sagte sie gefasst. »Er wird sie nicht töten, aber das wäre auch das Geringste, was Ihnen passieren könnte. Es gibt weitaus schlimmere Sachen. Wie gut können Sie Schmerzen ertragen?«

Ja, die Androhung von Schmerzen machte ihm Angst. Vor dem Tod fürchtete er sich nicht, aber Schmerzen konnte er schlecht ertragen. Instinktiv griff er nach der Wunde am Bein. Sie schmerzte immer noch, aber er hatte Glück, sie hatte sich nicht entzündet.

»Ich will, dass Sie jetzt gehen, Bohumil. Ich habe Ihnen sowieso schon viel zu viel verraten und könnte deswegen Schwierigkeiten bekommen. Brutus!«

Brutus fletschte die Zähne und schob sich in seine Richtung. Bohumil beschloss, für heute Ruhe zu geben, aber aufgeben würde er bestimmt nicht.

In seinem Raum angekommen, legte er sich auf das unbequeme Bett und ging das Ganze in Gedanken nochmals durch. Alasdair hatte gesagt, dass er seinen Körper und seine Seele benötigte. Wie es aussah, wurden diese voneinander getrennt benötigt, aber wozu? Und warum lag er nicht da oben mit den anderen zusammen? So wie er Alasdair erlebt hatte, konnte er diesem Zustand nichts Positives abgewinnen. Es konnte nur Nachteile bedeuten. Seine einzige Hoffnung war jetzt Awa. Er durfte sie nicht bedrängen und sie gegen sich aufbringen. »Mensch, Bohumil, du bist ein toter Mann«, flüsterte er.

21

₱ARTY MIT ₣OLGEN

Während Arden neben Eric die Einfahrt zu Serpits Haus hinaufschritt, war sie sich plötzlich nicht mehr sicher, ob es richtig war, uneingeladen auf deren Party zu erscheinen. Trotz Erics Warnungen verlockte sie jedoch der Gedanke, in Serpits Reich einzudringen, denn sie wollte nichts unversucht lassen, der Rivalin ihre Bereitschaft zum Kampf vor Augen zu führen. Sie wollte Serpit aus ihrem und auch aus Alasdairs Leben verbannen, machte sich aber keine Illusionen darüber, dass Serpit so einfach das Feld räumen würde.

Durch eine schwere Doppeltür betraten sie die riesige Eingangshalle. Vom Prunk fast erschlagen, blieb Arden sprachlos stehen und schaute sich ungläubig um. So etwas hätte sie Serpit nicht zugetraut. Sie war einiges von zu Hause gewohnt, aber das hier sprengte alles, was sie bis dato in einem Privathaus gesehen hatte. Versailles hätte vielleicht noch mithalten können.

»Du versperrst den Eingang.« Eric schob sie unsanft aus der Tür, während sie ihren Blick nicht von dem imposanten Kronleuchter losreißen konnte. Das Ungetüm aus Silber und geschliffenem Kristall setzte dem Ganzen buchstäblich die Krone auf. Sein funkelndes Licht flutete die Halle und wurde noch von den überdimensionierten Spiegeln in schweren Goldrahmen auf den Wänden verstärkt. Geblendet kniff sie die Augen etwas zusammen und fokussierte die Umgebung.

Es herrschte ein ziemliches Gedränge. Arden fragte sich, ob Alasdair auch schon da war. Die Gäste trugen Prachtgewänder aus Seide, Chiffon und Brokat, die eher an einen Kostümball erinnerten als an eine gewöhnliche Party. Zu ihrer Erleichterung mischten sich einige Gestalten in schwarzen Klamotten darunter, so fiel sie in ihrem schlichten, schwarzen Kleid nicht besonders auf. Sie war erstaunt über die Opulenz und fühlte sich zwangsläufig in eine längst vergangene Zeit versetzt.

»Arden.« Erics Hand streifte wie zufällig ihren Oberarm. »Wir werden beobachtet.«

»Von wem?«, fragte sie mit vorgehaltener Hand.

»Serpit.«

Arden richtete sich auf und ließ den Blick über die Menge schweifen. Sie entdeckte Serpit am anderen Ende der Halle. Als sich ihre Blicke trafen, konnte sie sehen, wie sich Serpits Augen ungläubig weiteten. Arden lächelte. »Die Show kann beginnen.« Als hätte Serpit es gehört, beendete sie ihre Unterhaltung und schritt auf sie zu. Ihre Miene war ausdruckslos, die violetten Augen sprachen aber das aus, was in ihr vorging – unbändige Wut.

»Was willst du hier?«, keifte sie Arden an. »Ich kann mich nicht erinnern, dich eingeladen zu haben!«

»Wirst du mich jetzt rauswerfen?« Auch wenn ihre Stimme unbeeindruckt klang, Arden verspürte Unruhe. Sie umklammerte ihre Handtasche.

»Komm mit!« Serpit drehte sich um, und ohne darauf zu achten, ob Arden ihr wirklich folgte, steuerte sie eine Tür im hinteren Bereich der Halle an. Serpit öffnete die schwere Holztür zu einem Büro und wartete, bis Arden den Raum betrat.

»Bist du total irre?!«, schrie Serpit sie an, noch bevor die Tür richtig ins Schloss fiel. »Wie kannst du es wagen, hier aufzutauchen?«

»Ich wusste nicht, dass es für dich so ein Problem sein würde«, log sie. »Ich wollte die Gelegenheit nutzen, um mit meinesgleichen in Kontakt zu kommen. Eine Party bei dir ist der beste Ort dafür.« Das wiederum entsprach der Wahrheit, denn wo sonst hätte sie so viele unterschiedliche Wesen auf einem Haufen treffen können?

»Lügen. Alles Lügen!«, fuhr Serpit sie an. Du willst mich provozieren, um deinem Daddy einen Grund zu liefern, mich aus dem Weg zu räumen! Das wird nicht klappen, denn dein Daddy wird ausrasten, wenn er erfährt, dass du Alasdair nachstellst. Und rate mal, wer ihm das verraten wird.«

»Wenn du das tust«, setzte Arden gelassen lächelnd an, »wird Alasdair dich fallen lassen.«

»Was glaubst du, wer du bist?!« Serpits marmorgleiche Haut veränderte sich. Schlangenhaut bedeckte plötzlich ihre Arme und den Hals. Arden starrte sie verblüfft an. Sie wusste bereits, dass Serpit eine Lamia war, ein Schlangenwesen, aber ihre Verwandlung mit eigenen Augen zu sehen, war doch etwas anderes.

»Kommst her und versuchst eine Beziehung zu zerstören, die über zweitausend Jahre Bestand hat. Das wird dir nicht gelingen!« Serpit zischte die letzten Worte regelrecht.

»Wenn du dir da so sicher bist, wundert es mich, dass du dich wegen mir so aufregst.« Arden bemühte sich, nicht die Beherrschung zu verlieren. Eric hatte ihr versichert, dass Serpit es nicht wagen würde, ihr etwas anzutun, aber war das Wesen nach seiner Verwandlung noch Serpit? Und konnte sie sich auf Erics Worte überhaupt verlassen?

Arden checkte schnell die Umgebung, ob sich etwas in ihrer Nähe befand, das sie zur ihrer Verteidigung nutzen konnte. Am Schreibtisch entdeckte sie einen Brieföffner. Das könnte reichen, um Serpit auf Abstand zu halten. Ihr Blick kehrte wieder zu Serpit zurück. Sie schien sich jetzt besser unter Kontrolle zu haben, denn ihre Verwandlung verlief rückläufig. Arden atmete erleichtert aus. Mit ihrer menschlichen Gestalt würde sie leicht fertigwerden.

»Mich regt deine Unverfrorenheit auf. Hier aufzutauchen verstößt gegen die Regel!« Serpits Gesichtszüge glätteten sich langsam wieder, an einigen Stellen war bereits menschliche Blässe zu sehen. Den Hals und Arme bedeckten aber immer noch die

Schuppen. »Ich habe keine Angst, dass du mich und Alasdair auseinanderbringen wirst, du kleine Mistkröte«, fuhr sie fort, »denn im Vergleich zu uns bist du gerade mal eine Sekunde auf dieser Welt. Für ihn bist du nur ein neues Spielzeug, das er bald satthaben wird. Ich brauche mich nur zurückzulehnen und dir dabei zuzusehen, wie du langsam an dieser Geschichte zerbrichst, denn das wirst du.« Sie lächelte hämisch. »Was glaubst du, wie viele Frauen er schon hatte? Und wer ist immer noch an seiner Seite?«

»Wie langweilig! Glaubst du nicht, dass es an der Zeit ist, eine neue Ära anzuläuten? Ich bin wie er, ein höheres Wesen. Du hingegen bist eine Schlange.« Das letzte Wort spuckte Arden verächtlich aus.

Danach überschlugen sich die Ereignisse. Plötzlich setzte Serpit ihre anfängliche Verwandlung rasant fort. Im Bruchteil einer Sekunde erhob sich eine Riesenschlange mit weit aufgerissenem Maul über Arden. Entsetzt stolperte sie zurück, die geweiteten Augen auf Serpit gerichtet. Angst fuhr ihr in die Glieder. Sie war eindeutig zu weit gegangen und überlegte fieberhaft, wie sie doch noch Herr der Situation werden konnte, als plötzlich die Tür aufflog.

»Serpit!« Alasdair betrat das Büro und musterte sie beide mit finsterer Miene. »Lass die Scharade!« Er durchquerte mit schnellen Schritten den Raum und baute sich vor Arden auf. Wütend griff er nach ihr und packte sie grob am Oberarm. Mit einem Ruck zerrte er sie zu sich. Verengte, eiskalte Augen starrten auf sie herab. »Was soll das? Hier hast du nichts verloren!« Sein Ton war hart und gepresst.

Unter seinem Blick verließ Arden der Mut. Alasdairs Anwesenheit machte ihr bewusst, dass ihr Verhalten unangebracht war und dass sie in seinen Augen bereits verloren hatte.

Serpit nahm wieder ihre menschliche Gestalt an, wobei ihre schuppige Haut nicht gänzlich verschwand. Sie rang um Fassung und funkelte Arden bösen an. »Die Mistkröte hier hat sich in mein Haus geschlichen und mich mit voller Absicht provoziert! Sie ist auf Ärger aus.«

»Ich dachte, du seist etwas Besonderes.« Alasdair musterte Arden eindringlich. »Doch anscheinend bist du nur ein unreifes, verzogenes Kind.«

»Ich hatte nichts im Sinn.« Arden bemühte sich, glaubhaft zu klingen. »Ich wollte nur Spaß auf einer Party haben.«

Alasdair bedachte sie mit einem Blick, aus dem mehr Verachtung sprach, als man mit Wörtern hätte ausdrücken können. »Und das gerade in diesem Haus? Auf einer Party, auf die du nicht eingeladen warst? Gibt es denn nicht genügend andere Möglichkeiten in dieser Stadt?«

Sie wollte sagen, dass sie neugierig auf die anderen Wesen war, aber sein Anblick machte ihr deutlich, dass er das als Antwort nicht akzeptieren würde. Wenn seine Haltung nicht so abweisend wäre, hätte sie sich ihm an den Hals geworfen und um Verzeihung gebeten. Aber er ließ keine Zweifel aufkommen, dass es das Letzte war, was er jetzt zulassen würde. Bevor sie überlegen konnte, wie sie sich verhalten sollte, zerrte er sie bereits am Arm zu Tür, in der plötzlich Eric auftauchte. Grob stieß Alasdair sie von sich.

»Schaff sie hier raus!«, brüllte er Eric an. »Und solltest du nochmal so eine Nummer bringen, sind deine Tage hier gezählt! Hast du mich verstanden?«

Eric nickte, griff sich Arden und schleppte sie durch die Halle zum Ausgang. »Ich habe dir gesagt, dass es schiefgehen wird, aber du hörst nicht auf mich. Er ist nicht berechenbar. Heute interessiert er sich für dich, und morgen bist du Luft für ihn. Das solltest du immer im Hinterkopf behalten.«

Arden fühlte sich wie ein geprügelter Hund, der mit eingezogenem Schwanz davonschlich. Sie hatte Serpit unterschätzt und nicht alle Möglichkeiten in Betracht gezogen. Vor allem hatte sie nicht damit gerechnet, dass Alasdair Serpit ihr vorziehen würde. Es schmerzte. Draußen griff sie sich ans Herz, das in ihrer Brust raste. Die Abendluft tat ihr gut, kühlte sie ein bisschen ab und gab ihr die Möglichkeit, sich zu fangen. Ihr wurde klar, dass sie Alasdair unbedingt unter vier Augen sprechen musste. Nur so könnte sie alles wieder hinbiegen. Es blieb ihr nur zu hoffen, dass er die Party bald langweilig finden und in seinem Club auftauchen würde.

»Ich möchte noch nicht nach Hause!« Arden drehte sich zu Eric. »Ich will tanzen!«

Eine Aussage, die Eric nur einen leisen Seufzer entlockte. »Und ich ahne auch schon, wo du hinwillst.«

***

Nachdem Eric und Arden verschwunden waren, nahm Alasdair sich Serpit vor. »War es denn notwendig, es so auf die Spitze zu treiben? Du hättest sie einfach ignorieren können.«

»Sie kommt in mein Haus, und ich soll so tun, als würde ich sie nicht bemerken?« Serpit blickte ihn ungläubig an. »Würde sich jemand so etwas bei dir erlauben, wäre er längst seinen Kopf los!«

»Sie ist aber nicht irgendjemand, dass solltest du nicht vergessen. Es soll natürlich nicht heißen, dass ich ihr Verhalten billige, aber sie konnte es nicht besser wissen.«

»Dann soll Eric sie doch aufklären, wenn es sonst keiner tut. Warum machst *du* das eigentlich nicht?«

»Was soll mir das bringen? Ich habe kein Interesse daran, sie aufzuklären. Mir ist es lieber, wenn sie von nichts weiß. Ich bringe sie nur dazu, mir zu vertrauen, und wenn sie das tut, werde ich sie brechen und Edward auf dem Silbertablett servieren.«

Seine Worte schienen Serpit nicht zu überzeugen. Ohne ihn anzusehen, schritt an ihm vorbei und setzte sich in den Sessel, der unweit des Schreibtisches stand. »Was glaubst du, wie lange es noch dauert, bis

Edward davon erfährt? Und was ist mit Sevier? Ich wette mit dir, der weiß es schon längst.«

»Ja, das ist anzunehmen.« Alasdair setzte sich auf die Schreibtischkante und fuhr sich nachdenklich über das Kinn. »Er projiziert seine Liebe zu Vivienne auf ihre Tochter und behält sie deshalb stets im Auge. Arden ist das Verbindungsstück zu ihr. Schade nur, dass es damals, als sie sich für Edward entschied, nicht zu einem Zerwürfnis zwischen den beiden Männern gekommen ist. Der Ausgang des Kampfes wäre mit Sicherheit interessant gewesen.«

»Und es gäbe jetzt keine Arden und somit auch keinen Ärger.« Serpit war offensichtlich immer noch sauer. »Was waren das früher nur für schöne Zeiten.« Sie erhob sich von ihrem Platz. »Ich wünschte, wir würden London verlassen und alles hinter uns lassen.« Während sie sprach, kam sie auf ihn zu. Als sie nah genug war, griff er nach ihr und legte die Hände auf ihre Hüften.

»Das werden wir. Hab ein wenig Geduld, wir sind schon fast am Ziel.« Serpit legte ihm die Arme um den Hals und er zog sie fest an sich.

»Ich habe ein ungutes Gefühl bei der Sache. Seitdem Arden aufgetaucht ist, ist alles kompliziert. Warum kannst du nicht auf die Spielchen mit Edward verzichten? Nur dieses eine Mal. Bitte!«

Er schob sie unsanft von sich und richtete sich auf. »Das kannst du nicht verstehen«, fuhr er sie grob an. »Arden ist sein wunder Punkt, für mich *die* Gelegenheit, mit ihm abzurechnen.«

»Du hast dich verändert. *Sie* hat dich verändert!«, schrie sie ihn plötzlich unbeherrscht an. »Sie ist dein Verderben! Merkst du das denn nicht?«

»Arden bedeutet mir nichts«, versuchte er sie zu beruhigen. »Sie ist amüsant und verschafft mir nur ein wenig Ablenkung. Das musst *du* doch verstehen.« Er machte eine Anspielung auf Serpits Vorliebe für Jünglinge.

»Dafür hätte ich Verständnis, aber so einfach ist es in ihrem Fall nicht.«

»Serpit, es gibt nur noch einen einzigen Gerechten, den wir aufspüren müssen, und dann werde ich dem hier ein Ende setzen. Danach wird es kein Edward, keine Arden und keinen Sevier geben, nur uns und unsere Welt.« Während er sprach, hob er ihr Kinn an und schaute in ihre violetten Augen, in denen sich echte Besorgnis spiegelte. »Nur ein wenig Geduld noch«, wisperte er und gab ihr einen Kuss, den sie nicht erwiderte. »Was ist los?«, schaute er sie verwundert an. »Kriege ich keinen Kuss zum Abschied?« Als Antwort presste sie ihre Lippen fest zusammen, was ihn nur dazu verleitete, sie wieder an sich zu ziehen und erneut zu küssen. Er drückte seine Lippen auf ihre. Sie wollte sich ihm entziehen, aber er hielt sie fest. Ihre Abwehr stachelte ihn nur mehr an. Er war nicht gewillt, klein beizugeben. Daher drängte er sie zum Schreibtisch und drückte sie auf den Stapel Papiere, der darauf lag. Sachen fielen zu Boden, aber es kümmerte ihn nicht. Hastig schob er Serpits Kleid hoch und während seine Finger gierig über ihre Haut glitten, merkte er, wie sie sich entspannte und ihre Abwehr aufgab. Ein zufriedenes Lächeln zuckte um seine Mundwinkel und er küsste sie erneut. Ihr heißer Atem schlug ihm entgegen und beschwor plötzlich Bilder herauf. Er sah Arden, wie sie sich an ihm festklammerte, während er sie gegen die Wand in seinem Büro presste. Ihr heißer Atem streifte sein Gesicht und sie stöhnte, als er in sie eindrang.

Alasdair richtete sich abrupt auf und ließ Serpit los. Sie schaute ihn verwundert an und griff nach ihm, als er sich abwenden wollte.

»Was ist?«, hielt sie ihn zurück.

»Nichts.« Er entzog sich Serpits Griff und fuhr sich mit beiden Händen durch die Haare. Eine Geste, mit der er seine Verwirrung verbergen wollte. Das Arden in seinem Kopf spukte, gefiel ihm nicht. Er wurde wütend. Wut half ihm, Herr der Lage zu werden; Wut machte ihn stark und kompromisslos.

Hastig trat er wieder an Serpit heran, die immer noch am Schreibtisch lehnte, und küsste sie. Er konnte ihre Anspannung spüren, als er ihr über die Haut strich. Sie leistete diesmal keinen Widerstand, ließ ihn gewähren, denn Serpit wusste immer, was er brauchte, und war stets gewillt, es ihm zu geben.

Er nahm sie. Nicht weil ihm danach war, sondern nur, um Arden aus seinen Gedanken zu vertreiben und sich zu beweisen, dass sie keine wichtige Rolle in seinem Leben spielte.

Sich selbst zu überzeugen war einfacher, als es bei Serpit der Fall war. Serpit sah in Arden eine wirkliche Bedrohung, die es zu beseitigen galt. Er dagegen sah sie nur als Zeitvertreib, dem man nicht zu viel Bedeutung beimessen sollte. Dass sie jetzt allerdings seine Gedanken beherrschte, war ärgerlich. Womöglich hatte Serpit recht, und er sollte nicht so viel Zeit dafür aufwenden, Edward persönlich schaden zu wollen, sondern sich allein auf die eigentliche Aufgabe, die Beherrschung dieser Welt, konzentrieren. Danach konnte er sich Arden vornehmen, auch wenn sein Vorteil dann vertan war.

Das Spiel mit Edward war verlockend, aber er durfte seine eigentlichen Ziele nicht aus den Augen verlieren. Er musste den letzten Gerechten in seine Gewalt bringen, denn von ihm hing das ganze Vorhaben ab. Er brauchte alle 36. Ihre gebündelte Seelenkraft war nötig, um die Welt ins Chaos zu stürzen.

Alasdair wusste natürlich, dass Edward sich den Kopf darüber zerbrach, was er mit der Aktion bewerkstelligen wollte. Er wusste auch, dass Edward keine Ahnung hatte, welche Fähigkeiten in Bohumil schlummerten. Ohne Bohumil wäre das ganze Vorhaben nicht realisierbar.

Alasdairs Blick fiel auf Serpit, die still unter ihm lag und ihn aufmerksam betrachtete.

»Du hast recht.«

»Womit?« Serpit schaute ihn irritiert an.

»Mit allem.«

Ein schmales Lächeln huschte über ihr Gesicht. »Es freut mich, dass du es endlich einsiehst.«

22

DER LETZTE GERECHTE

Als Alasdair Serpits Haus verließ, beschloss er sofort zu Awa zu fahren, um die Suche nach dem letzten Gerechten voranzutreiben. Vor seinem Club drosselte er das Fahrtempo und fuhr langsam vorbei. Wie jeden Abend drängten sich auch jetzt Leute vor dem hell erleuchteten Eingang des NOIR. Er grinste. Wenn er wollte, würde ganz London in seinem Club verkehren, auch die, die pikiert die Nase über ihn rümpften. Um das zu bewerkstelligen, standen ihm Mittel und Wege zur Verfügung. Aber er musste sich und den anderen nichts beweisen, also begnügte er sich mit denen, die freiwillig den Club aufsuchten.

Nur ab und an ließ er sich dazu hinreißen, Dämonenpulver durch die Lüftungsanlage des Clubs zu jagen, was zu allgemeiner Euphorie führte. Seine Wirkung hielt nicht sehr lange an, also war es vorrangig die Aufgabe des DJs, für gute Laune zu sorgen. Für diesen wichtigen Job hatte er den Richtigen gefunden – Badur, einen Mechalebdämon. Ein durchaus charismatisches Wesen mit vielen nützlichen Eigenschaften und einer Haut so grün wie Jade, die von geheimnisvollen Zeichen überzogen war. Badur versteckte sein Antlitz stets unter einer tief in das Gesicht hängenden Kapuze. Es war der Höhepunkt eines jeden Abends, wenn Badur sie vom Kopf zog, die Arme von sich streckte und mit seiner tiefen, dämonischen Stimme »In die Hölle mit euch!« brüllte. Die Menschen warteten regelrecht auf diesen Moment und jaulten ekstatisch in sein Gebrüll ein: »Hölle, Hölle, Hölle!« Ob sie das alles auch so lustig finden würden, wenn sie wüssten, dass sein Aussehen keine Maske war und das »In die Hölle mit euch« durchaus ernst gemeint war? Vermutlich nicht, aber es interessierte ihn nicht. Er gab Gas und ließ die Lichter des Clubs hinter sich. Die Dunkelheit verschluckte ihn, nur das Scheinwerferlicht erhellte das Stück Straße vor ihm und warf Schatten auf die umliegenden Gebäude. Er machte das Licht aus und ließ den Wagen in völliger Dunkelheit langsam über die Straße rollen, bis er an einer kleineren Lagerhalle zum Stehen kam. Alasdair schaltete den Motor aus und blieb, das Lenkrad fest umklammert, sitzen. Er wollte keinen Gedanken an Arden verschwenden, auch nicht wissen, ob sie im Club war, obwohl er es vermutete, so unvernünftig und ungestüm, wie sie war. Aber seinen Verstand interessierte nicht, was er wollte, ungefragt beschwor er Bilder herauf, die er am liebsten in der Tiefe seiner Seele vergraben hätte. Bilder, die von seiner Schwäche zeugten.

Er merkte kaum, wie seine Finger sich in das Leder gruben. Arden war der Schlüssel zu seinem Inneren, und sie war der Feind. Sie war Edwards Tochter, und er hatte diese Tatsache in letzter Zeit nur zu gern verdrängt. Am Anfang hatte er ihr nur wehtun und Edward schmerzhafte Wunden zufügen wollen. Aber jetzt wollte er sie um sich haben. Er konnte es sich nicht erklären, aber sie ließ ihn an Familie denken. Sie erinnerte ihn an die Vergangenheit. Er wollte jedoch nicht in Vergangenem schwelgen, sondern seine Zukunft gestalten. Seine Zukunft als Herrscher dieser Welt!

Abrupt ließ er das Lenkrad los und stieg aus. Er verschloss den Wagen nicht, sondern legte aus Gewohnheit einen Unsichtbarkeitszauber darüber. Ein bläulicher Schimmer überzog ihn augenblicklich und hinterließ nur ein schwaches Flimmern in der Luft. Mit festen Schritten und entschlossen, sein Leben wieder in die richtige Richtung zu lenken, eilte er durch die schmale Gasse zu dem Eingang der Halle.

Das Tor quietschte. Alasdair wusste, dass Bohumil jedes Mal vor Schreck erstarrte, erfüllt vom Bangen, er würde bei ihm vorbeischauen. Aber seine Sorge war unbegründet. Er verspürte kein Bedürfnis, mit Bohumil zu plaudern. Bohumil war nur ein Mittel zum Zweck.

Auch jetzt nahm Alasdair den flachen Atem Bohumils wahr, ebenso sein rasendes Herz. Alasdair brauchte nur gegen die Tür zu schlagen und Bohumil würde tot umfallen. Diese Spielchen überließ er lieber Brutus, der bereits den schummrigen Gang entlang-schlich. Das Tier brauchte schließlich Beschäftigung.

»Hey, mein Kätzchen.« Brutus drückte die Schnauze gegen seine Brust und Alasdair strich über seinen Kopf. Brutus' schwarze Augen funkelten beinahe vor Empörung. »Brutus, es war doch nur ein Scherz!«, lachte er. Daraufhin hob Brutus die Lefzen und entblößte seine gewaltigen Zähne. »Ich weiß, du bist gefährlich, sehr gefährlich! Ich muss jetzt mit Awa reden«, sagte er ernst und klopfte dabei Brutus auf die Flanke. Das Tier machte Platz und er eilte auf die Tür am Ende des Ganges zu, hinter der Awas Zimmer lag.

Alasdair betrat den Raum, ohne zu klopfen. Er wusste, dass Awa ihn bereits erwartete. Sie stand gebeugt über dem Schreibtisch und hob den Kopf, als er eintrat.

»Ich habe noch nichts herausgefunden«, sagte sie, während ihre grünen Katzenaugen ihn musterten. »Wenn ich bereits so weit wäre, hätte ich dich schon benachrichtigt.«

»Dir auch einen schönen Abend.« Er trat an sie heran und besah sich der auf dem Tisch ausgebreiteten Landkarten und Papierbögen, auf denen allerhand Notizen zu sehen waren. »Es ist der letzte Gerechte. Ist dir überhaupt klar, wie wichtig er für mich ist?«

»Aber natürlich, wie könnte ich das vergessen?«, sagte sie gereizt. Sie musste den Kopf in den Nacken legen, um ihn ansehen zu können, da er sie fast um zwei Köpfe überragte.

Ihr Anblick entlockte ihm ein Schmunzeln. Sie kam

ihm so winzig vor. Zudem hatte sie die unbändigen Kupferlocker am Oberkopf spiralförmig zu zwei kleinen Knoten gedreht, die ihn unweigerlich an einen kleinen, roten Teufel aus Kinderbüchern erinnerten.

»Was gibt es da zu grinsen?«, fragte sie.

»Nichts, ich war nur kurz abgelenkt. Was haben wir bis jetzt?« Interessiert schaute er sich das Sammelsurium auf dem Tisch an.

Awa zog die Landkarte von Nordamerika heran und deutete mit dem Finger auf den Norden. »Westküste, an der Grenze zwischen USA und Kanada«, sagte sie bestimmt und legte den Zeigefinger an die Stelle.

Er griff nach ihrer Hand und musterte erstaunt ihre metallisch glänzenden Fingernägel, die einen krassen Kontrast zu der zierlichen Hand bildeten. »Seattle, vielleicht?«, fragte er, immer noch auf die Nägel starrend.

»Es könnte genauso gut Vancouver oder Victoria sein und alles, was dazwischen liegt«, sagte sie und entzog ihm ihre Hand. »Chrome Nails, ist zurzeit hip.«

»Ich kann dir echte wachsen lassen«, sagte er kopfschüttelnd. »Die hätten wenigstens einen Sinn.«

Sie drehte die Hände schnell, und mit einem Mal verschwanden die auffälligen Nägel, als wären sie nie dagewesen. »Ich brauche deine Hilfe nicht! … Zumindest, was die Nägel angeht«, sagte sie barsch.

»Oh, natürlich! Verzeih, ich vergaß, wer dein Vater ist.« Er machte dabei eine abfällige Handbewegung.

»Und ich könnte nie vergessen, wer *dein* Vater ist!«, antwortete sie mit einem störrischen Glitzern in den Augen.

»Gut, lassen wir unsere Väter beiseite und konzentrieren uns wieder auf die Aufgabe. In Seattle gibt es ein Portal, das ist schon mal gut. Also, wie gehen wir weiter vor?«

»Soweit mir bekannt ist, ist es dir nicht möglich, Kontakt zu einem Gerechten aufzunehmen, daher gibt es schon mal kein wir.«

Er richtete sich zu voller Größe auf und bedachte sie mit einem seiner kältesten Blicke. Awa erbleichte. »Ich scherze gerne mit dir, aber du sollst dabei nicht vergessen, wo dein Platz ist. Ich bin großzügig mit jedem, der mir loyal zur Seite steht, aber ich vernichte jeden, der sich mir in den Weg stellt. Du und einige wenige, ihr werdet Einblick in die Geschehnisse erhalten, weil ich eure Hilfe benötige. Solltest du mich hintergehen, werde ich dich in die Hölle schicken. Ist das klar?«

Awa nickte stumm.

»Okay, dann sage mir jetzt, wie du weiter vorgehen willst.«

»Ich werde schwarze Magie anwenden müssen. Mit den anderen Mitteln bin ich an meine Grenzen gestoßen. Es ist auch möglich, dass Edward weiß, wer der Gerechte ist und ihn schützt. Oder zumindest weiß, in welcher Gegend er sich befindet und ihn vor mir verbirgt.«

»Ich glaube nicht, dass Edward weiß, wer der letzte Gerechte ist, sonst hätte er ihn sich schon geholt. Wir haben uns am Anfang auf die Gerechten konzentriert, die den Grigori bekannt waren und somit verhindert, dass sie sie in Sicherheit bringen konnten. Und das haben wir mit deiner Hilfe geschafft.«

»Ich brauche …« Awa wühlte in einem Stapel Papiere herum und zog dann einige Blätter heraus. »… die Kraftlinien. Beziehungsweise ihren genauen Verlauf und die Knotenpunkte. Ich hoffe, dass einer in der Nähe des Dreiecks liegt und ich mich der Magie daraus bedienen kann.«

»Und was ist mit denen hier?« Er deutete auf die mit roten Linien überzogene Landkarte.

»Zu ungenau. Das Internet ist voll mit solchen Bildern, nur entsprechen sie nicht unbedingt der Wahrheit.«

»Das kann ich erledigen«, sagte er knapp.

Awa hob überrascht den Kopf und schaute ihn fragend an.

»Sie sind für mich sichtbar, wenn ich nur weit ins All hinausfliege. Kein Akt.«

»Dann brauche ich noch weiße Tauben, schwarze Raben und die Kräuter, die auf der Liste stehen.« Sie reichte ihm ein Blatt Papier.

Er nahm es an sich und las laut vor: »Schwarzer Mohn, Wasserschierling, Efeu … Was hast du damit vor?«

»Hilfe holen.« Sie griff in den Ausschnitt ihrer Bluse

und zog eine Kette heraus, an der ein ovales Siegel baumelte.

Alasdair starrte die zwei geschwungenen Linien an, die sich senkrecht gegenüberstanden, getrennt durch einen geraden Strich mit zwei ineinander liegenden Kreisen darunter. »Astaroth! Ist das dein Ernst?«

»Du brauchst den Gerechten, ich schaffe es nicht allein. In meinen Visionen steht er immer mit dem Rücken zu mir, und wenn ich nach ihm greife, verschwindet er. Ich kann nichts erkennen, keine Anhaltspunkte für seinen Aufenthaltsort liefern. Ich weiß nur, er ist kein alter Mann, aber auch kein Kind mehr.«

»Würde es vielleicht helfen, wenn du vor Ort wärst, also zumindest in diesem von dir ausgemachten Dreieck?« Ungeduld schwang in seiner Stimme mit. Es gefiel ihm nicht, dass er so kurz vor dem Ziel scheitern könnte.

Awa schüttelte den Kopf. »Die Entfernung spielt an sich keine Rolle, es kann sein, dass ich nur zu geschwächt bin, schließlich habe ich fünfunddreißig der Gerechten bereits aufgespürt.«

»Was ist mit den Ley-Linien? Würde ihre Kraft nicht ausreichen?« Er klammerte sich an diese Möglichkeit, denn nur ungern würde er Astaroth hineinziehen.

»Auf jeden Fall ist es einen Versuch wert. Wenn du mir den genauen Verlauf gibst, werde ich es versuchen.« Als wäre die Geschichte für sie damit erledigt,

wandte sie sich von ihm ab und ging zu der Sitz-
gruppe, die mitten im Raum stand. »Willst du etwas
trinken?« Fragend schaute sie über die Schulter zu
ihm rüber.

»Vielleicht später«, sagte er und stürmte aus dem
Raum. Er durfte keine Zeit verlieren. Er schritt eilig
den Gang zurück zum Ausgang und stieß die Tür auf.
Brutus tauchte neben ihm auf, und in seinem Rücken
vernahm er Neros zufriedenes Schmatzen. »Ich bin
gleich wieder da, Jungs.« Ein kurzer Blick zu Brutus,
und mit einem lauten »Wumm« faltete er die gewaltigen, schwarzen Schwingen in seinem Rücken aus.
Mit einem kräftigen Flügelschlag stieß er sich vom
Boden ab. Den Blick gen Himmel gerichtet, schraubte
er sich spiralförmig in die Höhe, bis er dem hellen
Schein der Großstadt entflohen war und um ihn
herum nur Dunkelheit herrschte. Er folgte den weit
über ihm glitzernden Sternen und schaute zur Erde
hinab. Sie war wunderschön, von hier oben wirkte sie
friedlich und aufgeräumt. Keine Spur von zerbombten
Städten und Verwüstung, nur das unendliche Blau des
Wassers und das Schimmern der Großstadtlichter
waren zu sehen. Er konzentrierte sich auf die Kraft,
die die Erde umgab, und nach und nach tauchte ein
feines Netz aus grün leuchtenden Fäden auf.

»Die Kraftlinien«, flüsterte er.

Alasdair löste sich von Europa und richtete den
Blick nach Norden. Die Schneedecke Grönlands hob
sich vom dunklen Wasser ab. Er fragte sich, wie weit

nach oben er wohl fliegen müsste, um die halbe Erdkugel überblicken zu können. Wahrscheinlich zu weit, so weit, dass er dann die Kraftlinien nicht mehr ausmachen konnte. Wohl oder übel flog er weiter zu der südlichen Spitze Grönlands und hoffte, dass es ausreichen würde. Mit jedem Kilometer, den er in die Höhe stieg, fiel die Temperatur ab, und Eiskristalle bildeten sich auf seiner Kleidung. Sein Körper und die Flügel blieben unempfindlich gegen diese Kälte, die in der Troposphäre −75°C erreichen konnte. Er beschleunigte seinen Flug, und etwa zehn Minuten später erreichte er Grönland. Die Helligkeit nahm zu, die Linien schimmerten nun schwächer, aber er konnte die Westküste immer noch nicht ausmachen. Verärgert über sich selbst flog er weiter. Es wäre besser und auch schneller gewesen, das Portal nach Seattle zu nutzen und die Linien vor Ort zu untersuchen. Grimmig verzog er die Miene. Aber was nutzte es, jetzt darüber nachzudenken, was besser gewesen wäre? Er flog weiter über die Ostküste Kanadas. Vor ihm tauchte die riesige Fläche der Hudson Bay auf und er konnte in der Ferne endlich die Westküste ausmachen. Mittelweile war es hell geworden und die Linien verloren sich allmählich im Licht der Sonne. Sein Handeln beschäftigte ihn. Dieses irrationale Denken … war er zu menschlich geworden? Färbte der Aufenthalt auf der Erde auf ihn ab? Oder war die menschliche Dummheit vielleicht eine ansteckende Krankheit?

Alasdair seufzte und konzentrierte sich auf seine

Aufgabe. Mit der fotografischen Präzision einer Kamera prägte er sich den Linienverlauf ins Gedächtnis ein und trat den Rückflug an. Über Grönland nahm die Dunkelheit wieder zu und er beschleunigte sein Tempo. Der Gedanke, Edward könnte ihm zuvorkommen, ließ ihm keine Ruhe. Er durfte nicht scheitern! Nicht so kurz vor dem Ziel!

Fast lautlos landete er vor dem Lagereingang. Nero saß in dem offenen Torspalt und seine Augen glitzerten freudig, als Alasdair auf ihn zuging. »Alles in Ordnung?«, fragte er, während er die Tür zuzog. Nero grunzte zufrieden, folgte ihm bis zu Awas Zimmer und drehte dann ab.

Awa saß auf der Couch und sah fragend auf, als er das Zimmer betrat. »Hast du sie?«

»Ja.« Eilig schritt er zum Tisch und zog die Landkarte mit den roten Linien an sich.

»Warte einen Moment.« Awa sprang auf und lief zum Tisch. »Ich brauche eine neue Karte!« Hastig zog sie eine jungfräuliche Karte aus dem Stapel und legte sie oben drauf.

Alasdair griff nach einem grünen Leuchtstift und zeichnete präzise die Linien nach. Als er fertig war, verglich er sie mit den roten, die Awa aus dem Internet hatte. »Sie sind nicht ganz identisch, aber auch nicht schlecht. Zudem leuchten die Linien grün und nicht rot wie auf deiner Karte.«

»Es kann sein, dass man die Farbe nur deshalb gewählt hatte, weil sie besser zu sehen ist, auch wenn manche behaupten, sie sind dem flüssigen Kern der Erde und seiner Kraft nachempfunden. Für die Visualisierung ist es aber von Bedeutung. Man sollte wissen, was für eine Farbe sie haben, vielleicht habe ich sie deswegen nicht fassen können.« Awa trat mit der Karte in der Hand in einen Schutzkreis, den sie mit rosa Kreide auf dem Boden gezogen hatte. Seinen Rand zierten unzählige Zeichen. Vorwiegend handelte es sich dabei um Schutzzeichen, die Awa vermutlich vor äußeren Einflüssen schützen sollten.

Alasdair beobachtete, wie sie die Karte auf den Boden innerhalb des Kreises legte und sich daraufstellte. Den Kopf gesenkt, die Handflächen nach oben gedreht, zündete sie mit bloßem Willen unzählige Kerzen an, die um den Schutzkreis standen. Ihr Körper versteifte sich und ihr Kopf fiel in den Nacken. Ein leuchtender, grüner Schimmer erfasste sie und schoss, in einen Strahl gebündelt, plötzlich aus ihr heraus. Es dauerte einige Sekunden, bis das Licht wieder erlosch und Awa kraftlos zu Boden fiel. Alasdair zog sie an ihrem Arm, der außerhalb des Kreises lag, aus dem Schutzkreis und legte sie auf die Couch. Sie atmete flach, kaum hörbar, und dann schnellte sie urplötzlich hoch. Sie schnappte nach Luft. »Jake Molohan, etwa … etwa zwanzig Jahre alt, braune Haare und Augen.« Sie holte tief Luft. »Lebt noch bei seinen Eltern, Jake und Diana.«

»Wo?«, fragte er ungeduldig.

»Seattle.«

Ohne sich nach ihrem Befinden zu erkundigen, stürzte Alasdair aus dem Raum und lief aus der Halle. Sofort nahm er telepathischen Kontakt zu Ashat auf, seiner rechten Hand. Er befehligte die Kampftruppe und Alasdair verabredete sich mit ihnen vor dem Portal.

Er hob sich in die Lüfte und schaute auf das Gelände unter sich. Das gesamte Areal erstreckte sich über eine Fläche, die etwa acht Fußballfelder einnahm. Kleine und große Lagerhallen reihten sich aneinander, dazwischen lag ein graues Gebäude, das früher die Verwaltung beherbergt hatte. Die beste Zeit hatte es bereits hinter sich. Alasdair konnte sich jedoch noch an die mit Leben erfüllten Straßen und Gebäude erinnern. Das Gelände hatte schon immer ihm gehört. Er hatte das Portal vor Urzeiten in einer Felsspalte entdeckt und daraufhin eine kleine Festung darüber gebaut, mitten in der Wildnis. Mit der Zeit war sie zu beachtlicher Größe herangewachsen. Er hatte sie seinen Vasallen überlassen und sich aus dieser Welt zurückgezogen. Aber Kriege und der Zahn der Zeit hatten an ihr genagt, und bei seiner Rückkehr sah er sich der völligen Zerstörung gegenüber. Eine neue Zeit war angebrochen. Er war gezwungen gewesen, den Besitz der Zeit und auch seinen Bedürfnissen anzupassen. Er hatte Produktionsstätten und Lagerhallen gebaut und über dem Portal das imposante Wohn- und Verwaltungsgebäude. So war er imstande, in nur wenigen Sekunden jeden Winkel dieser Welt zu erreichen. Die Stadt war damals noch weit entfernt gewesen und er hätte nie daran gedacht, dass sie seine Besitztümer eines Tages verschlucken würde. Nachdem er zurückgekehrt war, war sein Erstaunen umso größer ausgefallen, als er hatte feststellen müssen, dass genau das passiert war und sein Besitz sich bereits im Westen der Stadt befand. Ein Schandfleck mitten in einer aufgeräumten Stadt und eine neue Herausforderung für ihn.

Er zog einen Kreis über dem grauen Gebäude und landete dann auf der Terrasse im zweiten Stock, die zum Wohnzimmer seiner ehemaligen Wohnung führte. Die Tür war nur angelehnt. Drinnen erinnerte nichts mehr an die Pracht der vergangenen Zeit. Was von Wert war, war geplündert worden, aber es interessierte ihn ohnehin nicht, er machte sich nichts aus dem weltlichen Besitz. Nur Kleinigkeiten. Was er anstrebte, war der Besitz der gesamten Erde mit seinen Bewohnern. Er würde sie in die Ketten legen und hier die Hölle errichten.

Ein Geräusch ließ ihn aufhorchen. Er sah Ashat, wie er auf der Terrasse landete. Hinter ihm tauchte Skyler auf.

»Kelan, Greg und Val sind unterwegs«, sagte Ashat, während er den Raum betrat.

Skyler nickte zur Begrüßung.

»Ich schlage vor, wir gehen schon mal nach unten. Die anderen kennen den Weg.« Alasdair ging Richtung Flur. Ashat und Skyler folgten ihm wortlos.

Eine breite Treppe führte nach unten. Während Alasdair und Ashat die Treppe nutzten, sprang Skyler über die Brüstung und landete in der Vorhalle.

»Was ist das Ziel?«, fragte Ashat ohne jegliche Neugierde.

»Seattle«, antwortete Alasdair. »Wenn alles gut läuft, können wir heute die erste Phase abschließen.«

»Es wird schon klappen«, sagte Ashat und warf einen Blick über die Brüstung.

»Skyler hält sich mit Kleinigkeiten nicht auf«, lächelte Alasdair. »Warum eine Treppe nehmen, wenn man auch springen kann.« Während er sprach, sprangen drei weitere Gestalten an ihnen vorbei runter in die Halle.

»Die Zielperson ist Jake Molohan, etwa zwanzig. Eltern Jake und Diana. Finde heraus, wo sie wohnen.«

Ashat zückte sein Smartphone aus der Jacke und tippte die Anfrage ein. »Ich hab's, es wird ein Kinderspiel«, sagte er zufrieden und steckte sein Handy wieder in die Jackentasche zurück.

Mittelweile waren Alasdair und Ashat auch in der Halle angekommen und nickten den Männern zur Begrüßung zu. Alasdair trat an die vertäfelte Wand heran und tastete an einer bestimmten Stelle die Verzierung ab. Kurz darauf glitt sie zur Seite und ein Durchgang tauchte dahinter auf. Einer nach dem anderen stiegen sie die Steintreppe in den Keller hinunter. Val schaltete seine Taschenlampe an. Ihr Licht tanzte auf den Stufen unter ihren Füßen.

»Sag bloß, du kannst in der Dunkelheit nichts sehen?«, zog Greg Val auf.

»Lass ihn in Ruhe. Du weißt, dass er das nicht kann!«

»Ist schon gut, Skyler, ich werde alleine mit Greg fertig«, brummte Val.

»Daran zweifle ich nicht. Nur habe ich das Gefühl, dass Greg es nicht klar ist, sonst würde er sein Schandmaul nicht so weit aufreißen.«

»Wir sind da!«, unterbrach Alasdair die Unterhaltung und baute sich vor einem großen, ovalen Stein auf. »Ich öffne jetzt das Portal und wir tauchen alle in Seattle wieder auf. Nicht in New York und auch nicht in Miami, ist das klar, Greg?«

»Du gönnst einem rein gar nichts«, murmelte Greg.

Alasdair legte beide Hände mit gespreizten Fingern auf den Stein. Unter seiner Berührung verflüssigte sich die graue, harte Oberfläche und begann silbrig zu glänzen.

»Ich hasse diese flüssigen Spiegel. Während der Reise dreht sich mir jedes Mal der Magen um. Ich hätte nichts essen sollen«, beschwerte sich Kelan.

»Du gehst als Ester, Ashat«, sagte Alasdair, während er die Finger in das Portal tauchte und einige Zeichen in die zähe Flüssigkeit malte. »Skyler, Val, Greg und Kelan folgen dir. Danach gehe ich hindurch. Also los!« Einer nach dem anderen tauchten sie in das flüssige Blei des Portals ein, zuletzt Alasdair.

Auf der anderen Seite, in Seattle, warteten die

anderen bereits auf ihn. Nur Kelan stand etwas abseits. Seinen schlanken Körper nach vorne gebeugt, stützte er sich mit beiden Händen auf den Knien ab und würgte. Das dunkle Haar hing ihm in Strähnen ins Gesicht und klebte teilweise an der feuchten Stirn. Er richtete sich auf und atmete ein paarmal tief durch.

»Geht's wieder?«, fragte Alasdair.

»Bin okay«, versicherte Kelan.

Alasdair nickte und wandte sich an Ashat. »Wie gehen wir vor?«

Vertieft in sein Smartphone, gab Ashat die Anweisungen. »Ich habe jedem von euch ein Bild und das Profil des Jungen geschickt. Wir haben jetzt drei Uhr am Nachmittag. Ich gehe noch seine letzten Posts durch, um zu sehen, was er heute so getrieben hat.

»Am besten schicken wir Kelan zu ihm nach Hause«, sagte Greg. »Er sieht einem unreifen Jugendlichen am ähnlichsten, da schöpft keiner Verdacht.«

»Das wird nicht nötig sein«, unterbrach Ashat ihn. »Jake und zwei seiner Freunde sind gestern zu einem Ausflug in die North Cascades aufgebrochen.«

Mit einem Satz stand Alasdair neben Ashat und entriss ihm das Telefon. Ungläubig starrte er auf die Bilder, die drei breit grinsende Jungs in einer Bergsteigermontur vor einem Hubschrauber zeigten. »Das kann nicht wahr sein! Verdammter Mist!« Alasdair knurrte wütend. »Ich drehe jedem von ihnen persönlich den Hals um!«

»Gut, sie haben einen Vorsprung von etwa neunundzwanzig Stunden«, sagte Ashat. »Dank ihrer Mitteilungsfreundlichkeit wissen wir, dass sie gestern mit dem Hubschrauber nach Diablo geflogen sind, in der Nähe übernachtet haben und heute Morgen zu einer Tour aufgebrochen sind. Somit schrumpft der reale Vorsprung auf etwa acht Stunden. Nichts, was uns Schwierigkeiten bereiten wird.«

»Dann los«, sagte Alasdair. Seine Augen funkelten. »Ich möchte sie haben, bevor es dunkel wird.«

23

DIABLO TRAIL

Ein Sturm braute sich über den Wäldern des Parks zusammen, als die kleine Gruppe Richtung Norden flog. Die Gewitterwolken türmten sich zu einer undurchdringlichen schwarzen Wand auf, und der Sturm gewann immer mehr an Stärke. Im Sinkflug ließ Alasdair den Blick über das endlose Grün der Wälder schweifen. *Nur einen Tag früher, einen einzigen Tag,* dachte er verärgert, *und ich hätte den letzten Gerechten ganz gemütlich in Seattle aufgreifen können. Stattdessen muss ich drei Verrückten im North-Cascades-Nationalpark nachjagen, die beschlossen haben, das Abenteuer ihres Lebens zu erleben.* »Und das werden sie!« Ein schelmisches Grinsen stahl sich auf seine Lippen. »Dafür werde ich sorgen – als Dank für diese zusätzliche Kraftanstrengung.«

Langsam steuerte er auf eine Steilwand zu und landete auf einem Vorsprung, der wie eine Sprungschanze aus dem Felsen herausragte. In dem Moment, als seine Füße den Boden berührten, verschwanden die schwarzen Flügel, und nichts hätte ihn mehr von einem Abenteurer unterscheiden können. Auch seine

Ausrüstung war so gewählt, dass er nicht sofort auffiel, wenn man ihm begegnete. Im Grunde nur eine Scharade, die ihm Spaß machte, denn bei seinen Fähigkeiten würde er all das nicht wirklich brauchen, aber der Zauber kostete ihn kaum Mühe.

Die ersten Regentropfen fielen ihm ins Gesicht und Alasdair beobachtete, wie sich die Regenfront auf ihn zubewegte. Wie ein schwarzes, zu allen Seiten quellendes Ungeheuer legte sie sich über die Wälder. Aus den Wolken zuckte es grell und der Regen rauschte plötzlich in Fluten herab.

Ein Geräusch über ihm ließ Alasdair aufschauen.

»Ein Scheißwetter, hättest du nicht für ein besseres sorgen können?« Skyler landete neben Alasdair und wischte sich den Regen aus dem Gesicht.

»Hätte ich, aber der Spaß wäre zu kurz gekommen«, sagte er lächelnd.

»Das soll spaßig sein? Klatschnass im Nirgendwo durch die Wälder streifen, auf der Suche nach Jungs, die sich beweisen wollen, dass sie Männer sind?« Skyler warf wütend seinen Rucksack auf den Boden.

Nacheinander landeten auch Greg und Val auf dem Vorsprung. Wortlos starrten sie auf das endlose Grün.

»Außer Wäldern ist hier nichts zu sehen«, meinte Skyler. Sein Blick schweifte über die Umgebung und richtete sich dann besorgt gen Himmel. »Und bevor hier die Hölle richtig losbricht, sollten wir einen Unterschlupf finden.«

»Angst vor Gewitter, Skyler?« Greg musterte

amüsiert den eins neunzig Hünen, der noch immer besorgt in den Himmel starrte.

»Es hat ohnehin keinen Sinn, jetzt loszuziehen«, unterbrach Alasdair die Unterhaltung. »Bevor ich nicht den Kontakt zu Ashat und Kelan hergestellt habe, bleiben wir hier.« Während er sprach, tastete Alasdair die Umgebung mit seinen Sinnen ab. Ein Lächeln zuckte plötzlich in seinen Mundwinkeln, als er das fand, wonach er suchte. »Eine Höhle, etwa zwanzig Meter in der Richtung.« Mit einer Handbewegung deutete er nach links zu einer verwitterten Felswand, unter der sich Unmengen an Geröll türmten.

Skyler schnappte sich seinen Rucksack und machte sich auf, den Unterschlupf zu suchen. Die anderen folgten ihm.

Die Höhle erwies sich als ein Spalt, der sich in einen Felsen hineinzog und nur kleine Nischen zum Sitzen bot. Mehr war auch nicht nötig. Alasdair zwang sich in eine der Nischen und versuchte sofort, Ashat und Kelan zu kontaktieren.

Nachdem sie in Seattle erfahren hatten, dass der Gerechte mit seinen Freunden am Vortag zu einer Tour im Gebirge aufgebrochen war, hatten sie sich getrennt. Ashat und Kelan hatten sich ins Städtchen Diablo begeben, wohin die drei Freunde aus Seattle mit einem Hubschrauber geflogen waren. Einer der Jungs hatte in der Lotterie zwanzigtausend gewonnen und die anderen beiden zu diesem Ausflug eingeladen.

Alasdair überlegte, ob das nur ein Zufall sein konnte oder ob vielleicht eine dritte Partei ihre Finger im Spiel hatte.

Er vertrieb alles aus seinem Kopf und konzentrierte sich. Ashat tauchte vor seinem inneren Auge auf. Er und Kelan waren im North Cascades Environmental Learning Centre am Diablo Lake untergekommen, wo die drei Jungs die letzte Nacht verbracht hatten. Am heutigen Morgen waren sie trotz Schlechtwetter-Warnungen zu ihrer Tour aufgebrochen. Sie nahmen, wie einige andere Wanderer, den Diablo Trail.

Zu viele Menschen bedeuten Schwierigkeiten bei der Suche, dachte Alasdair verstimmt. Zudem war es für keinen von ihnen möglich, den Kontakt zu einem Gerechten herzustellen. So mussten sie sich durch die unzähligen Erinnerungen und Eindrücke von anderen Bergsteigern oder seiner Freunde durchkämpfen, um herauszufinden, wo der sich gerade befand. Kein leichtes Unterfangen, in dem nur Bäume einen Anhaltspunkt liefern konnten und in dem die Zeit noch ein wesentlicher Faktor war.

Alasdair gab Ashat einige Anweisungen. Er sollte dem Trail und somit den Jungs folgen. Da im Mai die Saison erst begonnen hatte, war nicht mit vielen Wanderern und Bergsteigern zu rechnen. Zudem fanden sie auf Facebook einige Fotos der Jungs und wussten jetzt, wie sie aussahen.

Alasdair unterbrach die Verbindung und wandte sich den anderen zu. Greg zog Skyler immer noch auf und amüsierte sich auf seine Kosten. Skyler war es egal, es prallte an ihm ab. Val saß in seiner Ecke und beobachtete die beiden mit einem scheuen Lächeln auf den Lippen. Alasdair mochte Val, hauptsächlich seine ruhige, besonnene Art. Er sprach wenig, beobachtete lieber.

»Greg!« Alasdair hatte genug von seinen Scherzen und musterte ihn mit grimmiger Miene. »Können wir uns jetzt auf unsere Aufgabe konzentrieren? Die Jungs befinden sich irgendwo in diesen Wäldern. Wir müssen sie finden – und zwar schnell! Wenn wir versagen, war alles umsonst. Ich muss euch doch nicht klarmachen, was das bedeuten würde, oder?« Greg schwieg augenblicklich. »Wir versuchen, in die Köpfe seiner Freunde einzudringen, um herauszufinden, wo sie sich befinden.« Alasdairs Blick ruhte auf Greg. »Ist das klar?«

»Bei dem Wetter haben sie sich bestimmt irgendwo verkrochen und wir bekommen nur die Zeltwände zu sehen«, brummte Greg.

»Egal«, brummte Skyler zurück. »Vielleicht können wir aus ihrer Unterhaltung heraushören, was sie vorhaben.«

»Ashat und Kelan folgen ihnen bereits. Bei dem schlechten Wetter sind sie bestimmt nicht weit gekommen. Höchstens zwanzig Kilometer. Das schaffen die beiden in einer Stunde zu Fuß. Wenn alles gut läuft, haben wir sie bald.« Alasdair war zuversichtlich, dass er heute wieder nach London zurückkehren würde. Er schritt zum Höhleneingang und blieb stehen. Der Sturm tobte immer noch, verlor aber langsam an Kraft. Auch die Sicht wurde klarer und aus dem gräulichen Dunst tauchten die schneebedeckten Berggipfel der Bergkette auf. Unten im Tal zog sich der Diablo-Stausee wie eine silbrig glitzernde Narbe durch das endlose Grün. Er persönlich liebte große Städte, die Einsamkeit der Berge konnte ihn nicht wirklich begeistern, und trotzdem konnte er sich der überwältigenden Wirkung der Natur nicht entziehen. Er kam sich plötzlich klein und unbedeutend vor. Ein Gefühl, das ihm nicht behagte. Schnell wandte er sich ab und schaute nach den anderen.

Skyler saß in sich vertieft in seiner Nische. Offensichtlich hatte er Kontakt zu jemandem aufgenommen. Alasdair tat es ihm gleich. Er öffnete seinen Geist auf der Suche nach einer Präsenz. Bildfetzen und verzerrte Stimmen huschten durch seinen Kopf, bis sich ein klares Bild kristallisierte. Alasdair sah deutlich die Bäume vor sich, ihre vom Regen durchnässte braune Rinde, die mit saftig grünem Moos bewachsenen Felsen, die umrahmt waren von lila blühenden Blüten und – Raphael!

»Verdammt!« Ihm war klar, dass Edward bemüht war, den Gerechten vor ihm zu finden, aber durch den bisherigen Erfolg war er sich ziemlich sicher gewesen, dass Edward und seine Leute ihm auch diesmal nicht in die Quere kommen würden. Sie waren stets zu langsam gewesen, was Edward mit Sicherheit zur

Weißglut gebracht hatte. Sicherlich hatte er deshalb Raphael die Verantwortung übertragen. Raphael war gut, aber es wunderte ihn trotzdem, dass er nicht Sevier darum gebeten hatte. Sevier war ein ernstzunehmender Gegner. In Alasdairs Augen der Einzige, der sich mit ihm messen konnte.

»Das sind die Jungs«, sagte einer der fünf Wanderer, die um Raphael standen und sich die Fotos auf Raphaels Handy anschauten. »Als es anfing zu regnen, suchten wir uns einen Unterschlupf. Sie holten uns ein. Doch sie gingen weiter, wollten sich uns nicht anschließen. Redeten von Überlebenstraining und von Grenzen ausloten. Wenn Sie mich fragen«, sagte der Mann mit ernster Miene, »mir kamen sie etwas leichtsinnig vor und machten nicht den Eindruck, als würden sie sich in den Bergen auskennen. Zudem fiel mir ihre Ausrüstung auf. Sie war tadellos und nagelneu, und das bei allen dreien.«

»Wann war das?«, fragte Raphael, während er das Handy wieder in seine Jackentasche steckte.

»Als der Sturm losging, etwa vor einer Stunde«, antwortete der Mann und musterte Raphael eindringlich. »Sie wollen doch nicht etwa in der Aufmachung nach den Jungs suchen?«

»Machen Sie sich keine Gedanken, ich komme zurecht.«

»Der Weg wird ab hier steil und felsig, ihre Schuhe sind dafür nicht geeignet.«

»Wie ich schon sagte, ich komme zurecht.«

Das war so eine Situation, die Alasdair mit seiner Ausrüstung hatte verhindern wollen. Raphael war es entweder egal, was die Leute bei seinem Anblick dachten, oder er hatte keine Zeit, sich darum zu kümmern. Wahrscheinlich traf beides zu.

Alasdair reichte, was er gesehen hatte, und er stellte den Kontakt zu Ashat her. Ashat berichtete, dass er und Kelan der Fünfergruppe bereits begegnet waren, aber er sie nicht hatte ausfragen brauchen, weil sie sich über die Jungs lautstark unterhalten hatten. Er schätzte, dass sie die Jungs bald einholen würden. Als er erfuhr, dass Raphael ebenfalls da war, schlug er vor, dass Alasdair mit dem Rest der Gruppe zu ihnen stoßen sollte.

»Alle mal herhören!« Alasdair trat vor die anderen. »Wir brechen jetzt auf. Ashat und Kelan haben die Jungs fast eingeholt. Raphael ist auch schon da, wir haben einen kleinen Vorsprung, den wir unbedingt nutzen sollten!«

Sie verließen eilig die Höhle und stürzten sich in Risikolaune den Felsen hinab. Alasdair stand als Letzter vor dem Abgrund und beobachtete mit steinerner Miene, wie die drei ihre Flügel erst kurz vor dem Aufprall ausbreiteten. So ein Sturz konnte keinen von ihnen töten, aber die Verletzungen, die sie dabei erlitten hätten, wären erheblich und schmerzhaft gewesen. Die Heilung hätte einige Zeit in Anspruch genommen. Er grinste und in Vorfreude stürzte sich kopfüber nach unten. Im freien Fall sauste er der Erde entgegen, den kalten Wind im Gesicht und das Rauschen in den Ohren. Kurz vor dem Aufprall breitete auch er die Flügel aus. Der Luftwiderstand riss ihn in die Höhe und er glitt geräuschlos über den Baumwipfeln. Seine Sinne tasteten die Umgebung nach einem Bären ab. Wenn es die Zeit zuließ, würde er gerne das versprochene Abenteuer liefern. Der Bär wäre auch ideal, um die Gruppe auseinanderzutreiben und den Gerechten von seinen Freunden zu trennen. Dann wäre es ein Kinderspiel, ihn verschwinden zu lassen, ohne dass die anderen beiden gleich Verdacht schöpfen würden.

Alasdair sah etwa hundert Meter vor sich, wie Skyler zwischen den Bäumen verschwand. Kurz darauf verschwanden auch Greg und Val. Anscheinend hatten sie Ashat und Kelan gefunden. Er drehte ab und flog in westliche Richtung. Seine Sinne tasteten weiter die Umgebung ab. Es hatte aufgehört zu regnen, und der Wald atmete noch die frische, kühle Regenluft aus, in die sich langsam der schwere, modrige Duft von Pilzen und zerfallenem Holz mischte. Er musste sich beeilen, Raphael könnte jede Minute auftauchen. Oder noch schlimmer: Er könnte den Gerechten vor ihm finden.

Alasdair setzte zum Sinkflug an und tauchte zwischen den Bäumen unter. Ein bläulich flirrender Nebelschleier umhüllte ihn plötzlich und seine Gestalt löste sich im Nichts auf. Sich unsichtbar zu machen war nur wenigen seiner Art vorbehalten. Eigentlich nur den Engeln der ersten Stunde, was er aber nicht war. Eine Tatsache, die ihn zu etwas Besonderem machte und die auf das Konto seiner Eltern ging. Ein Gefühl der Wärme durchflutete ihn. Seine Mutter war in der Tat etwas Besonderes, und ihre kompromisslose Liebe war stets die treibende Kraft in seinem Dasein. Sie gab ihm Halt in schweren Zeiten. So wie damals, als er und Edward …

Der Gedanke an Edward holte Alasdair schlagartig zurück. Die Wärme in seinem Inneren wich Kälte. Er durfte keine Sekunde vergessen, dass Edwards Leute bereits da waren und im Bemühen, seine Pläne zu durchkreuzen, durch die Wälder schlichen.

Er beschloss, zu Fuß weiterzugehen, das Fliegen kostete Kraft und die brauchte er jetzt für die Suche nach den Jungs. Seine Füße setzten auf dem weichen Waldboden auf, und nur das Knacken der Äste unter seinen Füßen zeugte von seiner Anwesenheit. Er nahm unzählige Tiere wahr, aber es war kein Bär dabei. Enttäuscht seufzte er. Die Nummer mit dem Bären hätte ihm Spaß gemacht.

Ashat meldete sich und berichtete, dass sie die Jungs noch nicht gesichtet hatten. Alasdair war zu weit nach Westen abgedriftet. Just in dem Moment, als er beschloss, zu seinen Leuten zurückzukehren, nahm er eine menschliche Präsenz wahr. Er beschleunigte sein Tempo, und mit jedem seiner Schritte wurde er sicherer, dass es sich dabei um die gesuchten Jungs handelte. Und tatsächlich, wenige

Minuten später sah er sie. Die jungen Männer schritten im Gänsemarsch auf einem schmalen, mit knorrigen Wurzeln bewachsenen Pfad. Vereinzelte Felsbrocken säumten den Weg. Sie sprachen kaum, die Strapazen des langen Marsches waren ihnen deutlich anzusehen.

»Hey, Leute«, meldete sich der Gerechte zu Wort, der die Nachhut bildete. »Wir sollten uns langsam einen Platz zum Übernachten suchen. Es dämmert bereits.«

»Jake hat recht«, sagte der Junge, der die Gruppe anführte. »Wir suchen uns einen schönen Platz. Ich will endlich aus den feuchten Klamotten raus.«

»Du warst doch derjenige, der unbedingt weitergehen wollte«, sagte der Junge in der Mitte.

»Was hat das jetzt damit zu tun? Wenn du keinen Bock hattest, im Regen zu wandern, hättest du doch bei den alten Säcken bleiben können.«

»Wenn ich das gewollt hätte, hätte ich es auch getan. Aber nicht ich jammere hier wie 'ne Memme.«

»Wer jammert denn?« Abrupt blieb der Junge an der Spitze stehen und schnellte herum. »Ich sagte nur, dass ich meine Klamotten ausziehen will.«

»Ich weiß, was du gesagt hast. Geh lieber weiter!« Der Junge rückte näher an den Vordermann heran und schob ihn mit seiner Leibesmasse einige Schritte vorwärts.

»Jungs, kommt schon!«, mischte sich Jake ein. »Wir sind doch gut vorangekommen. So schlimm war es doch gar nicht. Wir sind alle müde, lasst uns einen Schlafplatz finden.«

»Hast du gehört? Beweg dein Arsch oder mach Platz für mich, ich übernehme gerne!« Der Sandwichjunge stupste den Vordermann erneut an.

»Das würde dir so gefallen, aber nichts da!«, schnauzte der zurück. »Ich bin derjenige, der die Idee zu dem Trip hatte und ihn auch finanziert hat.«

»Soll ich dir jetzt dafür auf ewig dankbar sein? Darüber reden wir, wenn ich nach dem Trip Bilanz gezogen habe. Jetzt geh schon weiter!«

Alasdair lehnte an einem Baum und folgte amüsiert der Unterhaltung. Er könnte sich Jake schnappen und mit ihm schnell in den Bäumen verschwinden. Doch zuerst müsste er seine Leute informieren, denn sollten Raphael und seine Mitstreiter auftauchen, könnte es gut sein, dass er ihre Hilfe brauchen würde.

Die drei fanden einen geeigneten Platz für ihr Lager inmitten einer Felsformation. Eine kleine Lichtung lag geschützt zwischen den Felsen und bot genügend Platz für ihre kleinen Zelte.

Alasdair konzentrierte sich auf den Kontakt zu Ashat. Seine Sinne suchten nach seiner Aura und trafen auf etwas anderes. Ein Lächeln zuckte in seinem Mundwinkel. Ein Bär! Er hatte die Idee schon aufgegeben, umso mehr freute er sich, jetzt doch noch einen gefunden zu haben. Sein Geist fuhr in die Kreatur und er schaute auf zwei pelzige Tatzen, die im gemütlichen Gang auf dem Boden aufsetzten.

Umgehend lenkte er das Tier um und steuerte es auf die nichtsahnenden Jungs zu.

Die hingegen waren mit dem Lageraufbau so beschäftigt, dass sie auf die Geräusche in ihrer Umgebung nicht achteten. Erst das laute Brüllen des Bären ließ sie aufschrecken. Wie erstarrt stierten sie einige Sekunden auf das Tier, das zwischen den Felsen stand, bevor sie schreiend auseinanderstoben. Der Bär fegte die Zelte beiseite und folgte Jake. Der Junge rannte wie von Sinnen davon, nicht ahnend, dass die Gefahr bereits gebannt war.

Alasdair hatte den Bären verlassen und folgte dem Jungen als unsichtbarer Schatten. Inzwischen hatte er auch Ashat informiert, der mit den anderen schon auf dem Weg zu ihm war.

Jake rannte weiter und würde vermutlich erst dann zum Stehen kommen, wenn seine Kräfte aufgebraucht wären. So viel Zeit hatte Alasdair allerdings nicht. Als er auf gleicher Höhe mit Jake war, stieß er ihn grob zur Seite. Jake fiel hin und rollte einen kleinen Abhang runter. Schwer atmend und mit weit aufgerissenen Augen blieb er liegen. Kurz darauf setzte er sich auf und schaute sich verwirrt um. Alasdair hätte noch gerne Spielchen mit ihm gespielt, aber die Zeit drängte, also ließ er davon ab und materialisierte sich hinter Jakes Rücken.

»Warum rennst du wie ein Wilder im Wald rum?«, sagte er und griff dabei nach Jakes Schulter. Jake schrie auf und rutschte auf dem Hintern von ihm weg.

»Verdammt!« Jake schaute ihn ungläubig an. »Wo kommst du plötzlich her?«

»Ich habe den Krach gehört, den du hier machst, und wollte nachsehen, was los ist.«

»Was los ist? Ein Bär hat uns angegriffen!«, schrie Jake hysterisch und sprang auf die Beine. »Wir müssen meine Freunde suchen!« Aufgeregt deutete er in die Richtung, aus der er gekommen war.

»Beruhige dich, wir werden sie schon finden. Komm jetzt mit mir, ich habe mir in der Nähe einen Schlafplatz eingerichtet.« Während er sprach, legte er Jake fürsorglich einen Arm auf die Schulter.

»Du hast doch nicht wirklich geglaubt, ich würde dir den letzten Gerechten überlassen?« Sevier trat plötzlich hinter einem Baum hervor. Seine Miene verriet keine Regung, nur seine Augen schauten Alasdair eindringlich an.

»Es überrascht mich nicht, dich hier zu sehen«, sagte Alasdair gelassen. »Im Gegenteil, ich habe mich schon gefragt, wo du bleibst.« Mit einem verschlagenen Lächeln zog er Jake zu sich. Ohne Eile stellte er sich hinter ihn und legte den rechten Arm quer über Jakes Brust, wobei er ihn fest an sich drückte.

»Ich werde dich mit Jake nicht gehen lassen, das ist dir doch klar?« Sevier machte einen Schritt auf ihn zu.

»Und ich werde ihn dir nicht überlassen, das ist *dir* doch klar?« Alasdair schaute Sevier herausfordernd an. Jake zitterte.

»Hey, Leute«, wagte er einen Vorstoß, »ich habe

keine Ahnung, was zwischen euch läuft und auch nicht, was das mit mir zu tun haben soll. Seid ihr denn sicher, dass ihr den richtigen Jake habt?«

»Ach, Jake, sehen wir etwa wie zwei Vollidioten aus? Tsss, tsss.« Alasdair schnalzte ungläubig mit der Zunge. »Du bist Jake Molohan junior, geboren am 21. April in Seattle. Eltern Jake und Diana Molohan. Überzeugt dich das?« Alasdair spürte, wie Jakes Knie leicht nachgaben, aber er hielt ihn weiterhin fest an sich gepresst. »Du bist der Richtige, Junge.« Alasdair schlug einen versöhnlichen Ton an. »Ich werde dich jetzt mitnehmen.«

»Das werde *ich* aber nicht zulassen.« Sevier baute sich in voller Größe vor ihnen auf.

Alasdairs Augen nahmen die Eiseskälte an, für die sie so berühmt waren, und bohrten sich unerbittlich in Sevier. »Geh mir aus dem Weg!«, brüllte er ihn an.

»Das werde ich nicht!«

Seviers Körper spannte sich an. Alasdair wurde klar, dass es in diesem Kampf keinen Sieger geben würde. Dass Sevier ein zu starker Gegner war und er ohne Ashat und die anderen keine Chance hatte, Sevier zu entkommen. Er musste jetzt eine Entscheidung treffen. Eine Entscheidung, die ihn in seinen Vorbereitungen Monate zurückwerfen könnte. Die Erkenntnis machte ihn wütend. Aber das war gut. Wut ließ ihn kompromisslose Entscheidungen leichter treffen. Und er war nicht Narr genug, um nicht zu sehen, dass Sevier alles tun würde, um ihn an der Flucht mit dem Jungen zu hindern. Er ergriff den Kopf des Jungen und brach ihm das Genick, bevor Sevier merkte, was er vorhatte. »Es tut mir leid, Jake.« Der leblose Körper glitt zu Boden.

»Nein!«, brüllte Sevier und stürzte sich auf Alasdair.

Alasdair wich nicht aus. Seviers Faust raste auf ihn zu. Er drehte den Kopf etwas zur Seite, damit der Schlag ihn nicht frontal traf. Die Faust traf seinen Kiefer, Blut spritzte aus seinem Mund. Der Schlag hätte einem gewöhnlichen Mann den Schädel zertrümmert, ihn brachte er nur leicht ins Wanken. Ohne zu überlegen, trat er mit voller Wucht gegen Seviers Bauch. Sein Gegner krümmte sich und stolperte einige Schritte rückwärts. Als Sevier sich wieder aufrichtete, grinste Alasdair ihn hämisch an und wischte sich dabei mit dem Handrücken das tropfende Blut vom Kinn.

»*Du* kannst mich nicht aufhalten, keiner von euch kann es!« Das Lächeln immer noch auf den Lippen, starrte er nachdenklich auf die blutverschmierte Hand. Er hätte dem Schlag leicht ausweichen können, hatte es aber nicht getan. Hatte er ihn sogar herbeigesehnt? Und warum? Vielleicht, um sich zu überzeugen, dass in ihm auch nur Blut floss?

Als er den Blick wieder auf Sevier richtete, war sein Lächeln verschwunden und ein harter Zug lag um seinen Mund. »Dieser Zwischenfall«, fuhr er fort, »bedeutet nicht das Ende. Es ist bedauerlich, aber der Gerechte wird wiedergeboren, und ich werde ihn in meine Gewalt bringen, ehe euch klar wird, wo oder wer er ist.« Während er sprach, umhüllte ihn ein feiner Nebelschleier aus blauen Lichtteilchen. Er fing an sich aufzulösen. »Bis dahin«, sagte er lächelnd, »werde ich mir die Zeit mit Arden verkürzen.«

Er hatte sich schon fast aufgelöst, als er Sevier mit wutentbranntem Gesicht auf sich zurasen sah. »Eine nützliche Eigenschaft, dieser Lichternebel.« Alasdair lächelte noch breiter, und dann verschwand er schließlich gänzlich.

Hell's Secrets

Band 2
Götterblut

Das höllische Geheimnis in dir …

Der Plan des dunklen Engels Alasdair, alle 36 Gerechten an sich zu bringen, wurde zwar vereitelt, doch er gibt noch lange nicht auf. Die Jagd nach der letzten Gerechtenseele geht weiter.

Arden weiß immer noch nicht um die wahren Absichten ihres Geliebten, aber sie kommt dem Geheimnis ihrer eigenen Herkunft näher. Ein Buch aus der Hölle und ein mysteriöser Dämon bringen sie auf die Spur des Wesens, das in ihr steckt – aber will sie es wirklich kennenlernen?

Zusammen mit ihren Freunden stellt sich Arden Dämonen, Engeln und Vampiren, um endlich Antworten zu bekommen. Während sich Alasdairs Kampf gegen ihren Vater zuspitzt, wagt Arden einen Schritt durch ein Tor, aus dem niemand zurückkehrt – geradewegs in die Hölle …

Bereit für den nächsten Teil von Ardens und Alasdairs Geschichte?

Liebe Leser,

ich möchte euch dafür danken, dass ihr Arden, Alasdair und Co. eine Chance gegeben und sie auf ihrem Weg begleitet habt.

Wenn euch die Geschichte gefallen hat, dann lasst es mich wissen. Gerne in einer Rezension bei Amazon, denn jede Rezension zählt und hilft anderen Lesern mein Buch zu entdecken.

Für weitere Fragen, Kritik und Anregungen könnt ihr mich auf meiner Homepage oder Facebook erreichen, wo es auch Neues zum zweiten Teil der Geschichte zu entdecken gibt.

Ich freue mich über jede Nachricht von euch.

An dieser Stelle möchte ich mich bei Sarah Buhr von Covermanufaktur bedanken. Ein großes Dankeschön für das wunderschöne Cover!

Ganz besonderer Dank an Senta Herrmann, die mich mit ihrer gewissenhaften Suche nach Fehlern sowie ihren Anmerkungen und Tipps mit allen Kräften unterstützt hat. Senta ist ein Schatz und eine tolle Lektorin.

Danke an Martha Wilhelm für ein umfassendes und hilfreiches Gutachten zu meinem Roman.

Weiterhin danke ich Ira Wundram für übersichtliche Buchgestaltung und meinen Testleserinnen Alexandra, Sabine, Jutta und Eva.

Liebe Grüße an euch alle

Susan Sobrig